戲非戲239

死亡循環

天下霸唱　作

高寶書版集團

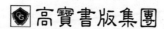

目錄

附錄

目錄

第一卷　雨夜談詭事

初話　暴雨

突降暴雨，滬寧段高速路被臨時關閉了，我們不得不開車繞道而行。說來也怪了，三月中旬竟然下這麼大的雨，天色將晚，四周都被雨霧遮蓋，能見度越來越低。看來我們今天無論如何是趕不回去了。

臭魚提議在路邊找個地方過一夜，等天亮雨停了再走。阿豪也覺得路況太差，再開下去非出事不可。

臭魚和我是同鄉，他本名于勝兵，長得黑頭黑腦、粗手大腳，活脫脫便似是黑魚精轉世，所以我們都稱其為臭魚。阿豪是廣東人，為人精細且能說會道，他的名字「賴丘豪」很有粵派特點。我們三個人在兩年前合夥開了一家小規模的藥材公司，兄弟齊心，再加上天時、地利和不錯的經商人脈，生意做得很火。這一日出去談事，沒承想回來的時候趕上這麼大一場雨，天黑路滑，無奈之下只得就近找個地方過夜。

這時雨越下越大，根本辨不清方向，只能順著路亂開，好不容易發現前邊不遠隱隱約約有幾處聚在一起的燈光，把車開到近處一看，是幾間平房。我們三人大喜，這下不用在車裡過夜了，管它是旅店、飯館還是民宅，好歹也要付些錢借宿一夜。

我們冒著雨從車上下來，看見大門前掛著一塊牌子：慈濟堂老號藥鋪。臭魚大喜：

「這家還是咱們的同行。這麼說來跟咱哥們多少有些香火之情，肯定能接待咱們住上一夜。」

阿豪過去敲門，只聽裡面有人答應一聲把門打開，是一位老者攜著一個幼童。阿豪說明來意，問可否行個方便，留我們哥們三人過夜。

老者請我們進了客廳，他自稱姓陳，陳老對我們說道：「在家千日好，出門萬事難。今天這鬼天氣實屬罕見。既然你們到了這裡，也是有緣。若不嫌棄，就在此將就一夜。只是我這裡只有我爺孫二人居住，沒有多餘的客房和床鋪。三位只能在客廳裡面過夜。」我想這種情況下能有間房子不用挨淋受凍，哪裡還敢奢求被褥鋪蓋，便對陳老說：「這樣就足夠了，我們也不睡覺，在屋裡坐上一宿就好，只求燒一壺開水解渴。」

陳老給我們燒了一壺開水，泡了茶，便把我們留在客廳，自己領著孫子進裡屋睡覺了。前面有一大間是藥房，層層疊疊盡是藥櫃，客廳在藥店後面，面積不大，但是擺設裝飾頗為清雅別緻。我們三人坐在客廳的紅木靠椅上喝茶聊天，臭魚說起前兩天看來的新聞，美軍的阿帕契武裝直升機在伊拉克被農民用步槍打了下來，他忍不住大讚人民戰爭的厲害之處。

阿豪頗不以為然地說道：「一架阿帕契的火力，相當於第三世界國家整整一個反坦克旅團，但是這種高、精、尖的設備，有一絲一毫的操作保養失誤就會釀成重大事故，倒也不見得是伊拉克民兵有多厲害，只是瞎貓撞上死老鼠而已。」

我們就此問題展開了熱烈的討論，後來扯來扯去也沒分出個高下。阿豪覺得無聊，便說要講個恐怖的古代案件給我們聽。

我對阿豪說：「你要是講那些瞎編亂造的，還是趁早打住，咱們這裡又沒有小妞，我和臭魚兩個大男人，聽鬼故事也不覺得害怕。」

臭魚也在旁隨聲附和：「就是的，你還不如講幾個葷段子來解解悶兒。」

阿豪說：「你們別這麼說，我講的這個事是我以前從古代公案小說裡看來的，雖然未必確有其事。但是十分離奇，反正長夜漫漫，咱們又沒法睡覺，講給你們聽聽，也好打發時間。」

我同臭魚聽他說十分離奇，便有三分感興趣了。我說：「平日裡聽的鬼故事以及看的恐怖電影，多半沒什麼意思，只是一味地賣弄、嚇人，不是電視裡爬出個女鬼，就是從床下伸出隻黑手，要不就是吃包子吃出個死人手指，簡直就是無聊透頂。你要是講嚇唬人的，我便不愛聽，如果是離奇怪異的，儘管講來聽聽。」

阿豪點上一支菸，又把我們面前的茶杯倒滿茶。吸了兩口菸，想了一會兒，講了一個故事。

第一個故事　豬頭

有一個家庭，父親早亡，只剩下母親王氏帶著十七八歲年紀的兒子。王氏靠給人縫縫洗洗賺些微薄的工錢供兒子讀書，雖然日子過得寒酸，但是母慈子孝，母親勤勞賢德，兒子用功讀書，倒也苦中有樂。

王氏為了便於兒子進京趕考，便在京郊租了一所房子。裡外兩間，外帶一個小院。住了約有半月，這天夜裡天氣悶熱，母子二人坐在院子裡，王氏縫衣服，書生藉著月光讀書。忽然從大門外衝進一個男人，身穿大紅色的袍服，面上蒙一塊油布，進得門來，一言不發，搶過兒子正在讀的書本就衝進裡屋。

母子倆大驚失色，以為有歹人搶劫，但是家貧如洗，哪有值得搶的東西？但是那紅袍人進了裡屋久久也不出來，兩人只得硬著頭皮進屋觀看。

但是屋裡空蕩蕩的一個人也沒有，家裡只有裡外兩間小房，並無後門及窗戶。王氏發現裡屋床下露出一角紅布，那人莫非躲在床下不成？

書生抄起作為門閂用的木棍，和母親合力把床揭開，床下卻不見有人，露出的那一角紅布原來埋在床底的地下。王氏用手一探埋有紅布的地面，發現僅有一層浮土，便命兒子把土刨開，看看那紅布究竟是何物。

書生只挖了片刻就挖出一個紅布包裹的大木箱子，箱子被一把銅鎖牢牢鎖住，無法開啟。書生年輕性急，用槌子把鎖砸開，箱子裡面金光閃閃，竟是滿滿一大箱金元寶。

母親王氏大喜，認為這是上天可憐她母子二人孤苦，賜下這一大椿富貴來。只是這筆財太大、太橫，母子二人都不免心驚肉跳。王氏生來迷信，便從箱中拿出一錠元寶，讓兒子去城裡買一個豬頭，作為供品祭祀天地祖先。又把箱子按原樣埋回床下。

如此折騰了一夜，此時天已將明，城門剛開，書生拿了金子，便去城裡買豬頭。到了城內馬屠戶的肉舖，見剛好宰殺了一口大肥豬，血淋淋的豬頭掛在肉案鉤子上。兒子拿出金元寶交予馬屠戶，說要買豬頭祭祖。

馬屠戶見這麼一個穿著破舊的年輕書生拿出好大一錠元寶，覺得十分古怪。但是古代人認為：「萬般皆下品，唯有讀書高。」讀書人縱然窮酸落魄，但是到哪裡仍然都被勞動階層高看一眼。馬屠戶雖然奇怪，但是並沒有認為他這錢來路不正，便把豬頭摘下來遞給他。

書生出來得匆忙，並未帶東西包豬頭，血淋淋的不知如何下手。馬屠戶見他束手無策，覺得好笑，便拿了自家用的一塊油布把豬頭包上。書生謝過屠戶，抱了豬頭便往家裡趕。

那是京城重地，做公的最多，有幾名公差起得早，要去衙門裡當職，見一個窮秀才抱著一個血淋淋的油布包，神色慌張，急匆匆地在街上行走。

公人眼毒，一看此人就有事。於是過去將他攔住，喝問：「這天剛濛濛亮，你這麼著急要去哪裡？」

書生昨夜得了一大筆橫財，正自心驚，被公差一問，頓時驚得呆了，支支吾吾地說是趕早進城買個豬頭回家祭祖。

公差見是如此老實年輕的讀書人，就想放他走路。書生正要離去，一個年老的公差突然說道：「你這包裹裡既然是豬頭，不妨打開來讓我等看看。」

書生心想：豬頭有什麼好看的，你們既然要看，就打開給你們看好了，未承想打開油布，卻哪裡有什麼豬頭，裡面包的是血肉模糊的一顆人頭。

一眾公差大怒，稍微有些大意，險些被這廝騙過了。不由分說，將書生鎖了帶回府衙。京畿府尹得知情由，向書生取了口供。把賣肉的馬屠戶和王氏都抓來訊問。

馬屠戶一口咬定，從未見過這個年輕書生，而且今日身體不適準備休市一日，不曾殺豬開張。

又差人把書生家中床下埋的箱子取出來，裡面也沒有什麼金珠寶貝，上面滿滿地裝著很多燒給死人用的紙錢、紙元寶，在箱子底下是一具身穿紅袍的無頭男屍，男屍手中緊握一本書，正是昨晚書生在院子裡讀的那本。

經仵作勘驗，無頭男屍的人頭即書生所抱的那一顆。死者口鼻中滿是黑血，應為中毒而死。

府尹見此案蹊蹺異常，便反覆驗證口供，察言觀色，發現那王氏母子並不似奸詐說謊之徒，反而馬屠戶看似氣定神閒，置身事外，卻隱隱顯得緊張焦急。

府尹按口供述，盤問馬屠戶：「書生說用一錠金元寶向你買豬頭，你說早上剛開市，沒有散碎銀兩找錢。於是他便把金元寶留在你處，約定過兩日來取買豬頭剩餘的銀兩。可有此事？」

馬屠戶連連搖頭：「絕無此事，自昨晚以來小人一直在家睡覺，小人的老婆可以做證。」

府尹命辦差官前去馬屠戶家裡仔細搜查，在其家肉舖中搜出一枚紙元寶。府尹再問，馬屠戶無言以對，只是搖頭，連呼：「冤枉！」

當日辦差官又從王氏家不遠的河邊找到一柄屠刀，仵作檢驗死屍，確認人頭就是用此刀割下，經馬屠戶鄰里辨認，此刀確為馬屠戶所有。鐵證如山，馬屠戶承受不住，只得招認：

一月前，馬屠戶去城郊採購生豬，因為回來得晚了，城門關了進不了城，只得與一山西客商共同借宿於一處空宅之中。馬屠戶見財起意，便下毒謀害了山西客商，又用殺豬刀割下了山西客商的人頭，把死屍埋在屋裡床下，凶器與人頭扔在房後河中。他自以為做得天衣無縫，冥冥中卻有天網恢恢。

臭魚說：「這事也真是有趣，相當於死者自己想辦法報案，而且自己還給自己準備了多半箱子紙錢。以前看過京劇《烏盆記》，也是說謀財害命，受害者的屍體被碾碎做成了瓦盆，瓦盆中的冤魂求人帶他去找包公告狀。跟阿豪講的故事差不多。」

我說：「這個案子我好像以前也聽過，是在《包公案》的評書裡講的，和阿豪所說的大同小異，只不過是包公最後用陰陽枕審問了受害者的亡魂，才查得水落石出。其實這種公案故事多半是後人演義出來的，為的是突出官員的英明，宣揚因果報應，好讓老百姓不辦壞事，也是一種手段，當不得真的。」

阿豪問什麼是陰陽枕，我說：「傳說包龍圖日斷陽，夜斷陰。晚上睡覺枕在陰陽枕上，就可以到陰曹地府斷案了。如果真是這樣，能讓死人開口說話，這世上也就沒有懸案了。」

阿豪說：「這種奇案還是有的，只是古代辦案技術手段落後，有些案件無法自圓其說。所以扯上些神鬼顯靈的事，以便服眾。在當時怨魂顯靈也是一種重要的呈堂證供。」

臭魚說：「我聽老一輩的人講，凡是命案，不管過多少年，沒有破不了的。」

阿豪總喜歡和臭魚開玩笑，從不放過任何貶低臭魚見識的機會，連忙說：「那倒也是屁話，我還是那個觀點，這些都是為了讓人們不要殺人，在道德上把人約束住了。不過從古到今也不知道發生了多少起兇殺案，看來這些與人為善的價值觀對人類的影響不大。人性的原則在財色的誘惑面前是不堪一擊的。沒有結果的兇殺案多了，更有些惡人在光天化日之下濫殺無辜，也沒見他們得到什麼報應。」

臭魚問我的觀點，我說：「殺了人不一定有報應，不過我很願意相信善有善報，惡有惡報。世人如果沒有了道德觀念的束縛，連因果報應都不能相信，那這社會和地獄也就沒什麼區別了，那就該『人吃人』了。」

臭魚點頭說：「聽你們這麼講，我也突然想起以前曾經看過的一樁懸案，懸案就是沒有結果的命案，這起公案在清代野史、筆記中多有記載，看來確有其事，不然不會流傳這麼廣，這比阿豪從那演義小說裡講出來的案件真實得多，我講給你們聽聽。」

第二個故事　疑案

清朝的時候在山左縣有個婦人，不知其姓名。有一日她從娘家回來，她丈夫因為有事在身，便使喚其弟去接嫂子。

婦人騎了一匹黑驢，小叔子步行在後。路過一處深山老林，婦人尿急，命他牽驢，自己走到樹林裡去解手，沒走幾步，發現幾株老松樹和怪異嶙峋的岩石環繞著一處荒墳，很是僻靜。

婦人憋不住了，就在墳邊小解，溺後束衣，發現裡面穿的紅褲衩沒了，可是在解手時明明還在。

婦人大驚，在周圍找了半天也沒找到。（阿豪聽了大笑：「清朝女人穿內褲嗎？」臭魚解釋說：「我也不知女人內衣在古代怎麼說，反正你們知道就行了，別太較真了。」我說：「古代人穿的那個好像叫肚兜。」阿豪、臭魚都連連點頭稱是。）

小叔子在外邊催促，婦人無奈只得放棄尋找，幸好衣服很長，不至於「露了廬山真面目」。出了樹林騎上黑驢，匆匆而返。

回到家後，私下裡把此事告訴她的丈夫，丈夫嚇得面如土色，對她說：「這件事你知我知，切不可再對其他人講起。」

婦人不敢再說，但是始終不解其中緣故。

到了晚上熄燈睡覺，二人躺在床上，丈夫很快就進入了夢鄉，鼾聲如雷。婦人想起白天的遭遇，非常害怕，翻來覆去難以入睡。忽然聽到屋頂有物震響，聲音很大，好像是一塊大石落下。婦人害怕萬分，連忙呼喚丈夫起來查看，但是連喊帶推，丈夫始終一動不動。婦人點上燈燭，發現一把鋒利如霜的刀插在其夫胸口，刀插得很深，拔都拔不出來。

婦人大驚，號啕大哭。家裡人聞聲趕至，發現房間門窗關閉得完好無損，都懷疑是婦人謀害親夫。於是抓住婦人到衙門告狀。

官府訊問婦人，那婦人一時受驚過度，不能開口講話。直到第二天才略微鎮靜了一些。婦人便把在林中丟失肚兜一事稟告官府。

官府命令驗看那處荒墳，只見磊磊高塚，封樹儼然，沒有任何挖開過的跡象。

把墓主招來質問，墓主說墳裡埋的是家中的一個小女兒，年僅十一歲，因患病不治而亡，埋在此處已經十五年了。家裡只是每年春秋時節派人來掃墓，其餘的事則一概不知。

官府告之墓主人案情經過，要求挖墳開棺查看。

墓主堅決不肯，官府無奈，只得強行動手挖墳。

幾名衙役、仵作一起動手，把棺材挖了出來，打開一看，眾人無不愕然。

那棺材裡並沒有少女遺骸，卻有個少年和尚，赤身裸體躺在其中，頭上正蓋著婦女遺失的紅色肚兜。胸口上插了一柄鋒利匕首，血跡殷然如新。

詳細走訪周圍的寺廟，都說沒有這個和尚，也無人報官說有失蹤的少年僧人。案情重重，疑難冤苦，官府多次勘查無果，只能懸為疑案。

我正聽得投入，沒想到就這麼沒頭沒腦地完了。

阿豪心細，問臭魚：「你中間說，丈夫聽了他老婆講丟失紅肚兜的事之後非常害怕，晚上就被殺死了，會不會這個丈夫就是殺和尚的兇手？」

臭魚說：「這我就不知道了，我看過的幾本書上都沒有結果，不過婦人的丈夫聽了在墳邊丟失肚兜的事之後確實嚇得面無人色，這是書上的原文，我記得很清楚，至於他為什麼不覺得奇怪或者憤怒，而偏偏是嚇得面如土色，這其中很值得推敲。」

我怕他推敲起來沒完，連忙把臭魚的話打斷：「你們倆講的這兩件事，一個是小說演義，一個是野史誌異，雖然內容離奇，卻沒什麼新鮮的。」

阿豪問道：「那麼依你說什麼才算新鮮的？」

我也點了支菸，一邊抽菸一邊說：「我從前經歷過一件極其可怕的事，從來沒對別人講過，我知道即使我說了也不會有人信。就連事後我自己回憶起來也覺得像是做了一場惡夢一樣。咱們兄弟都不是外人，今夜我就給你們哥兒倆說說這件事，我以我的人格擔保，每一句話都是真實可靠的。比你們倆講的那些捕風捉影的事真實得多，畢竟我這是真人真事。」

臭魚說：「我也不管你是真是假，先講來聽聽，我們都不是小孩子，自己還分不出真假嗎？」

阿豪知道我一向沉著老練，不輕易講大話，聽我這麼說很是好奇：「以前聽故事都是道聽途說，今天總算能聽一件真人真事了，別賣關子，快講快講。」

我說：「好，既然如此，那我就講講，嗯……該從哪裡說起呢？」

第三個故事　跟蹤

在和臭魚、阿豪合夥做生意之前，我在一家私企打工。公司的老總叫張濤，是山東清河人，他家祖上都是賣牛雜碎的，年紀比我大個兩三歲。他早先跟了同鄉的一位大哥在海南做房地產，後來海南房市崩盤，那位大哥去了緬甸開賭場，張濤捲了一部份錢自己到上海做生意。

張濤喜歡和公司裡的員工稱兄道弟，不喜歡別人叫他張總，而要別人稱其為「張哥」。說實在的我對這個人真沒什麼好感，覺得他的作風和經營策略都充滿了小農思想和實用主義。換句話說，我覺得這個人不是做大事的人，很小氣，沒眼光，缺少必要的魄力和智商，經常拖欠員工的薪水。

也不知道為什麼，張濤對我很器重，從沒拖欠過我的薪水，而且公司的一些重大決策都和我商量，我想總不會是因為我也姓張吧？

那天我像往常一樣上班，中午的時候張濤神秘兮兮地找到我，說今天中午要請我到外邊吃海鮮。

我心裡跟明鏡似的，這傢伙肯定找我有事，正所謂「禮下於人，必有所求」。古人云：「酒無好酒，宴無好宴。」他這種小氣的人不會平白無故地請我吃海鮮，只是不知他找我想做什麼，我也不理會，且吃了他的再說。

張濤開車帶我去了浦東新區世紀大道上很奢華的名豪魚翅城。

我也不問他找我吃飯所為何事，埋頭只管吃喝。

張濤給我滿上一杯酒說道：「老弟，咱們公司也就你是個人才，你剛來的時候我就發現你腦子好使，而且該說的說，不該說的一向都守口如瓶，你很有前途啊！」

我嘴裡塞了一大塊兒鮑魚，含含糊糊地答應了幾聲，心中盤算：「你把我抬得越高，越是要讓我給你當槍使，我是何等人才，豈能被你這土老帽兒幾句好話一醺就暈菜。」

張濤自己也喝了兩杯，邊喝邊說出一件事來，我聽了幾句，心中已經明白了八九分。原來張濤經人介紹，認識了一個很漂亮的女孩叫王雪菲，張濤看她的第一眼就死心塌地地愛上了她，豁出血本去追求了一年多，對方總算答應了嫁給他。

可是最近，王雪菲和他之間的關係急轉直下，有時約會的時候竟然一句話不說，總是一個人出神發呆，對年底結婚的事也不再提起。

張濤想她可能另有新歡了，不由得又急又妒。追問王雪菲為什麼對他這麼冷淡，是不是和別的男人好上了。

王雪菲連表情都沒有，只是抬起了頭，似乎是在觀賞天邊的浮雲，對張濤的話聽而不答。

張濤對我講了這些就不再說話，連喝了幾杯悶酒。

我知道他是在等我把話接過來，然後就要我為他辦事。我才不會上當，我故意說：「張哥，不就是個女人嘛，有什麼大不了的，她既然是那種不懂得男人價值的女人，就隨她去吧！憑你這麼相貌堂堂、儀表不凡，又有這麼慷慨輕財的器量，何愁找不到個好老婆？日後必有良緣，今日一時失意，倒也不用放在心上。」

張濤可能有點兒喝多了，動了感情，眼淚汪汪地說：「老弟，哥哥就拿你當親兄弟一樣，不怕兄弟笑話，什麼事都不瞞你，我就認准王雪菲了，沒她我不能活了。我想求兄弟你幫個忙，你下班之後，晚上悄悄地跟著王雪菲，看看她究竟是不是在跟哪個野男人私會，他娘的，要是真這樣，我非插了那小子不可。」

我心說這不是讓我當私人偵探嘛，這缺德事我可不能做，連忙推辭：「張哥，這事關重大，我又沒當過間諜，萬一要是辦砸了，那不是給您耽誤事嘛！」

張濤從手包裡摸出厚厚的一大疊鈔票塞在我手裡：「現在世道艱難，開個公司實在不容易，每天晚上我都要出去和客戶應酬，根本抽不出時間，所以不得不跟老弟你張這個口，務必務必，千萬千萬，要答應幫我這個忙，你一定要找點確鑿的證據出來，事成之後，做哥的另有一番酬謝。」

我心中有兩個難處：第一，此時此刻這件差事是萬難推託，畢竟是在人家的公司裡打工，飯碗是張濤給的，他讓我做的事我不肯做的話，日後也不要在他的公司裡混了。

第二，即便是接了這件差事，但是如果說什麼也調查不出來，在他眼裡我就是無能無用之人，也不要想升職加薪了。就算調查出一些情況，找到了他未婚妻跟別人偷情的證據，俗話說「家醜不可外揚」，他日後也不能容我繼續留在公司裡做事了。

我答應幫他的忙也要被炒魷魚，不答應幫忙也是一樣的下場。還不如我現在就辭職了事，省得日後麻煩。此處不留爺，自有留爺處，處處不留爺，爺去擺地攤。憑我的本事，還怕找不到工作嗎？

不過我看張濤這麼一個男人哭得兩眼通紅，而且一直以來，他為人雖然不好，但對我倒也確實不錯，我若不幫他這個忙，豈不是被別人看成無情無義之人？也罷，管他炒不炒我魷魚，就給他當回槍使吧！

我頭腦一熱，就接受了張濤的委託。答應他一個月之內找到證據。於是我每天下班之後，就開車到西環一大道的鴻發家園王雪菲住處觀察她的動靜。

這時我感覺自己真的成了臭名遠揚的「狗仔」了，為了蒐集一些證據，我準備瞭望遠鏡、照相機、錄音機等裝備，並找朋友換了一輛舊的白色富康，這種車非常普通，停在哪兒都不起眼。

當我第一眼看到王雪菲的時候，我明白了張濤的感受，她比照片上更有魅力，確實是個讓男人牽腸掛肚甚至魂牽夢繞的女人。她身材雖高卻十分苗條，容貌極美，臉上化的是韓國魔幻妝容，這種妝色彩很濃重，更襯托得膚色白皙、皮膚嫩滑。

張濤說她三十歲了，在我看來，她也只是二十一二歲的樣子，真是駐顏有術，不知道用了多少名貴的美容產品。

不過她的美顯得太與眾不同了，也許應該說是美得與世俗的社會格格不入。如果不是受人之託，我真不想和這個女人扯上任何一點關係，因為我有種直覺，這個女人是個有很多秘密的女人，而且是個很危險的女人。任何想接近她的男人都如同撲火的飛蛾，有去無回。

我觀察了一個星期，發現王雪菲每天晚上六點半前後，就從家裡出來。

她有一輛經典款的全紅甲殼蟲，那是張濤給她買的，不過她卻一直沒有開過，每次出門都是步行，或者坐公交。我在後面跟蹤，看看她都去哪裡，逐漸發現了一些她生活上的規律。

她每週一、三、五這三天，都要在晚上去黃樓鎮界龍賓館住上一晚。其餘時間則是逛街買衣服，不與任何人交往說話，從沒見過她有什麼朋友或者熟人。

我估計那賓館多半就是她和情人幽會的場所了。不過不曉得她為何要大老遠地跑到郊縣去，市裡有那麼多賓館、飯店卻偏偏不去。

難道是怕被張濤知道？只是訂了婚，又沒正式結婚，應該不是因為這個。也許是因為她一直在花張濤的錢，擔心私情被發現斷了財路，看來這種可能性要大一些。

另外還有一個發現，和王雪菲住在一起的有個十五六歲、智力低下的少年，整天穿得破破爛爛，拖著兩條青綠色的大鼻涕在外邊到處玩耍，深夜才回王雪菲家裡睡覺。

我問過張濤，他說王雪菲沒有親戚，是個孤兒，也沒有任何兄弟姐妹。看來是她好心收養的流浪兒。

我決定先從這個傻小子身上著手，他和王雪菲整天住在一起，多多少少應該知道她的一些情況。

這天傍晚六點，我等王雪菲離開家之後，在樓下找到了蹲在地上玩螞蟻的傻小子，我走過去蹲在他對面，跟他一起把螞蟻一隻只地用手指捏死。

傻小子見我和他一起玩兒，很是高興，抹了抹鼻涕對我傻笑。

我見時機成熟了，就裝作漫不經心地問他：「我是阿華，別人都叫劉德華，你叫什麼名字？」

那傻小子不知道我信口開河，以為我真的叫劉德華，不過他可能也不知道劉德華是誰，吸著鼻涕對我說道：「我的小名好像叫寶石，別人都叫我傻寶石。」

我跟他閒扯了幾句，傻寶石說話還比較有條理，我覺得他其實也不是我想像中的那種徹底的智障，只是比起同齡人笨了一些，其智力應該屬於小學一、二年級的水平。他這是人傻心不傻。

我問道：「寶石，我看你跟一個漂亮姐姐一起住，她是你什麼人啊？」

傻寶石只顧低著頭殺螞蟻，捏死十幾隻之後才想起來回答我的問題：「哦哦，那是三姑，我沒家，在街上討飯吃，三姑看我可憐，就帶我回家。」

我心中暗想王雪菲外表冷豔，想不到心地很好，看這流浪兒可憐就帶回家，當真是人不可貌相，只是不知她為何自稱三姑？排行第三？還是有別的含意？

我問傻寶石：「你三姑有男朋友嗎？」

傻寶石聽不懂什麼是男朋友，我給解釋了半天，他還是不懂。

我繼續問傻寶石：「三姑帶你回家做什麼？」

「給我好吃的，晚上讓我和她一起睡在軟床上。」傻寶石靠過來小聲在我耳邊說：「三姑是神仙。」

我心中覺得好笑，表面卻不動聲色，鄭重地表示對傻寶石的話十分贊同：「三姑長得這麼美，當然是仙女了。」

傻寶石見我相信他的話，十分開心，接著說道：「她是神仙，怎麼會不美？每次月亮圓的時候，三姑就去樓頂脫光衣服飛到半空對著月亮跳舞。」

我聽得頭皮發麻，心想：這傻小子滿嘴跑火車，但是傻子是不說謊的，這是連傻子都知道的。他究竟是真傻還是假傻呢？我在社會上闖蕩了這麼多年，他要是裝傻我不可能看不出來。

暮靄蒼茫之中，我看見傻寶石兩眼發直，傻乎乎的沒有任何狡詐神色，絕不是在說謊騙人。

傻寶石看我不說話，就自言自語：「三姑不讓我說的，我給忘了，被三姑知道了我又要挨針扎了，很疼很疼的啊！」說完不停地揉自己的屁股。好像回想起來以前扎針的痛苦。我聽出他這段話裡隱藏了不少信息，就問道：「三姑會打針嗎？我倒不知道她曾經做過護士。」

傻寶石可能是想起王雪菲說過不讓他跟別人講自己的事，否則就折磨他，很是害怕，搖搖頭不肯說。

此事遠遠超出我的想像，現在若不問個明白，日後不知還有沒有這麼好的機會。

我哄騙傻寶石：「寶石，你放心吧，你跟我說的話我絕對不跟別人講，咱們兩個人是好朋友，好朋友是要掏心窩子的，這叫肝膽相照，任何事都不可以對朋友隱瞞，否則以後沒人願意做你的朋友，也不會有人陪你玩兒了。」

傻寶石有點兒動搖了，看來他很擔心沒人跟他一起玩兒。

我繼續鞏固戰果：「我劉德華發誓，絕對不會把你跟我說的話洩露出去，否則就讓劉德華永遠沒有雞腿吃。你告訴我三姑怎麼給你打針，我就帶你去吃肯德基好不好？」

傻寶石見我發誓發得誠懇，又聽到有肯德基吃，終於說了出來：「三姑肚子裡有根刺，扎到人疼得要死。」說著把褲子脫了，讓我看他的屁股。

傻寶石的左邊屁股好像是被巨大無比的毒蟲所螫，又紅又腫。

我暗暗心驚，心想：月圓的時候脫光了衣服去樓頂跳舞？肚子裡有根刺可以刺人？那是人類能做到的嗎？傻子的話實在難以理解。他所說的究竟是針還是刺？那針會不會是用來進行靜脈注射的？難道王雪菲吸毒？

我想不出結果，又盤問傻子詳情，傻子翻來覆去也只是這幾句對答，而且這傢伙說話太沒水平，講了一大堆，基本全是廢話。看來他嘴裡確實沒什麼更有價值的情報了。

既然答應了帶傻寶石吃肯德基，說話當然要算數的。如果對一個傻小孩兒都不能守信用，那乾脆不要做人了。

於是我帶著傻寶石找了家肯德基讓他吃了個夠，並囑咐他今天的事絕對不要洩露出去一個字。否則我就把他說的話到處傳播，讓他屁股上再挨幾針。

傻寶石最怕打針，滿口答應，並發誓說如果洩露出去，讓傻寶石一輩子沒有雞腿吃。

我知道這個傻子嘴不嚴，稍微威逼利誘他就會說出去，不過我也不怕，讓王雪菲去找劉德華算帳好了，我是絕不認帳的。

傻寶石的話真是雲山霧罩，我越想就越是不解。究竟是怎麼一回事兒，當然還是要親眼看看才能明白。

轉天正是星期三，我估計王雪菲按慣例要去界龍賓館，便提前開車到界龍賓館等候，想碰碰運氣看能不能拍到幾張她和情人幽會的照片。

我到賓館的時間是晚上七點，時間還早，我就在周圍轉了一圈，界龍賓館的規模相當大，大門前一條林蔭大道，古柏森森，清幽無比，整個主樓是五六十年代的建築，經過半個世紀的風吹雨打，顯得有些殘舊。門面裝修的卻甚是奢華氣派，地面上鋪著猩紅的地毯，大大的霓虹燈字號隔著老遠就能看到。

大門對面有一家賣酒釀圓子的小吃店，我進去吃了兩份。店主老夫婦十分熱情，招呼得很周到，我平時雖然不經常吃甜食，但是感覺這裡的酒釀圓子比城隍廟的要好吃許多。

正想再吃一份，發現王雪菲到了，我連忙會了鈔跟上去，尾隨著她進了賓館。

在賓館前台，服務員問我是不是要住店，我說我是去找個人，就問了王雪菲住幾號房，服務員查了一下，告訴我是三樓零三一一。

我沒乘電梯，從樓梯上了三樓，長長的走道中站著一個年輕的男服務生，見我過來，就主動過來詢問：「先生，您住幾號房間？」

我看了他一眼，他左胸前別著個號碼牌零三一一，我想這號碼真有意思，和王雪菲住的房間號一樣。我掏出假警察證件對他晃了晃，答道：「我是警察，查點兒事兒，你不要多問，也別多說。明白嗎？」

服務生看都不看我的假警察證件，只是盯著我的臉，就像是見到什麼離奇的東西，看個沒完。

我被他看得有點兒發毛：「看什麼？沒見過警察是怎麼著，跟你一樣，都是一個鼻子兩隻眼。」

服務生說：「表弟，你怎麼也來了？姨夫和姨媽身體好嗎？」

我被他氣樂了，心想：我家的親戚屈指可數，哪裡有什麼表哥，再說這服務生年紀比我小了不少，怎麼能是表哥，真是亂認親戚。

零三一一服務生又對我說：「表弟，你怎麼來這裡玩兒？趕快走吧，這地方很亂的，不太好。」

我想他可能是認錯人了，這小子既然認我做表弟，我正好將錯就錯利用這種關係打聽一下王雪菲的事情，便沒接他的話，反問道：「表哥，我跟你打聽個人，住零三一一號的大美妞兒你見過嗎？她是不是經常來這兒過夜，她跟誰住一起？」

零三一一說：「見過的，她在這家賓館長期包了房，每星期都來三天，而且固定住在零三一一，風雨無阻。她是你的女朋友嗎？我勸你還是離她遠點兒，那種女人你是養不起的。」

我假裝真誠無比地懇求：「我就喜歡她怎麼辦呢？感情這東西很怪，自己根本控制不住。表哥你無論如何都要幫我這個忙，如果我確定了她確實是另有情人，就死心了，以後絕不會再找她。」

零三一一服務生見我說的真摯，只得嘆了口氣，說道：「那好吧，誰讓咱倆是親戚，她房裡確實有不少男人進進出出，我不知道哪個是她的情人。你說我怎麼做才能幫到你？」

我拿出個小型錄音機遞給零三一一服務生：「你藉機進去收拾房間，順便把這個東西打開，藏在房間裡，千萬別讓她發覺。」我又拿了兩百塊錢塞到他手裡，「不能讓表哥白忙活啊，明晚這個時候我來取，到時候再給你兩百。」

服務生跟我推辭了幾句，見我執意要給錢，只得收了，我便告辭離開。

回去的路上我覺得今天的事兒實在是順利得異乎尋常，沒來由地冒出個表哥，真是又好笑又奇怪。只要那個服務生把錄音機打開藏好，那麼明天就能拿到王雪菲背著未婚夫偷情的證據了，這事兒總算是對張濤有個交代。

但是我又有種預感，事情不會這麼簡單就能了結，自己已經被攪入了一個深不見底的漩渦，難以自拔，越陷越深。

我腦海中突然出現了傻寶石的模樣，也不知是何緣故，只是隱隱感到十分不安。寶石雖然傻乎乎的，但是樸實真誠，我對他印像不壞，現在的時代是個越認真、越熱血就越被看成白痴的時代，社會上的人虛偽油滑，我倒喜歡傻寶石性格的真實不假。

我決定去看看傻寶石，繞了一大段路到了王雪菲住的小區。平時這個時候傻寶石都在附近玩兒，今天我在小區裡轉了三四圈卻始終沒見到他的踪影。

我問了小區的一個保安，保安搖頭嘆氣：「那個傻孩子真是可憐，今天早晨被一輛拉煤的卡車壓死了。」說完一指路邊的一個彎道：「就在那兒。」

我心裡有個念頭一閃而過：他的死會不會是與昨天我和他的談話有關？

想起傻寶石傻呵呵的笑容，心裡不由得發酸。這傢伙可能從來到這個世界的那一刻開始，就沒享受過真正的幸福，孤苦伶仃也不曉得他是怎麼生活的。也不知吃了多少苦，好不容易活到現在，最後卻落得如此悲慘的下場。

有些人一生下來，就容貌俊美、錦衣玉食，物質和精神都極其豐富，可以盡情地享受人生。也有很多人，就連生存所必需的物質資源都極度缺乏。如果說人類的命運是由性格決定的，那麼冥冥之中，人格的高低貴賤、痴傻美醜又是由誰來安排的？究竟有沒有規則，如果有規則，這種規則是誰制定的？如果這些事都是預先安排好的，人生究竟還有什麼意義？

我心裡很不好受，胸口如被刀剜。只覺得身上燥熱難耐，把西裝脫了，領帶扯掉，拎著衣服在街道上盲目地亂走。

走出兩個路口，見前面是一家金碧輝煌的唐宋大酒樓，這時差不多是晚上八點多，正是吃飯的時間，酒樓門前停滿了各種高檔汽車，門前站了兩個穿旗袍的漂亮門迎接待食客，裡面人頭攢動、推杯換盞，熱鬧非凡。

我想起來自己從中午到現在只吃了兩份酒釀圓子，腹內十分飢餓。不過我一向對這些人多的高檔酒樓沒什麼興趣，只想去前面找家小館子胡亂吃點兒東西。

忽然酒樓門前一陣騷動，酒樓的大堂經理拉著一個新疆小孩兒的耳朵把他從裡面拉了出來，那大堂經理連罵帶打：「跑來這種地方要飯，找死是不是？」

他左手揪著小孩兒的耳朵，右手一記耳光，打得小孩兒鼻血直流。又罵道：「你這髒兮兮的樣子，給客人添噁心是不是？」說完一腳踹在小孩肚子上，把他踹到門外街上。

我平生最恨仗勢欺人、恃強凌弱，心想：這小孩兒只是在裡面要飯，又沒偷東西，你趕他出來也就是了，何必下狠手打人。

我過去把小孩兒扶起來，把他領到路邊人少的地方，見他鼻血流個不止，我沒有手帕、紙巾之類的東西，就把襯衣口袋撕下來幫他堵住鼻子止血。

我問那孩子：「你會說漢語嗎？你叫什麼名字？」

小孩兒點點頭，感激地看著我說：「我嘛，阿斯滿江嘛！」

我笑著說：「我知道，新疆男孩兒的名字都要帶個江，這個『江』就說明是有氣質的男子漢。你是不是餓了？」我從兜裡拿出一百塊錢給他，阿斯滿江接過錢，從身上掏出一把短刀遞給我：「英吉沙小刀，送給你的嘛！」

我知道這種英吉沙小刀。新疆男子在出門遠行的時候，家裡長輩都要送他一把隨身短刀，表示預祝一路平安吉祥，就像是漢族的吉祥物一樣，從意義上來說是十分貴重的。

我說：「這刀很貴重，我不能收，你好好留著。」

阿斯滿江不肯，死活都要我收下，我推辭不掉，只能收了。阿斯滿江說他是跟家鄉的幾個大一些的小孩兒一起來這裡的，他們都去偷東西，他不肯做有失尊嚴的事，但是沒有錢，找不到活兒幹，只能到處流浪要飯。

我見他可憐，又想起死掉的傻寶石和他年紀相仿，動了惻隱之心，於是拿出錢包，裡面大約還有一千多元現金，我只留下幾十元零錢，剩下的都給了阿斯滿江：「這裡的生活不適合你，買火車票回家去吧，家裡的媽媽還等著你呢！」

跟阿斯滿江分手之後，我站起來想走回去取車回家，卻發現酒樓的大堂經理在門前看著我直翻白眼，那意思好像是在說：「你這傢伙，多管閒事，而且給一個小崽子那麼多錢，真是有病。」

他要不對我翻白眼還好說，我一看他這種勢利小人的樣子，不由自主地就「怒從心頭起，惡向膽邊生」，心想：我正好要找地方吃飯，今天要不吃你個人仰馬翻，姓張的就不是站著撒尿的。

當下更不多想，我邁步就進了酒樓。那大堂經理見我進來吃飯，馬上換了副面孔，賠著令人肉麻的笑臉把我請進裡面。

我挑了張空位坐下，服務員小妹很快就倒上茶來，把菜單遞給我，並介紹說：「先生來得是時候，今天剛好有新鮮的龍蝦，咱們這兒的三吃龍蝦遠近聞名，南京、蘇州都有很多客人慕名而來，還有三文魚也……」

我一擺手打斷她的廢話，也不看是不是喜歡吃，就指著菜單上最貴的菜點了七八個，又要了兩瓶好酒。大堂經理在旁邊看了，雖然覺得我舉動奇怪，一個人吃飯點這麼多菜，但是他可能看見我剛才給新疆小孩兒很多錢，出手大方，覺得我肯定是個有錢人，也就不去多問，自去招呼其他的食客。片刻之後，佳餚美酒流水般地送了上來。

我看了那大堂經理的舉動，覺得好笑：「你只看見我給那小孩兒一大把錢，卻不知道我錢包裡只剩下了五十多元零錢。」

不一會兒我吃得酒足飯飽，覺得身後站著的服務員小妹十分礙事，就打個響指把她叫過來，吩咐她給我再加一份魚頭酸辣湯。

服務員小妹也是沒什麼經驗的，沒看出來我肚子撐得溜圓，哪裡還喝得下湯。她轉身去取湯。我一瞥之間，只見周圍的人都各忙各的，沒人注意我，一口喝乾了杯中的剩酒，心中暗道：「張某去也。」抬腿就往外跑，還沒等大堂經理和一眾服務員明白過來是怎麼回事兒，我已經穿過了一條馬路，到了十字路口攔了一輛出租車。隨著出租車開動，路邊的街燈不停地向後掠過，我心中充滿了活著穿越敵人火力封鎖線的喜悅。只是吃得太多，肚子有點兒鬧騰，心想：下回跑路就不能吃這麼飽了，正想著，只覺肚裡翻江倒海，酒意上湧，趕緊把車窗搖開，「哇、哇、哇」地吐了一路。

此後一夜無話，第二天晚上我下班之後，直接去了界龍賓館，我那表哥果然不負所託，事情辦得極其圓滿，把錄音機交還給我。

回家的路上，我迫不及待地把磁帶裝進車裡的音響中從頭播放，發現錄音效果不太理想。

從磁帶中所錄的聲音聽來，昨天晚上在王雪菲的房間裡，的的確確還有一個男人，只是王雪菲的聲音十分清楚，那男人的聲音模模糊糊、斷斷續續，難以分辨究竟說了些什麼。

我雖然不知道那男子說話的內容，但是根據王雪菲的話語推斷，前半段兩人一直在說話，就如同平常兩個人閒聊，都是些瑣事，無關緊要，也無非就是晚上吃的什麼，新買了什麼衣服、化妝品之類的事情。

後半段不時地傳出王雪菲放蕩的笑聲和呻吟，我正聽得骨頭發酥，錄音帶卻到頭了。

我想如果憑這盒錄音帶作為證據，交給張濤，似乎欠缺了一點兒說服力。因為聲音質量實在太差，雖然像是有個男聲，但是每到他的聲音就似乎受到了信號干擾，「刺啦、刺啦」的模糊不清。

我突然想起一個人來，我有個好朋友叫劉永利，外號「超子」，他在電視台做調音師，他那裡有很多專業的錄放設備，我去找他幫忙，看看能否把這盒錄音帶的雜音消除掉，把原音還原出來。

於是我提前打了個電話到超子的單位，約了時間過去。

超子先聽了一遍磁帶，笑著說：「你又想敲詐哪個富婆啊？把人家開房偷情的聲音都給錄下來了，你也太缺德了。」

我說：「我哪兒損得過你呀，你是專業人士，你要去了，就不錄音了，就該現場影片直播了。那損招你又不是沒用過。」

超子嘴上跟我聊天兒，手中不停地忙活，把錄音轉到了電腦上，看了一會兒，突然不再說話。

我問他：「怎麼了？」

超子說：「這錄音很怪，你確定是在賓館的房間裡錄的嗎？那房子有多大面積？」

我也沒進去過王雪菲開的零三一一房，憑經驗說：「怎麼著也有二十平方公尺吧，四星級的賓館，雙人間不會太小。」

超子說：「那就奇怪了，我不跟你說得太專業了，我簡單地給你解釋一下，在一個封閉的房間裡聲音從人體中發出，肯定會在四周的牆壁上產生聲波反射，聲波會一層一層逐漸地減弱，空間的大小決定了聲波反射量的長度。你這盒錄音帶中的錄音，從聲波的反射長度上看，錄音的空間只有一隻手掌大小。」

我說：「會不會是錄音機藏在什麼狹小的空間裡錄的？」

超子搖頭說：「絕對不會，如果是隔著東西錄音的話，那種情況聲波不是向外擴散，而且會有迴聲。不過這個女人的聲音倒是正常的，應該是在一間十五平方公尺以上的房間裡發出的。」

我又推測：「男女兩人的聲音是不是後期合成的？」

超子說：「你開什麼玩笑，這兩人的聲音雖然不像是在一個空間裡發出的，但是這段錄音完全沒有任何合成加工過的跡象。如果中國有人能合成這麼無懈可擊的錄音，他早就被美國情報部門挖牆腳挖走了。」

畢竟隔行如隔山，超子雖然已經盡力用最通俗的語言描述錄音的情況，我還是只聽懂了一小半。我乾脆就直接問他：「你能不能把這裡面男聲的干擾過濾掉，還原本來的真實聲音？」

超子苦笑著說：「我也算是專家了，但是這活兒，別說是我，就是把全世界的專家都找來，也沒戲。」

我感到很失望，看來前一段時間的工作都白做了。我又想起一件事兒：「超子，如果讓你來解釋這段錄音為什麼會錄得這樣奇怪，你怎麼解釋？」

超子想了想，然後一字一句地回答道：「如果讓我說，那就只有一個解釋，這——個——男——人——的——聲——音，來——自——另——一——個——世——界。」

超子的話沒有引起我足夠的重視，我認為他當時只是在開玩笑，事後我和他談起這件事兒，他說當時確實是隨便說說，因為沒有理論依據能解釋。

為了進一步取得證據，我在周五晚上帶著照相機守候在界龍賓館大門前，從晚上七點一直等到九點，連王雪菲的影子都沒有見到。

一段熟悉的和弦響起，是《檄！帝國華擊團》。看來是有人給我來電話了。我拿起手機瞄了一眼，張濤的號碼。

我把車停在一棵大樹下邊，站在外邊接通了電話。

張濤在電話中問我最近的調查工作進展如何。

我說：「不是很順利，有不少預想以外的阻力。」

張濤說：「兄弟你別著急，這事確實不太容易做，我相信你已經盡力了。客氣的話我就不多說了，當哥哥的忘不了你的好處。」

我一聽這話樂了，說：「張哥，你看過《勇闖奪命島》那部電影嗎？」

張濤說：「沒看過，怎麼了？」

我說：「在電影裡，史恩．康納萊有一句很棒的台詞：只有把事情搞砸了的人才會說我已經竭盡全力了。」

張濤聽了也哈哈大笑：「真有意思，那成功的人該說什麼？」

我說：「成功的人甚麼都來不及說，因為他急著回家去左擁右抱絕代佳人。」

張濤樂得喘不上氣來，用濃重的山東口音連叫：「他娘的，絕了！他娘的……」他平時一激動就愛說這句。

我安慰他說：「張哥，你不用擔心，我什麼時候把事辦砸過？上次跟你說了一個月，一個月之內，我一定給你一個滿意的答覆。」

張濤說：「哥就等著你的好消息了，對了，他娘的，王雪菲那妮子，今天約我晚上十點去界龍賓館見面。你知道那賓館在哪兒嗎？我怎麼從來沒聽說過有這麼個地方呢！」

我說：「在郊縣呢，離市區有些遠，你開車一進黃樓鎮就能看見，最高的樓就是。以前我也沒來過，因為幫你調查你女朋友的事才來了幾次。」

我想起來最近所了解的一些不尋常的情況，想勸張濤暫時不要見王雪菲。

還沒等把話說出去，身邊路燈的燈光突然變黑。

好像是天空中有一個巨大的黑影把我罩住了，耳中聽到風聲呼呼大作，如同是什麼會飛的龐大生物搧動翅膀鼓風，已經近在咫尺，馬上就會落到我的頭頂。

我來不及抬頭去看，拉開車門就鑽了進去。把車門車窗全部鎖上。

只聽得「碰」的一聲巨響，有一個巨大物體落在了我的車頂，不斷傳出「嘎吱、嘎吱」爪子撓動車頂的聲音，車身左右搖晃，那動物似乎是想要把我的車頂掀掉。

我心中焦急，這車雖然是舊車，那也是找朋友借來的，被它把車頂揭掉了我怎麼回去向哥們交代。趕緊發動汽車想開車逃跑。

富康後面的兩個輪子已經被車頂的怪物提了起來，車輪打著空轉，半公尺也開不出去。

門外傳來一陣急促的敲門聲，打斷了我們三人的談話。

臭魚說：「什麼人這麼晚了還敲門？」站起來就要出去開門。

阿豪說：「你別去，你忘了，咱們是在別人家借地方休息。要開門也要等主人去開。」

陳老在裡屋睡覺，聽到敲門聲就趕緊起來，走出去開門。隨後領進來兩個女子，年紀都不大，一個二十七八歲，另一個十八九歲，穿著時髦得體，容貌也不錯。

陳老對我們說：「這兩位姑娘和你們一樣，也是因為大雨被攔在半路，前不著村，後不著店，所以來這兒避避雨。」

我們站起來跟兩個姑娘客氣了幾句，請她們坐下。臭魚平生最愛美女，一見美女就魂飛天外了。手足無措，忙前忙後地給她們倒茶讓座。透過交談得知，這兩個姑娘是師範大學的老師和學生。老師名叫藤明月，學生叫陸雅楠。

我問藤明月：「我們抽菸，女士們不介意吧？」不等她回答，就掏出幾根菸來分給臭魚、阿豪，然後遞給陳老一支，用打火機給陳老點上。

陳老抽了兩口，突然把目光停在我的臉上。我心說：「這老頭兒，放著美女不看，看我幹什麼，難道是喜歡我？」我開門見山地直接問道：「陳老，您盯著我看什麼？我長得不好嗎？」

陳老發現失禮，連忙道歉：「不好意思，對不起，對不起，我看你長得很像幾十年以前來過我們這個小村子的一個年輕人，想不到天下竟有這麼酷似的兩個人，所以失態了。」

我笑著說：「天下這麼大，長得像的人還是有很多的。特型演員不就是例子嗎？」

陳老點頭稱是。

阿豪催我繼續講剛才說到一半的經歷。

藤明月和陸雅楠見到我們在講故事也很感興趣，坐在一旁靜靜地聽著，陳老似乎也沒有回去接著睡覺的意思。

我見聽眾越來越多，便清清嗓子，繼續講了下去。

此前說到富康後面的兩個輪子，竟被車頂的怪物提了起來，我不知車頂究竟是什麼東西，一時間束手無策，想找人求援，在顛簸搖晃的車裡向四周看去，街上的路燈竟然全部熄滅了，一絲光亮也沒有。

唯一的光源只剩下車內的儀錶盤，我趕緊把車燈全部打開，希望有人看到過來幫忙。大燈全開，仍然感覺周圍越來越黑，無盡的黑暗正在逐漸地蠶食車燈的光亮。

我心膽俱寒，不過我倒不是怕死，只是在這裡死得如此不明不白，實在是不能接受。我隨手在車內身上亂摸，想找些能打鬥的工具，打開車門出去跟它搏一下。

突然，我在腰間摸到一把刀子，這才想起來是前天新疆小孩兒阿斯滿江送給我的英吉沙短刀。

其實這種短刀的裝飾性遠遠高於實用性，但是此時有勝於無，刀雖短，卻是開過刃的。有刀在手，膽色為之一壯，我打開車門跳了出去，周圍實在太黑，什麼也看不清楚，只見車頂立著一團扇形的巨大黑影，我揮動短刀向它中間猛刺，在這萬分危急情況之下自身激發出來的潛能超乎想像，這一刀的速度和力量連我自己都吃驚。「噗」的一聲，手中感覺像是刺進一塊糟爛透了的木板。那團黑影吃痛，鼓動怪叫，越飛越高，終於消失得無影無踪。

我剛才這一下用力過度，手腳發軟，全身虛脫，仰面朝天躺在車旁，周圍的燈光又逐漸亮了起來。

我正想起身之時，走過來兩名警察，把我從地上拉了起來。

警察問道：「這車是你的嗎？把身份證拿出來看看。」

我莫名其妙地被警察帶到了派出所，警察讓我蹲在牆角，足足晾了我三個鐘頭，我睏得連打哈欠。心想：我這車是借來的，又不是偷來的，憑什麼抓我？

找帶我來的警察詢問為什麼抓我，那個警察低頭寫字，對我不理不睬。

我心中生氣，對那警察說：「你既然不理我，我就走了。」拔腿就往外走。

警察哪裡想得到我這麼大的膽子，說走就走。站起來一把又把我拉了回來，對我說：「這是派出所，沒事能把你帶來嗎？我不理你是讓你自己好好想想，為什麼帶你來，你想明白了嗎？」

我知道他在詐我，瞪著眼說：「我真不知道，是你找我，又不是我找你，我哪知道你找我有什麼事。」

警察冷笑著說：「你自己做的事自己不清楚嗎？給你個機會讓你自己說，我要是說出來，性質就不一樣了，我們的執法的政策你應該知道吧！」

我撇著嘴說：「好像是首惡必辦，脅從不問，改過自新無罪，反戈一擊有功。而且從不冤枉一個好人，也絕不放過一個壞人。」

警察讓我給氣樂了：「你別跟我扯那些用不著的，坦白交代你自己的問題就行了。」

我有點急了，對警察說道：「我真的沒有什麼問題啊，我紅燈停、綠燈行，一貫尊老愛幼、遵紀守法，我最愛讀的一本書就是《雷鋒同志的故事》，遠近誰不知道我是出了名的大好人啊！」

警察一拍桌子：「你要是老實人，這社會上就沒壞人了。你在飯館裡吃飯喝酒，吃完不給錢撒丫子就跑，有你這麼學雷鋒的嗎？你自己說說這屬於什麼行為？」

我這心裡懸著的一塊石頭才算落地，心想：什麼大不了的事，你不說我都忘了。

我起初還怕警察是因為我跟蹤、偷窺王雪菲或攜帶管制刀具的事兒抓我。要是因為那兩條，隨便哪一條都夠我吃不了兜著走的。

我吃霸王餐的行為相對來說就算不得什麼了，頂多是罰款、拘留之類的處罰。

我嬉皮笑臉地跟警察解釋，我是看見他們欺負小孩，我見義勇為來著，我的行為雖然不太恰當，但是動機和出發點還是好的，希望處罰我的時候能考慮到這一點，從輕發落。

警察說：「行了，法制社會，只重視行為造成的後果，動機只是參考因素。你簽個字吧！」

我一看警察是給我開了張拘留十五天的處罰，後面備註上還寫著處以罰金，並責令改正。

我也沒多看，就簽了字，跟警察說：「還有別的事兒嗎？沒有就趕緊把我送分局拘留所吧，現在還不到晚上十二點，我現在趕緊進去還能算是一天。」

警察奇怪地說：「我還真沒見過你這樣的，你真想得開，倒一點兒都不在乎。」

我斜著眼沒好氣地說：「我要是想不開你就不拘留我了是嗎？那我就想不開一個給你看看。」

警察趕緊說：「可別，你還是想開點兒吧！」

我說：「好像有人說過，沒進過監獄的人就不算是一個完整的人，看守所雖然比監獄差一個級別，我好歹也算是進去學習一回，蠻好的。」

一個多小時之後警察用車把我送到了分局看守所，我對拘留、罰款之類的毫不在乎，把心一橫，想都不去想了。

但是在進看守所的一瞬間，我想起一件事來：「糟了，忘了告訴張濤別去見王雪菲了。」

我完全沒有想到，那天晚上的電話是我和張濤的最後一次通話。

被拘留的這些日子裡，雖然吃了不少苦，卻也從社會的另一個特殊角度見識了一些平常的生活中無法想像的真人真事。

在那樣一個與世隔絕的地方，每個監號各自形成了一個個獨立的小社會體系。監內的犯人，按照身份不同，依次排出地位等級。最大的頭頭便是號長，享有不少特權。

我被關的所在是一樓甲三，整個監區是按照甲、乙、丙劃分，甲一是女號，與甲三中間隔著一間空置的甲二。

甲三室是所謂的「小拘」。羈押的都是短期拘留的，人員結構複雜無比，有賭博的，有嫖娼的，有打架的，有賣盜版影碟的，有貼小廣告的，此外還有三四個聾啞人，這些啞巴清一色都是扒手。

我和阿豪也是在甲三裡面認識的，他之所以被關拘留，是因為他參加朋友的婚禮，席上喝得多了，認不得回去的路，便去敲一個老太太的家門，那老太太嚇得不輕，不敢開門，阿豪就用手把那家的玻璃砸了，手上被碎玻璃割了不少口子，後來有路過的人打了「一一〇」，他就被關進了拘留所。事後如果不是警察告訴他他的所作所為，他自己根本就不知道做過什麼。

有些情況是我沒進去前無論如何也無法想像的，首先一個沒想到的就是人太多。十幾平方公尺的地方關了四十多人，睡覺的時候一層碼一層，足足推疊上三層才睡得開。若是不幸被壓在最下面一層，那就不要想睡覺了，整夜都要提防別人的臭腳伸到自己的嘴裡來，為了不被活活憋死，隔幾分鐘就要把上面的人推開，呼吸幾口空氣。早上起來更是要命，四十餘人合使一把牙刷刷牙，那牙刷上紅的、黃的、綠的五彩繽紛，讓人噁心得想吐。

還有一個沒想到的是，裡面並不是整天吃窩頭、白菜湯，只要你有錢，基本上想吃什麼就能買什麼。包子、紅燒肘子、麵包夾火腿、雪糕等應有盡有，香煙也有三五、紅雲、昆湖三種。

但是如果沒錢的話，每天能吃的就只有窩頭、白菜湯。其實那種白菜湯可能連湯都算不上，把整棵的大白菜隨便切碎了，然後裝到水桶中，倒入開水，放一把鹽，灑上幾滴油，就算做成了。

有個因為在大學校園裡猥褻女學生而入獄的老流氓對我說：「你這事不是拘留、罰款那麼簡單，你最少得被勞動教養一年。」

我聽後大吃一驚，連忙問是怎麼回事。

老流氓說：「我活了六十多歲，在監獄裡就待了四十多年，你這處罰決定上寫的雖然簡單，其中卻大有文章，除了拘留、罰款之外，最後這幾個字是：並責令改正。這就說明要判勞動教養。」

我笑道：「你個死老頭兒別嚇我，判一年勞動教養不是小事兒，怎麼著也要開庭審理吧？警察怎麼什麼都沒跟我說就定下來了？」

老流氓說：「你不懂法律啊，違法的是勞教，犯罪的是判刑。違法是人民內部矛盾，犯罪是敵我關係。勞教又叫作強勞，是強制的，根本不用審判開庭，而且也不會讓你緩期執行，所以有句話進來過的人都知道，那就是『寧捕不勞』。」

聽他說得像煞有介事，我不由得黯然。想到要勞教整整一年，也不免有些著急。

老流氓幸災樂禍地說：「別著急了，反正才一年，也不是很長，我這次也是一年，咱倆正好做個伴兒。」

我聽得大怒，抬手一個通天炮打掉了老流氓的兩顆門牙，周圍的人趕緊把我攔住，這時看守所的管教聽到騷動，過來查看。問明了事情原委，把我關到了單人禁閉室。

我進了單人禁閉室後十分後悔，早知道打了人就能被關單人禁閉室，還不如早些找個人來打了，也不用在甲三室擠了這許多時日。

那日晚上，我找看守所的管教借火點了菸，一個人在黑暗的牢房中坐著抽菸，忽然鐵欄杆外飄進一個人，他穿著賓館服務員的制服，胸前識別證上有四個數字：零三一一。

我看見界龍賓館的零三一一號服務員虛虛緲緲的身影飄進了禁閉室，一陣陰寒的氣息撲面而來，當時是初春，正是春暖花開之時，卻覺得斗室之中的空氣似乎可以滴水成冰，忍不住全身顫抖。

看守所的禁閉室很深、很窄，寬度不足一公尺，人在裡面橫向伸不開手臂。身處其內，壓抑難當，又見到如此詭異的情形，一陣陣的絕望沖向我大腦皮層之下的神經中樞。

零三一一背對囚室的鐵門，把外邊走廊中本就昏暗的燈光完全遮蔽。我心想：此番休矣，定是我讓我這亂認來的表哥去偷錄王雪菲偷情的聲音，被她發現，遭了毒手，他不敢去報復王雪菲，卻來找我索命。

我想張口求救，由於全身肌肉過度緊張，雖然張大了口，但只有聲帶振動空氣的聲音，硬是擠不出半個字來。

聽著自己喉嚨中發出的：「哦……哦……昂……」的怪異聲音，更加重了內心恐懼的情緒。

我平時灑脫自如，生死之事也一向看得甚輕，從沒像現在這麼害怕。

可能是由於第一次親眼見到這場景，顛覆了多年以來形成的唯物主義價值觀。所以我的心智、身體皆廢，只有閉上雙眼等死。

閉眼等了良久，卻不見那服務員的鬼魂上來殺我，此時我已經略微恢復了一些膽子，稍稍鎮定了下來。睜開眼睛去看，只見那服務員就在我面前站著，不過似乎並沒有想要加害於我的舉動。

我想跟對方說些什麼，探明他的意圖，但是剛才太過緊張，現在心中仍是極為慌亂，一時不知該從何談起。

還未等我想到要說什麼，零三一一就對我說道：「表弟，過幾日我就要走了，心裡最記掛的就是你，前兩次見你，都是來去匆匆，未及詳談，今天特意來和你告別。」

我見他確實沒有歹意，就隨即鎮定了下來。心想：絕對不能拆穿他認錯人這檔子事兒，不然他一怒之下，搞不好會對我做些什麼。

零三一一看我不說話，以為我還在害怕，於是說道：「別怕，我雖然是鬼魂，卻不會害人，更加不會傷害自己的親人，咱們雖然是表兄弟，但是從小一起長大，比同胞兄弟關係還好，我只是想問問你這些年來過得好嗎？」

我暗想對答之中千萬不可露了破綻，只能避實就虛，盡量說些模稜兩可的廢話，於是隨口支應道：「不算太好吧，到處打工嘛，吃得比豬少、幹得比牛多、睡得比狗晚、起得比雞早……很是辛苦。」

我說這幾句話的同時，腦子飛快地運轉，心想：在這種問答式的交談情況下，等著他來問我，實在太被動，不如搶了他話題的先機，反客為主。

我不等零三一一對我前一句話做出反應，就繼續說道：「我說表哥，咱們兄弟多少年沒見了？我都記不太清楚了，你還記得嗎？」

零三一一說道：「我當然記得了，自從一九八〇年你去了那個地方之後，咱們就再沒見過，二十年都出頭了。」

我見有了些眉目，再多套出些話來，就能理直氣壯地冒充這個「鬼服務員」的表弟了，便摸著自己的頭又問道：「表哥，我最近腦袋讓門給夾了一下，有點兒不太好使了。以前的事兒，我要是不細想還真想不起來。你還記得當初咱們為什麼分開這麼久嗎？我當時去了哪裡？」

零三一一也伸手摸了摸我的腦袋，關切地說道：「你腦袋讓門夾了？那可不得了，一定要及時找醫生看看。如果留下什麼後遺症，很是麻煩。一九八〇年的時候，你告訴我說你在一個小村子中發現了一座唐代古墓，你覺得很有學術研究價值，打算自己一個人去做一份考察報告。可是你這一去就再也沒回來，咱們家裡人去那個村子找你，結果連你去的村子都沒找到。」

我心中暗想：「這個鬼果然是個笨鬼，算不清楚年頭，一九八〇年的時候我才三歲，人販子給我塊糖都能把我給拐走賣了，更別說去考古了，古考我還差不多。現在有一點可以確定了，看來他確實是認錯人了，只不過我和他表弟外貌酷似，所以他才沒有察覺。」

我擔心他再盤問我考古方面的事兒，就趕緊跟他說些不相干的閒話，分散他的注意力。我忽然想起張濤來，便問零三一一有沒有在賓館裡見過張濤。

零三一一服務員想了想，說道：「我不知道哪個是張濤，不過關於那個女人的事我正想跟你說說。你如果再跟著她，早晚也要把命送在她的手裡。她的老窩就在我們那兒，平時我們受她的脅迫，敢怒不敢言，恰好昨天，她又帶回去一個男人，她吃了那個人之後，就全身被繭絲包住，動彈不得了，我們想動手除掉她，可是她身上包的繭硬如鋼鐵，我們用了各種辦法，都不奏效。於是把她裝在盒子裡埋在零三一一門前，她永遠都出不來了。不過你千萬不要去打開盒子看啊！」

我想起那天夜裡在賓館門前遇襲的事，難不成她是什麼蟲子，成了精？欲待細問詳情，卻見零三一一慢慢隱入牆壁，消失不見了。

我摸著那面牆壁發呆，只聽得「噹噹、噹噹」幾聲響亮，原來是看守所的管教用警棍敲打禁閉室的鐵門：「你，法治科提審。」

至於我家裡人如何上下疏通打點，把我從裡面撈出去的情由，不足一一細表，就此略過。

我被拘留了十四天，就給放了出去，剛進去時的種種英雄氣概，在不到半個月的時間內都被消磨得一點兒不剩。重新看到外邊的天空，才算真正地體會到了自由的意義。

我在洗浴中心泡了一通，晚上回家蒙頭就睡，這一場好覺，直睡了一天兩夜方才醒轉。早晨起床之後，我到公司去看張濤，發現公司早已關門大吉了，員工也作鳥獸散，想找個人來問問情況都找不到。

張濤的人品我雖然瞧不上，但是他對我實在是不錯，我決定到界龍賓館去看看有沒有關於他下落的線索，不管他是死是活，不看個明白，終究是不能安心。

去黃樓鎮的路我在這一個月中熟得不能再熟了，此番驅車前往，自然是輕車熟路。但是我按平時的路徑兜了三個圈子，竟沒找到地方。心中暗暗奇怪，可能是因為往日都是夜裡來，這次白天來，遠處的參照物不同，導致走錯了路。於是我減慢車速在路邊緩緩行駛，仔細地看路邊建築。

忽然發現前邊路口有家賣酒釀圓子的小吃店，自己曾經吃霸王餐那天在這家店裡連吃了兩碗。界龍賓館正門前的林蔭道應該就在小店對面，可是放眼望去，只見沿途古柏森森，並沒有賓館主樓的踪影。

我把車停下，走進小吃店，要了一份酒釀圓子，店中招呼客人的，卻不是上次見到的那對年老夫婦，而是一對中年夫妻，圓子的味道也比上次差得多了。

我問店中的老闆：「這對面的界龍賓館是不是拆了？」

中年老闆一邊忙著手中的活計一邊答道：「這裡哪有什麼賓館？對面一直下去是浦東新區黃樓鎮界龍公墓。」

我聞聽此言，差點兒沒把口中正在吃的東西噴到對面食客的臉上，趕緊用手摀住，強行咽了下去。

老闆娘在旁邊接口道：「以前倒是個賓館，二十年前一場大火燒成了一片白地，連周圍的居民都燒死了不少，我們這個小店沒倖免，這店是我祖傳的家業，我父母也在那場火中喪了命。那真叫一個慘啊！」

老闆聽了老闆娘的話，也回憶起往事，神色悲傷：「是啊，賓館裡一百多人和周圍的不少居民都給活活燒死了，後來想在原址上再建賓館，但是又擔心死的人太多，沒人敢來住，就把這塊地規劃成公墓了。」

我心中冰涼，直如分開六片頂陽骨，一桶雪水澆下來。

老闆娘說她父母也死於那場火災，這家店別無其他主人，我那日晚上在這兒吃東西，難道那對年老夫婦是火場亡魂？我試探性地問了一句：「老闆，你這店晚上營業嗎？」

老闆答道：「下午一過三點就關門了，這邊人少，白天就是做些掃墓客人的生意，晚上可沒有人願意來這裡閒逛，呵呵，我晚上還賣給鬼吃不成？」

我聽得後脖子直起雞皮疙瘩，一刻也不願在此多耽擱，馬上想要離開，上車之前，我忽然想到了在看守所禁閉室裡聽零三一一服務員說的，把王雪菲關在盒子中埋在門前的事情。

我心想：若不看個明白，晚上肯定睡不著覺，便把「恐懼」二字扔到了腦後。有時候真的是很痛恨自己的好奇心，明知不該去看，但是兩條腿不聽使喚，邁步走進了墓園。

可能距離清明節尚遠，園中一個掃墓的人也沒有，墳墓層層疊疊，排列得十分整齊，緩緩上升的山坡小道兩側栽種了很多松柏類常青樹木，白天看來依然顯得格外清幽肅穆。我看墓碑上都有編號，很容易就找到了零三一一，墓碑上的照片正是我見過三次的賓館服務員。想必當年他就是死於那場大火。我們兩個雖然人鬼殊途，但是亂認了一場表兄弟，心中也著實對他有些好感，下次應該帶些鮮花、清酒，在他墓前祭拜一下，也算對得起他了。

細看周圍的環境，這裡多半便是賓館零三一一的門前了，他把盒子埋在哪裡了呢？腳下都是紅色長磚鋪地，正對著墓碑的一塊磚四邊有些碎土，我想這多半便是埋盒子的所在。

用手輕輕一起磚頭，竟然不費吹灰之力就揭了開來。下面是個體積不大的骨灰盒，棗紅色漆身，頂上是大理石的面，四周鑲嵌著銀製花紋裝飾。

我把零三一一服務員告誡的不可打開的話忘到了九霄雲外，用手把盒子上面的銀門解開，緩緩打開一條細縫，想看看王雪菲是怎麼被裝進這麼小的盒中。

剛把盒蓋開啟，裡面就飛出一隻像是飛蛾的東西，也就是指甲蓋大小，那蛾子雙翅迎風，每搧一下就變大一倍，我面前出現了一幅不可思議的情形。

頃刻間，飛蛾已大如傘蓋，它身體黃一道黑一道，如同蜂肚，雙翅像是蝴蝶，翅膀上面的花紋圖案好似花草雲霞，各色繽紛，燦爛無雙。雖有工於畫者，也不能描其美。

那似蝶似蜂的怪物翅膀變幻莫測，圖案剛剛還是山水花草，瞬間又幻化為工筆仕女圖，圖中美女雲鬢高綰、凝眉秀目，逼真得呼之欲出，其美攝人心魄。時而又化為宮闕重重，雲霧繚繞，亭台樓閣之上雕樑畫棟，其間有仙人若隱若現，令人眼花繚亂，心旌搖搖。

我被它翅膀上的花紋之美所震懾，忍不住想離近觀看，一時竟忘了此刻生死繫於一線，想不起來要逃跑。

怪翅搧動，有一股異香躥入我的鼻腔，我鼻中的鮮血就像自來水一樣流了下來。血流入口，舌間感到一陣鹹腥，全身一震，頓時清醒了過來。此時，我已與那怪物近在咫尺，來不及多想，我用手摀住鼻子止血，轉身就向後跑。怪蝶「吱吱」怪叫，一展雙翅，隨後趕來。

我聽得身後風聲，知道它離我極近。心神激蕩之下腎上腺激素急速飆升，頭腦越發清

【**喪哭**】頃刻間，飛蛾已大如傘蓋，它身體黃一道黑一道，如同蜂肚，雙翅像是蝴蝶，翅膀上面的花紋圖案好似花草雲霞，各色繽紛。

醒，心想：陸軍是絕對跑不過空軍的，若是筆直向前狂奔，便是再有一百條性命，今天也一併斷送在此了。於是轉身一閃，不跑直線，繞到賓館服務員墓碑和它兜起了圈子。

怪蝶雖然一時奈何我不得，但是人力有其極限，如此繞下去，終究會力竭而止。而且我鼻中血流如注，來不及採取應急措施止血，就算不累死，只需再流上兩分鐘鼻血，多半也是無法倖免。繞了幾圈之後，我頭腦發暈，腳下如同踩著棉花，馬上就會暈倒。

墓園中清幽寂靜，絕無人踪，只是偶爾有數聲鳥鳴從林間傳出。我向遠處的天空望了一眼，發現以前見慣了的藍天白雲竟然如此綺麗動人，心中對生命眷戀無比，今日實在是不想命喪於此。

怪蝶追了幾圈，發起狂暴急躁的性子來，不再同我轉圈，騰空而起，凌空落到我的面前，雙翅鼓風，產生了兩股強大的氣流，阻住去路。

我無法再跑，只得背靠墓碑坐在地下。

只見怪物下腹之中，「噌」的一聲探出一根略呈弧度的尖刺，日光照耀之下，尖刺發出金黃色的光澤，刺身上還有無數細如毛髮的倒刺。

我心中一寒，傻寶石說的果然不假，我太大意了。

隨著一聲呼嘯，尖刺沖我直刺而來。我失血太多，難以支撐，但是死到臨頭，求生的本能把身體中最後剩餘的幾分體力爆發了出來，左手猛按墓碑側面，右手撐地，在這千鈞一髮之際把整個身體向左甩出。

那怪物來勢太猛，把體內的針尖全部插入了墓碑，想拔卻拔不出來了。急得它連連怪叫。我連忙撕下一塊衣服塞住鼻子，暗自慶幸，心想：我這腦袋可不如石頭墓碑結實，被刺中了焉有命在。

既然那怪物脫身不得，我可不能在此慢慢等它拔出刺來，此時不跑，更待何時。我回去就搬家到新疆去，你再想殺我恐怕也沒那麼容易。

我打定主意，轉身就逃，跑出五十多步，忍不住回頭看一眼那怪物有沒有脫身。沒想到那怪物已經一動不動，身體變得枯黃，我停住腳步仔細觀瞧，發現它竟然在蛻皮。

我心中發起一股狠勁兒，心想：如此良機，若不順手宰了它，縱然自己逃得性命，它也必然繼續為害一方。我此時怎麼能貪生怕死，只考慮個人安危。

只是手中並無器械，卻又拿它奈何？環視左右，發現路邊有幾塊山石，最小的一塊約有十七八斤的份量。我何不趁其蛻皮的機會將它砸個稀爛。以前打架經常用板磚拍人，這山岩雖然使著不順手，但也將就著能用。

我抱起那塊石頭，走近怪物的所在，只見它就如同蟬蛻一樣，剛才還五顏六色的外皮枯黃焦萎，尾上的尖刺仍牢牢嵌入墓碑，腹中破了一個口子，裡面黏呼呼的軀體正在掙扎著往外鑽。

我大笑一聲，舉起石頭就砸，怪物在枯皮裡面的軀體疼痛得抽搐扭曲，不斷有腥臭無比的墨綠色汁水冒出，也不知是它的血液還是什麼。

我毫不手軟，既然動手了，就絕不留情，仔仔細細地從頭開始用大石頭一下一下地狠狠砸它。

其實此刻我也是害怕至極，雖然一向認為自己絕對是個心狠手辣的人，但是畢竟從來沒殺過這麼大的生物，以前頂多就是弄死幾隻老鼠、蟑螂之類的小東西。

我只得一邊砸一邊說話給自己壯膽：「你還想吃我？吃了我的老闆也就算了……我是什麼人？能讓你吃了？我讓你追我……你看我不砸扁了你……」也不知砸了多久，手中的石頭終於碎成了若干塊，我的虎口被震破了，全身都是自己的血和怪物的綠汁，衣服也被掛破了幾條口子，真是狼狽不堪。

低頭看看怪物，基本上已經沒有形狀了，能砸到的地方全砸了兩遍以上。

我坐在墓碑旁大口地喘著氣，也許是我命不該絕，最後竟然活了下來，雖然是慘勝，但總算是把這天殺的「王雪菲」送去了另一個世界。

這時我發現墓碑後面有一個類似蜂窩的三角形小土堆，用手一摸，原來那土堆是一種類似透明分泌物凝固之後形成的蠟狀物質，上面留有一個小小的洞穴，剛好可以讓一隻飛蛾大小的昆蟲進出。

看來這就是服務員亡靈所說的「王雪菲」的老巢。

我用手把它從中間扒開，那巢建得甚是堅固，連加了三次力，才掰成兩半。

裡面的空間大約和骨灰盒差不多大小，陽光照耀之下，洞中的事物亮晶晶得耀眼生輝，竟然全是白金項鍊、鑽石戒指之類的珠寶，足有上百件之多。

掏出來兩樣拿到眼前細看，都是如假包換的真貨。估計都是那怪物生前害過的男人們給它買的。

世人皆愛財，常言道人為財死。想不到這怪物也是個貪圖富貴的，真可謂是與時俱進，順應時代的潮流啊！

我喜出望外，心想：今天總算沒白忙活一趟，這些珠寶項鍊，我就不客氣地收下了，就當是這怪物賠償我的醫藥費和精神損失費。剛才雖是九死一生，也不枉我受了這一番驚嚇。

在物質的刺激之下，我手上的傷口似乎也不疼了，剛剛還因為失血過多感到頭昏眼花，現在也立刻變得精神煥發。

我把裡面的財物拿出來，用外衣包了個小包，拎在手中，對著賓館服務員的墓碑拜了兩拜，又回頭望了一眼地上的怪物殘骸，自言自語道：「良園雖好，卻不是久戀之所，灑家去也。」

我隨即步履蹣跚地離開了界龍公墓。

後來我用這些珠寶變賣得來的錢作為資金，同阿豪、臭魚一起做了藥材生意。

一年之後，我無意中看到一條新聞，在本市黃樓鎮界龍公墓中，管理人員發現一個埋有大量屍體殘骸的洞穴，屍骸皆為成年男性，經鑑定，大部分為東亞人種，少數為歐洲人，據保守估計，屍體數量在兩百具以上。死因及死亡時間等目前仍在進一步調查之中。

我暗自吃驚，那怪物竟已害了這麼多人，想想也真後怕，就差那麼一丁點，否則自己現在也上新聞了。

不過隨即又有些沾沾自喜，覺得自己為民除害，單槍匹馬地解決了這麼厲害的怪物，真可謂是蓋世無雙的豪傑身手，比起當年的那些大俠恐怕也不承多讓。

可惜當時沒有目擊者和媒體現場直播，不然我名揚四海，不知道有多少美女會被我的事蹟感動，主動送上門來。

唉，運氣不好啊，只能繼續默默無聞了。只能用莫斯科無名英雄紀念碑上的銘言來安慰自己：他們的名字無人知曉，他們的功勳永垂不朽。

臭魚問道：「這就完了？」

我說：「完了，你還想怎麼著？」

臭魚說：「這麼一個會變大美女的大蝴蝶就讓你給活活砸爛了？」

我說：「不給它拍扁了，我還留著它生崽子嗎？我只恨天下沒有這麼大的蒼蠅拍，害得我很辛苦地一點兒一點兒用石頭砸。」

臭魚說：「你可真沒經濟頭腦，這要是活捉了，或者做成標本什麼的，拉到中東去，賣給哪個喜歡搞收藏的石油大亨王子之類的人物，咱們下半輩子都不愁吃喝了。」

我說：「你趕緊歇了吧，就數你聰明。咱們要是倒賣這種怪物，搞不好被公安抓了，給咱們扣上個走私國家特級保護動物之類的罪名，咱下半輩子就真不愁吃喝了，在監獄裡面天天吃窩頭去吧！」

臭魚說：「這樣的怪物怎麼能算是國家特級保護動物？我看比起國寶也差不多。比大熊貓值錢。」

我說：「反正在中國，稀少的東西都值錢，咱們這就一樣東西多，也最不值錢，你知道是什麼嗎？」

臭魚說：「我當然知道了，咱們中國就是人多。」

我們倆你有來言我有去語，越扯越不靠譜。

藤明月和陸雅楠都捂著嘴笑，陸雅楠拿出一包巧克力分給眾人，大夥腹中都有些飢餓，謝過之後，拿起來就吃。

陳老插話道：「其實那怪物不是蝴蝶，我年輕時也見過一隻。」

我們忙問詳情。

陳老說道：「但凡人遭橫死之後，心中一股怨氣難消，這股氣無形無色，要多日方才散淨，如果恰遇多股怨氣凝聚，這股氣又聚於蟲巢附近，蟲蟻蝶蜂之屬吸收了這種怨氣就會變異成精，以陽氣足的成年男人為食，它們每吃一人，就要做繭蛻皮進化一次，每蛻一次皮，它身上的圖案花紋就更加美豔一層。」

我們聽了恍然大悟，忙問陳老這怪物叫什麼名字。

陳老說道：「此物名為喪哭，又名屍璧，在道教典籍中多有記載，並不足為奇，亂世之時尤多。」

我對陳老說道：「喪哭？怪不得有人叫它三姑，原來是這麼個三姑。」

阿豪從我講我的經歷開始就始終不發一言，仔細地聽著每一句話，這時冷不丁地問了陳老一句：「老伯，你們這個村裡有沒有什麼唐代古墓？」

陳老聽了阿豪的問話，全身一震，臉上微微變色，說道：「這話從何說起？我在這村裡住了六十多年，可從來沒見過有什麼唐代古墓。」站起身來接著說道：「你們大家慢慢聊吧，老朽年紀大了，精力不足，要去接著睡覺，失陪了。」

也不等我們回話，陳老就轉身進了裡屋，並把房門關上。

我和阿豪對視了一眼，覺得似乎哪裡有些不太對勁兒，可是又說不出來到底是哪裡出了問題，心中隱隱感到一絲不安。

臭魚對陳老是否回去睡覺毫不在意，三兩口把自己那份巧克力吃完，一看陸雅楠那份才剛吃了一小口，馬上露出憨厚的笑容：「妹子，巧克力可不是這麼吃的，你這吃法不對，我這當哥的不能視而不見，我來教教你吧！」

陸雅楠笑著說道：「吃巧克力還有什麼方法嗎？啊，我知道了，你是說和室內溫度有關對不對？我以前看雜誌上介紹過。不過我可不是你妹妹，你長得這麼黑，咱們怎麼看都不像兄妹啊！」

臭魚伸手把陸雅楠沒吃完的巧克力拿過來：「又不真的是親兄妹，咱這麼稱呼不是顯得我沒拿你當外人嘛！我也不是說巧克力的吃法，我是指吃巧克力的方式。我來示範給你看看。」

說話之間，臭魚把巧克力全部塞進了嘴裡，單手托腮做沉思狀說道：「一邊大口地嚼著香濃的巧克力，一邊思索一下未來人生的道路，這才是正確的生活方式啊！」

真可謂是「水至清則無魚，人至賤則無敵」，臭魚的臉皮比城牆拐角都要厚上三尺。眾人大笑，雨夜之中原本有些壓抑的氣氛都煙消雲散了。

藤明月還想聽故事，讓我再講一個。

我有些累了，就對她說我大腦容量有限，只會講剛才那一個故事，其餘的一概不會。

陸雅楠對藤明月說：「藤老師，你給他們三個講講你家那幅祖傳古畫的故事吧，上次你給我講了之後，我覺得真的是很神奇呀！有點兒《聊齋誌異》的感覺。」

我和阿豪本來已經有些睏乏了，聽說有什麼祖傳古畫，又都來了精神。

藤明月不像普通女孩兒那麼矯揉扭捏，非常大方，有點兒像充滿活力、性格外向的美國女孩，既然別人讓她講，她馬上就答應了。

陸雅楠對大夥說：「你們先聊著，我去車裡再取些吃的東西來，順便打電話給家裡人報個平安。」說完就起身去外邊的車裡拿東西。

在此期間藤明月給我們講了她家祖傳的一幅畫中的故事。

第四個故事　古畫奇談

藤明月講的第四個故事，正值明朝末年，天下大亂，天災兵禍連綿不休，百姓苦不堪言。

關外寧遠錦州衛一線打成了一鍋粥，朝廷只得不斷地增加稅賦以承擔軍費開支。由於邊餉、練餉、遼餉太重，百姓不堪重負，導致內地流寇四起，所到州縣，如同秋風掃落葉一般，官兵無不望風披靡。

在四川，流寇殺人盈野，川人百不存一。在河南，流寇攻開封不克，遂掘開黃河放水淹城，一代名都就此永遠埋於泥沙之下，從此再不復見天日。天下就像是個大火鍋，到處都是水深火熱。

在當時的中國，只有江、浙兩省，略為太平。皆因這兩地屬於中國之糧倉銀庫，崇禎皇帝的遼餉幾乎全依賴這兩省的稅收。故此一向都駐有重兵，再加上這江南兩省自古富庶，百姓還算能有口安穩飯吃。

藤家祖籍金陵城郊，也就是現在的南京，是城中數一數二的大戶，家資殷富，而且是書香門第。藤家當家的是當時的名士，名叫藤榮，家訓甚嚴。

其子藤子季年方弱冠，生性聰穎，才思敏捷，尤善詞翰。來家登門提親者絡繹不絕，藤榮皆不允，只讓藤子季專心讀書。

適逢流寇大舉進攻，兵甲如林，官兵雖眾，也不敢斷言定能禦敵，周邊地區的土匪趁火打劫，光天化日之下就敢衝州撞縣、殺人放火。

百姓無不舉家奔竄，藤家的糧庫也被亂民哄搶一空。藤榮攜帶眷屬避難於中谷縣中表親朱某處，當地的富紳見藤榮是社會名流，於是為其全家空出幾個院子居住，飲食器具供給無缺。

藤子季因客居倉促，沒帶什麼書籍，學業暫時疏懶了下來，每天只有在村外散步解悶兒。

村中有王姓縫工，與藤子季對門而居，王妻三十許，風姿絕倫，不類村婦。有女名柳兒，貌美尤過其母，常隨母碾米於比鄰。

一日柳兒攜帶箕帚路過藤子季門外，粗布荊釵，殊無艷飾，然而發盤高鬟，秀眉在骨。藤子季看在眼裡，不禁神為之盪，目送該女遠去才返身而歸。

回家之後，冥想夢寐，輾轉反側。早上起來來不及洗漱，就等在門外。

快到中午的時候，終於又見到柳兒從門前路過。

藤子季細看柳兒，只見裙下雙足細銳如筍，益發喜愛不能自拔，佇立多時，眼睛都不會轉了。

直到柳兒的母親王氏走過來，藤子季自覺失態，方才依依不捨地返身回房。

王氏已經察覺到了他的意圖，從此不讓柳兒出門，所有需要出門做的活兒都由自己承擔。

藤子季大失所望，詠憶柳詩百首，輾轉思量，情思悱惻。

一日，他躊躇於院中，負手聽蟬。忽然足下鏘然掉落一物，視之，銀指環也。駭而四顧，只見柳兒在門外一邊微笑，一邊用手遠遠地指著地上的銀指環，似乎是讓藤子季收藏起來。

藤子季會意，馬上撿起銀指環藏於袖中，再抬頭看柳兒，她已經去得遠了。

藤子季心癢難耐，又苦於無人訴說，於是信口成詩一首：

銀指環如月彎，向疑在天上，端自落人間，銀指環白如雪，欲去問青娥，幽情無人問。

未過多久，流寇被官軍擊潰。藤榮一家準備還鄉。置一巨舟，裝載行李，只等來日風順啟程。

藤子季整日立於門外，想等柳兒言明愛慕之意，然而卻杳無見期。

終於到了該走的時候，只聽布帆翩翩作響，藤榮命家人登舟，中流擊楫，片刻舟以順風而下十餘里。藤子季望洋興嘆，無可奈何。恨不能肋生雙翼，飛過長河。一想到此處，便覺得身輕如葉，飄忽悠到北岸，信步前行，卻發現路徑已經變得和從前不同。

道路兩旁林木蔥蔥，間雜荊棘，有數棟茅屋，周圍圍以豆籬，寂寂無人。

藤子季緊走幾步，來到茅屋近前，想看看裡面有沒有人，以便詢問路徑。卻聽屋中有嚶嚶悲泣之聲，聽之怦然心動，受到那哭聲感應，自己也覺得哀傷愁苦。

藤子季聽得哭聲，於是推門而入，只見一女子紅綃掩面嗚嗚嬌啼，自覺失禮，連忙退出門外。

方欲轉身離去，忽聽屋中女子說道：「庭前可是季郎？你棄我而去，為何又回來？」

藤子季細看屋中女子，正是柳兒，不禁悲從中來，聲淚俱下。

柳兒從屋中出來，用紅巾為藤子季擦去臉上淚水，說道：「父母之前婉言示意，季郎之親戚朱某若為你、我二人做媒，事便無不成，何不歸而謀之。我被母親節制，不能輕出家門，從今而後，唯有在家中等候你來提親的好消息。」言畢退入屋內。

藤子季想隨她進去再說些話，忽聽村中惡狗狂吠，大吃一驚而起，發現自己原來正躺在舟中，適才是南柯一夢。

後以夢中情形私下裡告訴父母，藤榮認為縫工之女下賤，又以路途遙遠、聘娶不易為由而不允此事。

藤子季見父親態度堅決，毫無商量的餘地，憂愁成疾，食不下嚥。

冉冉光陰，又至春日。扶簷垂柳，絲黃欲均。

藤子季心中苦悶不樂，在紙上寫了一首詩：

雲鬟霧鬢本多姿，記得相逢一笑時。

轉盼韶華空似夢，猶憐春柳掛情絲。

寫畢，倦臥睡去。詩稿被藤榮見到，發現藤子季如此沒出息，勃然大怒，但是念在藤子季有病在身，就沒有對他說什麼。

時至清明節，遊人如織，藤子季也出門散步排解相思之苦。行至黃昏，日漸暮，人漸稀，在途中遇到一位老婦立於道旁。

老婦對藤子季凝視良久，走過來說道：「好個眉清目秀的年輕書生，只是見你神色憂愁，是否有何心事？不妨講出來，老身願效綿薄之力。」

藤子季嘆息道：「確有心事，但恐姥姥無能為力。」

老婦說：「就怕你沒什麼心事，如果有，老身無不能為。」

藤子季聽她言語奇異，就盡以實情相告。

老婦笑道：「此事有何難哉，假如今日不遇老身，則君終當憂愁成疾至死。」

藤子季連忙拜求。

老婦說道：「此去半里遠，有一宅，王氏母女正寄居於其間。如果不信，可隨我前去觀看。」

藤子季欣然前往。行至一處茅屋數間，豆籬環繞，芳草古樹，樹蔭蔽日，顯得陰森清寂。

此間景象和在船中做夢時所見毫無區別，藤子季甚覺怪異，問老婦：「我這可是在夢中？」

老婦說道：「分明是我引你前來，哪裡是在做夢。」

藤子季說道：「曾夢此景，故疑之。」

老婦有些生氣，說道：「真境何必多疑。」

藤子季問道：「清明時節，籬笆上的豆花為何發芽？」

老婦笑道：「書生喝醉了，請再仔細觀之。」

藤子季揉揉眼睛細看，籬笆上果然並無豆花，唯細草茸茸而已。

等到進了屋子，柳兒的母親王氏含笑出迎，對藤子季說道：「年餘不見，竟已憔悴如此。」

藤子季哭訴其故。

王氏說道：「令尊自視甚高，難道我女兒真就成了道邊苦李無人肯拾？我知道季郎心意至誠，故託俞姥引你前來一談。若能聯姻固然是好，但需令尊誠意而求，不然謂我縫工女，豈真不能佔鳳於清門。」

藤子季婉辭謝過，俞姥也代為說情。

王氏沉吟良久，說道：「倘若真想與我女兒成婚，當入贅於我家中，如違願，請季郎速速離開。」

藤子季只盼和柳兒成婚，哪裡還顧得上什麼，連稱願意。

於是掃除各室，鋪設床帳，俞姥為柳兒裝扮已畢，同藤子季上堂交拜，行禮成婚。

藤子季觀看柳兒，艷光倍勝昔日，遂相歡悅，詢問柳兒如何住在此地。

柳兒說：「妾於村外買布，被俞姥接來，不料妾母也已在此，於是就在這裡住了下來。妾曾問俞姥此間是何所在，俞姥說這裡名為俞氏莊園。」

如此過了一個多月，藤子季和柳兒如膠似漆，藤子季一日忽然想起，大事已定，當歸家告知父母。長留此間也不是長久之計。

於是找柳兒商議此事，柳兒心意未決。

藤子季心想：此處離家也不甚遠，去去便回，何必斟酌不定。便自行離開，行出百餘步，回首望去，卻不見那幾間房舍。

只有一座大墳，環以松柏。藤子季大驚之下急忙尋路還家。

到家之後，見父母因為藤子季失踪多日，相對悲泣，臉上淚痕猶未乾。見藤子季回來，大喜之下詢問緣故。

藤子季以實相告，父母大駭，以為遇妖，藤子季也自驚恐不已。

如此又過半月，藤榮怕藤子季再生出什麼事端，於是答應找親戚朱某做媒向王家提親。

還未來得及寫信，恰好朱某自上谷而來，藤榮訴說此事，請朱某做媒。

朱某大稱怪事，說起其中情由：

自從你們從上谷返鄉之後，王氏女柳兒奄奄抱病，察其意，似乎是因為思念藤子季而病。

後來病癒，出村買米，忽然失踪，遍尋不著。

過了一段時間，自行回到家中，問其故，她說出村買米之時，遇一老婦自稱姓俞，邀其同行，到了一處房舍，見其母王氏已先在房中。次日，俞姓老婦帶藤子季來到家中，入贅其家，居住了一月有餘。

一日藤子季外出不歸，王氏讓柳兒同俞姥先行，自己隨後就到。於是同俞姥乘飛車至一處，俞姥令柳兒下車，說已經離家不遠，讓柳兒自行回家。並說自此一別，日後再無相見之日。

柳兒想要細問，只見車塵拂拂，如風飛行而去。再看周圍環境，正是之前買米時所經過的道路。

乘月色至家，見其母王氏已在室中，自從柳兒失蹤後從未出門。柳兒以實情相告，舉家駭異。這才明白，柳兒所遇到的並非其母，深悔為妖所誤，愧怒欲死。王氏夫婦徬徨無計，便想把女兒趕緊嫁出去。然而人品如藤子季者，寥寥無幾。故託朱某前來玉成此事。

藤榮夫婦聞言大喜，備下重禮作為聘儀，擇吉日完婚。此事遠近傳為奇談，就連素不相識者也都來送禮賀喜，爭觀新人。藤子季同柳兒成親之日，華服登場，驚為天人。賓客此來彼往，門庭若市，足足五日方休。兩家深深感激俞姓老婦，但終不知其究竟為何許人也。

一日，藤榮醉歸，天色已晚，途中遇一老婦，借宿於其家。

屋僅三，中堂設榻款客。睡到天色微明，老婦催促藤榮起床速歸，說道：「金雞報曉，客宜早歸，此地不可久留。」

送至門外，藤榮深感其義，問其姓名。

老婦說道：「老身姓胡，借居於俞氏宅中，人疑我亦屬其宗派，其實非也。老身與令郎相識，有一幅畫像贈送，並相煩寄一言，就說：舟中好夢，夢裡良緣，皆我所賜。」

藤榮看那畫像，正是老婦肖像，端的是出自名家之手，神形皆在。然而未解其話中含義，只能唯唯稱是。

走出數丈，回頭看去，並無人物房舍，松柏參差，環繞巨墳一座，墳前墓碑上書俞氏之墓。

這才明白，俞姥乃俞墳之中的狐仙。

回家後藤氏父子出資修葺俞墳。築牆桓，栽樹木，焚香祈禱，然後再未見過俞姥。家中把她所贈的畫像，代代相傳，直至今日。

藤明月說道：「千里姻緣紅線牽，然而這未必就是真的鍾情，真的鍾情於一個人，就是和他相對咫尺的時候，也好像隔著汪洋大海。」

阿豪聽得投入，感慨道：「世間如果多了些俞姥這樣的仙人，也就沒那麼多痴男怨女唉聲嘆氣了。和俞姥相比那月下老兒真是無用至極。」

臭魚說道：「回頭我得去給俞姥上炷香，好好拜拜她，普天之下還有三分之二的光棍兒呢，她老人家可不能退休。怎麼著也得給我介紹一個什麼桃兒、杏兒的。」

我對這種才子佳人的故事一向不感興趣，聽得氣悶，心中暗想：「這些賊男女，不務正業，整日裡滿腦子飲食男女，都是他們這樣社會還怎麼進步，科技還怎麼發展？尤其是藤明月的祖宗藤子季，瞧他那點出息，看見個漂亮妞兒就蒙了，要擱現在，都能入選《金氏紀錄傻子大全》了。」

忽然想到陸雅楠出去這麼長時間，怎麼還不回來？這大半夜的可別出了什麼事。

藤明月也發現陸雅楠遲遲不回，很是擔心，想出去找她。

臭魚自告奮勇地說道：「這些跑腿的事，不勞女士出馬，我去看看。」說完抄起一支手電筒推門出去。

也就過了五六分鐘，臭魚臉色刷白，氣喘如牛地從門外跑進來。

我忙問找到陸雅楠了嗎？

臭魚結結巴巴地說：「只……只找到……一部份。」

我情急之下，跳將起來，揪住臭魚衣服問道：「你快說清楚了，什麼一部份？人在哪裡？」

阿豪和藤明月也都站起身來，一齊望著臭魚。

臭魚喘了兩口氣，一邊擦去臉上的雨水一邊說道：「沒看見整個的人，只找到一條大腿和一條胳膊。好像就是那小姑娘的。」

藤明月和陸雅楠的年齡差不了幾歲，名為師生，情同姐妹，聞聽此言，如遭五雷轟頂，她「咕咚」一聲摔倒在地，暈了過去。

臭魚連忙把她扶到椅子上，用力晃她肩膀，藤明月只是昏迷不醒。

阿豪說：「咱們救人要緊，陳老家是開藥舖的，可能懂些醫術，我去把他叫醒來看看藤明月。」

說完推開裡屋房門準備進去找陳老，卻似看到什麼異常事物，開門之後站在門口發楞。我和臭魚見他舉止奇異，也過去查看，二人見到屋中情形也驚奇不已。

原來裡屋並非臥室，也不見陳姓祖孫二人的踪影，四壁空空如也，什麼東西也沒有。

阿豪對我和臭魚說：「我早就覺得那老頭兒不太對勁兒，搞不好咱們這次撞到鬼了。」

臭魚不信邪，進裡屋搜索，想看看有沒有什麼地道之類的。上上下下搜了個遍，卻是無功而返。

我對阿豪說：「還真他娘的活見鬼了，兩個大活人進了裡屋怎麼就憑空消失了？」

阿豪說道：「你還記得曾經有個誤認你為表弟的鬼魂嗎？他說他的表弟二十多年前去一個小村子考察一座唐代古墓。此後一去不返。」

我撓撓頭說道：「當然記得，那又怎樣？已經是兩年前的事了。」

阿豪說：「怪就怪在此處，剛才那陳老說二十多年前這村裡來過一個年輕人，長得和你酷似。」

我想了想剛才談話的情形，說道：「是有這麼回事兒，你的意思是，那個服務員亡魂真正的表弟就是在這兒失踪的？」

阿豪說道：「多半就是如此，看來咱們誤打誤撞也走入了那個有唐代古墓的村莊了。」

臭魚這時從裡屋出來，聽了我二人的談話，大大咧咧地說道：「管他什麼鬼不鬼的，咱們只管找路出去就是。誰敢阻攔，惹得我發起飆來，只憑這一對拳頭，也打得他粉身碎骨。」

我問臭魚那人腿人臂究竟是怎麼回事兒，能否確定就是陸雅楠的？

臭魚答道：「我出去尋她，到了她們停車的地方，車門鎖著，車內無人，我就打著手電筒在周圍尋找，看見草叢裡有條白生生的女人大腿，又在不遠的地方發現了一條胳膊，看樣子也是女人的。」

阿豪說：「也別說得太確定了，世上又不只有她一個女人。只是女人的胳膊、大腿，還不能下結論就是陸雅楠的，咱們一起去看看再說。」

我對那二人說道：「如果那小姑娘還活著，咱們要先設法把她找到，再跑路不遲。」

阿豪說道：「對，絕不能見死不救。」

臭魚也說：「那當然了，那小姑娘雖然只有十八九歲，但是不僅性格可愛，長得也很豐滿，那身材……比咱們公司劉秘的大多了，不瞞你們哥倆，我還真有點兒喜歡她。」

阿豪怒道：「廢話，我發現你他娘的就是一腦袋漿糊，你還拿誰跟劉秘比？是個女人就比她強。」

臭魚自知失言，卻轉過頭來埋怨我：「日你大爺的，都怪你，招聘這麼個『飛機場跑道』來公司，我低頭、抬頭的天天看見她，害得我審美標準直線下降。」

我也生氣了，大聲說：「不許你日我大爺，要不是她爹是稅務局的頭頭，我用得著開那麼高的工資僱一個『飛機場』？我還不是為咱們公司的前途著想。」

我們三人鬥了半天口，這才想起來藤明月還昏迷不醒。

雖然我們三個都是做藥材生意的，但是平日裡只會投機倒把、吃吃喝喝，根本不懂什麼無器械急救。

阿豪說：「是不是得給她做做人工呼吸？一直這麼休克下去，恐怕有些不好。不過我可不會做，你們倆誰會？」

臭魚搖搖腦袋，這種事原本也是指望不上他。

其實我也不會，但是救人要緊，馬上使勁兒回憶了一下以前看的電影中做人工呼吸的姿勢。

我把藤明月的腦袋抬起來，對著她的嘴往裡面吹了兩口氣。

阿豪在旁指點說：「好像要把鼻子捏起來。」

我想起來電影裡好像確實是這麼演的，於是一手捏著藤明月的鼻子，一手扶著她的頭，準備接著做人工呼吸。

剛才不及多想，現在把藤明月柔軟的身體抱在懷裡，才發現她長得十分清秀漂亮，竟有出塵脫俗之感。

我心想：我這豈不是跟她接吻一樣。一想到此處，心動有些加速。

臭魚催促道：「快點兒，一會兒她就死了。」

我連忙收攝心神，問他二人應該是往她嘴裡呼氣還是往外吸氣？

那兩塊料答曰：「不知道，都試試。」

於是我嘴對嘴地往藤明月嘴裡吹了兩口氣，然後啜了兩口。藤明月還是沒醒過來，似乎呼吸也越來越微弱。

我焦躁起來，把藤明月放到桌子上，準備學電影裡面的急救措施，給她做心臟按壓起搏術。正在此時，藤明月「嗯」的一聲，悠悠醒轉了過來。

藤明月開口第一件事就問陸雅楠是不是死了。

阿豪怕她再暈過去，就安慰道：「還不確定，她應該沒事兒，只要是還活著，咱們幾個赴湯蹈火也要把她全須全尾地救出來。」

藤明月稍感寬慰，休息了片刻，四人便一同出去找陸雅楠。

臭魚引領我們到了事發現場，大雨之中地上全是泥濘，四周一片漆黑，別說什麼村莊了，除了那家慈濟堂藥鋪，根本就看不到別的房屋。

這雨下得也怪，只是悶聲不響地從半空中潑將下來，天上雷聲、閃電卻一個也沒有，而且從開始下雨直到現在，這雨的節奏大小就幾乎沒變過。

沒走多遠就到了臭魚發現人腿的地方，在瓢潑大雨中藉著手電筒的燈光，只見草叢中確實有一條大腿。

我們怕藤明月再嚇昏過去，沒敢讓她過來，藤明月就坐在她的車裡避雨等候。

阿豪看著那節大腿說道：「我倒想起以前看的《水滸傳》了。」

我問道：「跟這有關係嗎？」

阿豪說道：「書上有一段，是武松在十字坡遇到賣人肉饅頭的孫二娘，曾說了四句江湖上流傳的話語：『大樹十字坡，客人誰敢過？肥的切作黃牛肉，瘦的卻把去填河』。」

臭魚笑道：「你別亂彈了，依你的意思陳老是開黑店的？」

三人一起搖頭，想不明白這究竟是何緣故。

臭魚用手電照著遠處的一處草叢說：「那裡好像也有……」

我和阿豪循聲望去，雨夜中能見度太低，瞧得不十分清楚，隱約間看那草中倒像有些東西。

正準備走近看看，忽然，一道巨龍般的閃電劃過長空，四周一片雪亮，我們同時抬頭望向天空去看那閃電，都驚得張大了嘴再也合不上了。

藉著閃電的一瞬間的光芒，透過漫天的雨霧，只見天上月明似畫，繁星似錦，天際的一條銀河蜿蜒流轉，天空中連一絲雨雲也沒有。

閃電猶如驚龍，轉瞬即逝，天空又變得黑沉沉的，再無半點兒光亮，雷聲隆隆中，唯有大雨依舊下個不停。

我和阿豪、臭魚都張著大嘴，任憑雨水澆透全身，你看看我，我看看你，誰也說不出話來。

最後還是阿豪先開了口：「你們看到了嗎？天上沒有雲，這大雨是從哪裡冒出來的？」

我費了好大力氣才把嘴合攏，揉了揉頜骨問道：「確實沒有雲，閃電是雲層的電流碰撞產生的，憑空閃電降雨，難道是超自然現象？」

臭魚呆了半晌，說了一句：「日他大爺的。」

這事就算是讓得過諾貝爾獎的科學家來，只怕也未必能夠解釋。我們探討了幾句，毫無頭緒，只得順其自然了。

最後我們決定，盡快確定陸雅楠的生死下落，然後立馬離開，一刻都不要在這鬼地方多耽擱。

三人一起走向草叢，阿豪問臭魚：「那條手臂你是在哪兒發現的？手上有沒有什麼手錶、手鍊、戒指之類的飾物？」

臭魚搖頭說道：「在另一邊的樹下發現的，胳膊上什麼都沒有，乾乾淨淨的。」

說話間，便到了那片草叢，臭魚用手電筒照射，順著電筒的燈光，只見一條女人的腿斜斜地倒在草間。

我想過去細看，卻聽臭魚叫道：「這邊還有，我的娘啊，全是。」

在這片蒿草的深處，橫七豎八地散落著無數枯骨。

臭魚對阿豪說道：「你說得還真沒錯，只不過這裡沒有河。這些都被拿來填坑了。」

阿豪說道：「什麼填坑？這裡荒草叢生、漫窪野地，哪裡有什麼坑。我看都是隨意亂扔在此的。」

我忽然想到一種可能性，於是對他們說道：「這藥舖裡的人也許要煉什麼長生不老藥！」

胡亂推測了一番之後，聽見藤明月在汽車那邊叫我們，於是就回到車邊。

我們沒敢把這事兒告訴藤明月，只推說天太黑什麼也沒找到。

藤明月指著車後說道：「剛剛我一個人在車裡，發現後面好像站著兩個白白的人，我自己不敢去看，所以喊你們過來看看。」

阿豪從車後備廂中拿出一個扳手，臭魚不知從哪兒找來根一公尺多長、杯口粗細的棍棒拎在手中，我拔出新疆男孩兒所送的英吉沙短刀。三人呈半弧隊形，打著手電，向車後慢慢摸索著推進。

在車後不遠處，確實有一瘦一胖兩個白影。

我們硬著頭皮走到近處，無不啞然失笑，剛才提心吊膽、戰戰兢兢的以為有什麼鬼怪，原來是一個石人和一座石碑。

從遠處看那瘦的白影，卻原來是個漢白玉的年輕古裝女子雕像，約有真人大小，造型古樸，雕工傳神。

那在遠處看來胖胖的白影是座巨大的石碑，由一隻石頭贔屭所馱，年代久遠，風吹雨淋，石碑上的字已經斑駁不堪，難以辨認，至於上面記載了些什麼，就無從得知了。

我哈哈大笑，用手一拍那女子雕像的屁股，說道：「可嚇得我不輕，原來是兩塊大石頭。」

這一夜詭異壓抑，心口好像被石頭堵住，實在不合我平時散漫的性格。

剛才我們三個大男人疑神疑鬼，只是在遠處看到兩個白影，就差點兒自己把自己嚇死，想想也實在好笑。

我忽然童心發作，一躍跳上那馱碑石龜的脖子，對阿豪和臭魚說道：「這大石頭王八真是有趣，當年我在泰安岱廟也見過不少，只是沒有這隻巨大。」

阿豪笑道：「我說老大，你又露怯了，這哪裡是石頭王八，這個名叫贔屭，是龍的第六子，平生好負重，力大無窮。」

我自知理虧，卻不肯認錯，騎在石龜背上說道：「我說它是王八，它就是王八，你叫它贔屭，它能答應你嗎？」

我理論不過阿豪，怕他再跟我掉書袋，不等阿豪說話，就用手一指臭魚，說道：「索敵完畢，前方發現臭魚戰鬥機，目標已進入目視距離，王八一號，請求攻擊，火力管制解除，王八蛋，兩連射！」

臭魚聽得大怒，也跳上石龜跟我搶奪坐騎。

阿豪連忙勸阻，說此時此地如此胡鬧實在太不合適，我和臭魚哪裡肯聽，正打得熱鬧，我忽然覺得肚子奇疼，想要方便。

臭魚說：「你就在旁邊草叢裡拉唄，反正天黑，誰看你呀！」

我想起雜草叢裡的斷手斷腳，不寒而慄，心想：如果我拉得興起之際，那死人的手來抓我屁股，卻如何抵擋，我還是去陳老藥舖裡的廁所吧！

阿豪說道：「那麼你快去快回，我和臭魚把兩輛車都開到藥鋪門前等你，等你忙活完了，咱們就趕緊離開。至於陸雅楠嘛，就讓警察去找吧，看那許多斷肢，我估計她有百分之九十九的可能已經死了。」

我此刻已忍無可忍，三步併作兩步，跑回慈濟堂藥舖。房中和我們出去之前一樣，靜悄悄的，我跑到廁所卸載存貨，心想可能是剛才坐在石頭上面著涼了。

卸完貨之後我推門想出去找臭魚等人乘車離開，還未等我的手碰到門把，大門忽地開了，從外冒雨進來一個陌生女子。

那女人二十二三歲左右，容貌絕美，不似王雪菲妖怪的冷豔之美，也不類同於藤明月那種苗條清秀的文靜之美，而是充滿了嫵媚之姿，換句話說，簡直就是騷到骨子裡了。

那女人對我說道：「奴家避雨至此，多有討擾，官人可否留奴家小住一夜？」說完一笑，嬌羞無限。

她的聲音輕柔綿軟，每說一字我的魂魄就似乎被掏走一部分。

我平時能吹能侃，但是在此女面前，怔怔的一句話也說不出來，只是盯著她被濕衣包裹的豐滿曲線，不住地往下嚥口水。

女人見我不答話，媚態畢現，笑著說道：「大官人，你倒是跟奴家說句話嘛！」

我想說些什麼，腦中卻空空如也，醞釀了半天，只對她說出來一個字：「脫。」

女人笑得花枝亂顫，用手把我推到椅子上，說道：「官人好生性急，再這麼無禮，奴家可要走了。」

她嘴裡說要走，卻反而向我走來，一屁股坐在我的膝蓋上。

我哪裡還顧得了許多，一手摟住她，另一隻手解她衣服。

忽然覺得懷中冰冷，雙腿好像被大石所壓，奇疼徹骨，再看懷中所摟的，正是外邊那個石頭雕像。

我大驚之下想要推開石像脫身，卻哪裡走得脫。

那石像好似重有千鈞，我這血肉之軀萬萬難以抵擋，好在我坐的椅子甚是牢固，扶手和靠背撐住了幾個力點，使我的雙腿不至於立即被壓斷。

饒是如此，椅子也被大石壓得「嘎嘎」作響，看來撐不了多久。隨時都會被壓垮。

我被壓得透不過氣，只能狠吸小腹，用胸腔裡的最後一點兒氣息，聲嘶力竭地狂呼：

「老于、老賴，快來救命。我靠！」

但是重力的壓迫之下，我所發出的叫喊聲小得連自己都聽不清楚。

隨著「咔嚓嚓」一聲響，整個椅子齊斷，石像轟然而倒，順勢而下將我砸在地上。

不知是被碎掉的椅子墊了一下，還是什麼別的原因，石像並不像剛才那樣沉重，壓在我的大腿上，大腿上肌肉比較多，雖然疼痛，但是好在腿骨未斷。

這時臭魚等三人推門而入，見狀連忙合力把石像推在一旁。

臭魚問我是怎麼回事兒。

我看了看藤明月，她正用好奇的目光看著我，我暗想這可不能實話實說，絕不能在女人面前自毀形象。

於是一邊揉著大腿的傷處一邊告訴他們事情的經過，只不過把我抱那個女人的細節，改成了女人主動過來抱住我。

但是我看他們的神色，似乎不太相信我所說的。我越想越怒，心想：老爺的一世清名，都讓這爛石頭毀了，顧不上腿上的疼痛，跳起身來，在那個石像上撒了一泡尿。

藤明月趕緊轉過身去，阿豪和臭魚則哈哈大笑。

我隱隱約約看到石像上似乎有股黑氣升騰而起，逐漸在空氣中消散不見。

臭魚說道：「還好我們來得及時，你還沒被那石頭強姦，也不算失了貞節，犯不上這麼歇斯底里的。對了，我記得在外邊你拍這女子石像的屁股來著，莫非你想吃這石像豆腐不成？哈哈……哈哈……」

阿豪也笑著對我說：「看這石像的造型和磨損程度，似乎有千餘年的歷史了，物件的年頭多了就容易成精。你毛手毛腳地摸人家屁股，她是對你略施懲戒而已。要不然早把你砸死了。」

我此時無地自容，恨不得找個地縫鑽進去，連忙打岔，問阿豪什麼時候動身離開。

阿豪收斂笑容，說道：「事不宜遲，這地方太邪，咱們早一刻離開，就少一分危險。」

臭魚打斷阿豪的話，抄起棍子來，說道：「不成，日他大爺的，咱們幾時吃過這樣的虧。陳老這老豬狗雖然躲了起來，但是跑得了和尚跑不了廟。我先放一把火燒了他這藥舖，再走不遲。」說完就掄起棍子亂砸屋中的家具器物。

我對臭魚的話大感贊同，若不燒了這鬼地方，心中一口惡氣實在難平。掏出打火機來也要上前動手。

我和臭魚從小相識，他是典型的混世魔王，頭腦簡單的他從小就一門心思地專愛使槍掄棒，天天看武打電影，一直在市體工隊的業餘武校習武，他本就是個粗壯的人，又學了些拳腳槍棒，更是無人能敵，到處打架惹事。直到十七歲的時候，家裡人怕他手重打死人，便不讓他再去武校習武。現在雖然已經二十六七歲了，卻仍然沒有半點兒的成熟穩重，要是說起打架放火的勾當，在睡夢中也能笑出聲來。

阿豪平時喜歡讀書看報，比較沉穩，我的性格則有些偏激，容易衝動，經常意氣用事，但是我們三人都有一個共同的特點，就是唯恐天下不亂。

阿豪見我們要放火，本來想阻攔，但是被我們一攛掇，也激發了他好事的天性，張羅著四處去找引火的物品。

藤明月畢竟是師範大學的教師，見我們如此不顧後果地折騰，連忙勸阻。我們都不肯聽，氣得她直跺腳，空自焦急，卻無人理會。

我們在屋裡鬧騰得正歡，忽聽屋外「咚咚、咚咚」一連串腳步巨響，似乎有什麼巨大的動物向我們所在的藥鋪跑來。

那巨大的腳步聲每響一下，屋中的杯碗茶壺也隨著震動一下，我們心中也跟著就是一顫。

隨著幾聲踐踏鐵皮的巨響，阿豪臉上變色，說道：「糟了，咱們的車被踩扁了。」不過現在自身難保，根本顧不上汽車的安危了，四人被那巨大的腳步聲所嚇，不由自主地一齊向裡屋退去。

藥鋪的房屋共有三進，最外一間是藥店的鋪面，其次是我們夜晚講故事的客廳，兩側分別是廚房和衛生間，最裡面，就是陳老祖孫進去後就消失不見的「臥室」。

這房子只有正面一個出口，更無其他門窗，只不過這種奇怪的結構，我們在此之前並未發覺。

說是「臥室」，其實只有空空的四面牆壁，連家具也沒有一件，更沒有日光燈，就算是白天，這屋裡也不會有一絲的光亮。

四個人背靠著最裡面的牆壁，人人都屏住了氣息，靜靜地聽著腳步的巨響由遠而近，我手中握著短刀，全身盡是冷汗。

猛聽藥鋪前門「砰」的一聲被撞了開來，隨即中室客廳的房門也被撞開。

我的心提到了嗓子眼兒，向兩側看了看阿豪他們，人人都是面如土色，就連平日裡渾不懍的臭魚，也喘著粗氣，在黑暗中死死地盯著最後一道門。

忽然覺得我的手被人握住，我一摸之下，觸感溫軟，知道是藤明月的手，那兩個男人的手不會這麼嫩滑。

我拍了拍藤明月的手，以示安慰，隨即把她的手拿開。一會兒可能是一場殊死的搏鬥，被她拉住了實在礙手礙腳，雖然這麼做顯得有些無情，但是我想我會盡量保護她的。

沒料到，巨大的腳步聲在臥室門外戛然而止，外邊除了雨聲之外再無別的動靜。

等了好長時間，臭魚按捺不住，慢慢地把房門打開一條縫隙，伸出腦袋窺視外邊的情況。

我見臭魚看著門外發楞，忍不住小聲問道：「臭魚，你看見什麼了？」

臭魚似乎還沒明白過來自己看到的是什麼，說得莫名其妙：「我……我先是看見了我自己，全身發光，然後跑過來一隻黑貓……就沒了。」

阿豪聽得奇怪，推開臭魚，也趴在門縫向外看，他也一動不動地看了半天，回過頭來說：「我只看見黑洞洞的一片，中間遠處好像有盞燈……那是什麼？」

這時，藤明月也湊過來往門外看，一邊看一邊說：「啊……我……我看見一塊紅色絲巾……還有個懸在空中的銅盒子……似乎是個青銅的棺材……沒錯……是棺材懸在空中。」

我越聽越糊塗，心想：這三個人怎麼了，究竟誰看見的是真實的情形，怎麼人人看的都不同？

我還是最相信自己的眼睛，把他們三個推開，也伸出腦袋往外看去。

外邊一團漆黑，唯一能看見的是在離臥室門很近的對面有一片晶瑩透明的水霧，就像是在空中飄浮著的一面水晶。

就像照鏡子一樣，我的臉投影在那片水晶之中，放出一團光芒，隨即整個臉扭曲變形，越變越細，最終變成一條線，那線又繞成一個圓圈，不停地旋轉，就好像是太極的圖案，終於歸入一片黑暗之中。

【啟示】這三個人怎麼了，究竟誰看見的是真實的情形，怎麼人人看的都不同？

那畫面也無恐怖之處，但是我還是覺得被剛才看到的情景嚇壞了，好像整個靈魂被強烈的電波掃描了一遍，全身發顫，心中難過悲傷，忍不住就想放聲大哭一場。

我不想再看，趕緊把門關上，大口地喘氣，努力想使自己平靜下來。

臭魚、阿豪、藤明月三人大概也和我的感受相同，我看到他們的眼圈都紅了。

但是誰也無法解釋每個人看到的畫面究竟有什麼含意，其中的內容究竟是意味著什麼呢？我們正自驚疑不定，門外那巨大的腳步聲又重新響起。

這聲音一下子把我們從悲哀的感受中拉回現實，每個人都嚇了一跳。

只不過，這次的聲音越去越遠，竟然是自行離開了。

大夥鬆了一口氣，都坐在地上想著各自的心事，許久都沒有人開口說話。

藤明月畢竟是女的，心理承受能力比我們差了一些，坐在地上抱著膝蓋嗚嗚抽泣。

我心中煩悶，用短刀的刀柄一下一下地砸著地板，回想剛才看到的圓圈是什麼意思。

臭魚比我還要煩躁，他因為姓于，綽號又叫臭魚，所以他對貓極為反感，憑空看到了最忌諱的生物，這種心情可想而知。

阿豪忽然說道：「你們聽，剛才用刀柄砸的那塊地板的聲音發空，下面是不是有密室、地道之類的場所？陳老和他孫子會不會藏在裡面？」

藤明月打亮了手電筒，按照我剛剛敲打地板的方位照去，果然是見有一塊一公尺見方的地磚顯得有些異常。

整個屋中的地板磚都是「米」字形順著紋理排列，唯獨牆角這塊紋理相反，似乎是匆忙之中放得顛倒了。

我這次不再用刀柄，換用手指關節去敲擊那塊地板，聲音空空迴響，下面確實是有不小的空間。

阿豪說道：「那唐代古墓會不會就在這下面？」

我答道：「有可能，說不定剛才所見的怪事，都是這古墓裡的亡魂搞鬼。」

臭魚一邊說著「先打開看看再做道理」，一邊找到了地板邊緣的縫隙就要撬動。

藤明月趕緊攔住，說道：「我很害怕，不管下面有什麼，咱們都不要去看了，快點兒離開這裡吧！」

依照我的本意，絕對是想打開地板看看，如果下面真是古墓，又有些值錢的陪葬品，我等豈能不順手牽羊，發些外財？這正是有錢不賺，大逆不道；有財就發，替天行道啊！

不過既然藤明月擔心，而且萬一下面真有鬼魂我們也無法應付，我們只能忍住對於大筆財富如飢似渴的狼一般的心情，不去撬那地板。

經過剛才一番驚嚇，再也沒人有心情去放火燒房了。

當下，臭魚手持棍棒在前頭開路，其餘的人陸續跟在後面，一起出了藥舖的前門。

豪雨瓢潑，兀自未停，到處泥濘不堪，瞧不清地上有沒有腳印，卻見兩車的車頂都各有一個巨大的足印，那足跡只有三個腳趾，似獸非人，不知其究竟是何物。有可能陸雅楠就是被這巨大足印的製造者所害，多半已不能倖免於難了。

想到此處，全身打了個冷顫，只是不知道那怪獸為何沒進房把我們這一夥人全部抓去吃了？

阿豪打開車門進去看了看，探出頭來對我們說道：「告訴各位一個好消息。」

我正在胡思亂想，聽阿豪如此說話，也十分高興，說道：「好消息？你不妨慢些說，我可有好多年沒聽到過好消息了，好不容易有個好消息，我要享受享受。」

臭魚卻漫不經心地說道：「你別賣弄了，不就是車子沒壞嗎？你現在能給我變出隻燒雞來，那才真是好消息。」

我們正在門口，天上又亮起一道閃電，這次我們有了心理準備，沒有抬頭去看天空，而是準備藉著這一瞬間的光明，看看周邊的環境。

我順著我們開車來時的道路看去，一顆心如同沉到了大西洋海底的深淵之中。只見藥舖周圍荒草叢生，四周全被密密匝匝的無邊林海所覆蓋，可以通行的公路不知去向。

這一來非同小可，我們唯一仰仗的退路給斷了。

在這麼大的雨中，貿然進入林海無疑自尋死路。更何況，那林中情況不明，誰知道是個什麼鬼去處，說不定那巨腳怪獸正等在其中，恭候著我們這四份送上門的夜宵。

四人無奈之下，只好又回到藥舖之中，阿豪把車中的應急箱拿了進來，藤明月在她的車裡找了些吃的東西，也一併帶進房中。

我把阿豪拿來的應急箱打開，裡面只有一支手電筒、幾節電池、兩個應急螢光棒、一瓶五〇二膠水、半卷膠帶、幾塊創可貼，其餘的就是些修車的工具，沒什麼有價值的東西。

我嘆息道：「早知今日，咱們就該在車上裝 GPS，那就不會迷路了。」

阿豪和藤明月不停地拿手機撥打電話，想找人來救援，每個號碼都可以打通，但奇怪的是全部佔線。無奈之下，也只得作罷。

臭魚忽道：「我有最後一招，咱們在這裡坐著等到天亮。」

我們一聽之下，無不大喜，臭魚這招雖笨，但是可行性極高。

我低頭看了看手錶，發現指針指著深夜兩點整。我對阿豪說道：「現在已經兩點了，用不了幾個小時天就亮了，只要天亮起來，咱們就如同鳥上青天、魚入大海了。」

阿豪聽了我的話一臉茫然地說道：「怎麼？你的錶現在兩點？咱們剛發現陸雅楠失蹤的時候，我看了一次手錶，正好是兩點，後來又看了兩次，也都沒有變化，還是兩點，我以為是我的錶停了。」

聽了我們的對答，藤明月也低頭看自己的錶，臭魚從來不戴手錶，拿出手機來看時間顯示。

最後我們終於確認了，所有的計時設備所顯示的時間，都停留在了兩點整。

我們綜合分析了一下所面臨的局面，感到形勢十分嚴峻。

面前一共有三個選擇：第一，開車進入森林，但是沒人能保證一定可以找到路，並且那個不知是什麼的巨大怪物潛伏在外，隨時可能發動襲擊，失去了房間的依托，我們的安全係數幾乎為零。

第二個選擇，是留在房中死守，這一夜之間，似乎也只有這家藥舖裡面稍微安全一些。但是這裡在兩點鐘之後好像就失去了時間的概念，我們能不能平安地等到天亮？甚至說天還會不會亮？這些大家心裡都沒個準譜。

還剩下最後一個選擇，就是去看看臥室的地板下有些什麼，說不定能找到些線索，解開這些如同亂麻一樣的謎。但是地板下潛藏著什麼危險？究竟值不值得去冒險一試？

藤明月苦苦哀求，堅持讓大家等在房中，並說自從看見了水晶中的圖像，就有一種不祥的預感。

但是怎奈我們三個都是在商戰中摸爬滾打慣了的人，血液中湧動著一種賭徒投機的特性，與其坐在這裡乾等，不如抓住那一線的機會，放手一搏。

說幹就幹，我因為腿疼，和藤明月一起留在客廳，阿豪、臭魚去裡屋撬地板。

始料不及的是，這次的賭博行為，我們所押上的籌碼，是所有人的生命。

我坐在客廳的長椅中揉著自己被石像壓得又青又腫的腿，無意中看了藤明月一眼，發現她也在凝視著我，目光一撞，雙方趕忙去看別處。

我心中一動，回想起剛才給她做人工呼吸的情形，發覺自己對她也不是剛見面時那麼反感了，從內心深處逐漸萌發了一些親近的感覺。

但是孤男寡女共處一室，不免有些尷尬，我想找個話題跟她聊聊，想了半天，對她說道：「你看那水晶中的圖像，除了可怕之外，有沒有很悲傷的感覺？」

藤明月點頭說道：「是的，好像內心深處，被一根針刺破了一個洞，哀傷的情感像潮水一般湧了進來。現在回想起來，那似乎是一種……是一種眼睜睜看著自己死去而又無能為力的悲哀。我也很奇怪，為什麼會有這種感覺，剛才還難過地哭了半天。」

我剛才也覺得難過無比，只是不知怎麼形容，確實如藤明月形容的，那絕對是一種對於自身宿命的無助感。

我問藤明月道：「你覺得咱們看到的不同圖像，代表著什麼意思？是不是一種用抽象來表達的內容？」

藤明月說：「我也不清楚，好像都是些無意義的東西組成的畫面，似乎是毫無關聯，但是觀之令人膽寒。你說咱們還能不能見到明天早上的太陽？」

不論任何危機，我從不說半點兒洩氣的言語，於是笑著安慰她說：「沒問題，你命好，碰到我們這無敵三人組，我們什麼沒經歷過啊，什麼賊跳牆、火上房、劫飛機、搶銀行，都見得多了，每次都是有驚無險。這種未夠班的小情況，哪裡困得住咱們。」

藤明月也笑了，說道：「你們這三個人的性格作風，也當真少有。你大概就是你們這小團伙的壞頭頭吧？」

我聽得氣憤，怒道：「什麼壞團伙？合著你拿我們當黑社會了啊，我不做大哥已經好多年了，想當年我……」

我正和藤明月侃得起勁兒，阿豪在裡屋招呼我們：「你們倆進來看看，我們找到一條地道。」

藤明月見我的腿腫了，就扶著我進了裡屋，其實我腿上雖然腫了，但是還能自行走路、跑動，不過既然美女一番好意，我豈能辜負，於是裝出一副痛苦得難以支撐的表情，每走一步就假裝疼得吸一口涼氣。

我心中暗想：「我這演技精湛如斯，不去好萊塢拿個奧斯卡影帝的小金人，真是白瞎了我這個人，阿爾帕西諾那老頭子能跟我比嗎？」

走到屋內，看到房中那塊地板已被撬開，扔在一邊。阿豪和臭魚正用手電照著地面上露出的一個大洞，有一段石頭台斜斜地延伸下去，洞裡面霉氣撲鼻，颼颼地往外冒著陰風，深不見底。

阿豪伸手探了探洞口的風，說道：「這不是密室，氣流很強，說明另一邊有出口。」

我想在藤明月面前表現表現，自然不能放過任何機會，也把手放在地道口試探，說道：「不錯，確實另有出口，另外這裡面雖然霉味十足，但是既然空氣流動，說明人可以進去，不會中毒窒息。」

藤明月說：「這裡面霉味很大，可能是跟不停地下雨有關，說不定下面會有很多積水，咱們不知深淺，最好別輕易下去。」

我想嚇嚇臭魚，對他們說道：「有水也不怕，咱們先把臭魚綁成粽子扔下去試試，如果沒什麼問題，咱們再下去。」

臭魚瞪著眼說道：「本來我獨自下去也不算什麼，只是現在我肚子餓得癟了沒有力氣，不如把剩下的食品都給我吃了，我便是死了，做個飽死鬼也好。」

阿豪說道：「藤明月的那點兒食物也不夠給你塞牙縫的。先不忙下去，咱們到客廳旁的廚房裡看看有沒有什麼吃的東西，十幾個小時沒吃飯，想必大家都餓得透了。」

於是眾人又重新回到客廳，在廚房裡翻了一遍，發現米缸中滿滿的全是大米，米質並不發陳，可以食用，又另有些青菜、豆腐也都是新鮮的，油鹽醬醋和爐灶一應俱全，只是沒有酒肉。

我和臭魚都不會做飯，只能大眼瞪小眼地看著。好在有個女人在場，阿豪給她幫忙，沒用多久，就整治出一桌飯菜。

阿豪邊吃邊說道：「這藥舖廚房中有米有菜，和尋常住家居民的生活不二，看來那陳老祖孫並不是鬼，不然他們弄這麼多米麵青菜做什麼。」

臭魚嘴裡塞滿了飯菜，含混不清地說道：「這黑店雖無葷腥，青菜、豆腐的滋味卻也了得。只可惜雅楠妹子不能一塊兒享受。」

聽到臭魚如此說，藤明月想起了陸雅楠，食不下嚥，又開始哭了起來。

我瞪了臭魚一眼，心說：這條爛魚，怎麼哪壺不開提哪壺。

不多時，吃飽喝足，我站起身來活動腿腳。

阿豪把手電筒集中起來，一共有三支，還有四節電池。我和阿豪各拿一支，剩下一支備用。另外把膠帶、五〇二膠水、創可貼、應急照明棒等有可能用上的物品也都隨身帶好。

一行人來到地道入口處，臭魚火匝匝地便要跳下去，我一把拉住他說：「你還真想一個人下去？要去咱們四個人也要一起去。」

阿豪突然擋在大家身前，假意用手電照射地道裡面，口中說道：「各位都穩住了，咱們先瞧清楚了，要仔細地看。」同時用非常隱蔽的動作掏出筆來在自己的手中寫了些什麼。

我聽出他話裡有話，在手電光的照射下，我們瞧得分明，他在手上寫了幾個字：身後牆角有人。

臭魚發一聲喊，掄起棍子回身就砸，我見他動手，就回過頭用手電照去，果然牆角的黑暗之中站著一個男童，正是陳老的孫子。

阿豪想讓臭魚手下留情，但是臭魚身體上的反應速度比他的大腦反應快過十倍，如何來得及勸阻。

這一棍動如脫兔，奔著那小男孩兒的腦袋就砸了下去。猛聽「啪」的一聲，棍子打在地板上，厚重的地磚被砸得裂了幾條縫，但是那男童就如同消失在空氣之中一般，不見蹤影。

臭魚感到納悶兒，揉了揉眼睛，自言自語：「莫不是我眼花了，分明就在這裡嘛！」回過頭來對我和阿豪說道：「我說你們別用手電照我，快照照牆角，我看那小鬼能跑到哪兒去，今天若不讓他吃本老爺一頓棍棒，本老爺絕不罷休，咦……你們怎麼還拿手電照我……日你們大爺的……再照我生氣了啊！」

藤明月聲音發抖，對臭魚說道：「那小孩兒……趴在你背上……」

臭魚大吃一驚，側過頭去看自己的後背，只見那小孩兒果然趴在背上，和他臉對著臉，露出了滿口的利齒，瞪著血紅的雙眼，全然不似前半夜所見的那個天真可愛的小朋友，面目猙獰無比。

臭魚嚇得扯開嗓門兒大叫：「哇啊啊啊啊——」

他這一叫不要緊，別說我們了，就連他身後的小鬼都嚇壞了，這世界上沒有比臭魚的叫聲更恐怖的聲音了。

那小孩兒的亡靈被臭魚嚇得大哭，哭聲淒厲刺耳，隨著他的哭聲，我和阿豪手中的手電筒的燈泡全部碎成了粉末。

我們本來留了一支備用的電筒以防不測，此時我捨不得用，掏出一根應急螢光棒折亮了。螢光棒發出了微弱的藍光，可以照亮周圍一公尺多的距離。

阿豪見臭魚被小孩兒的亡靈糾纏住了無法脫身，急中生智，用手一指門外的方向叫道：「陳老爺子，你要把你孫子的玩具扔到哪裡去？」

那小鬼果然上當，放開臭魚，一邊哭著一邊去外邊看他的玩具。

阿豪見計策得逞，招呼眾人快下地道，我拿著螢光棒在前引路，一馬當先下了地道，其他人等也魚貫而入，臭魚斷後，又用本已撬開扔在一旁的地板磚重新蓋住頭頂的入口。

我們順著長滿苔蘚的石頭台階，不停地往下走了好一陣子，才下到了台階的盡頭。傾斜的地道終於又變得平緩，四人緊緊地靠在一起，藉著微弱的藍色螢光在漆黑的地道中摸索著前進。

整個地道有兩公尺多寬、兩公尺多高，地上和牆壁上都鋪著窯磚，四處都在滲水，地上溜滑，空氣濕度極大，身處其中，呼吸變得愈發不暢。

臭魚邊走邊說：「那一老一小兩隻鬼，會不會是從那古墓裡出來的？打又打不到，抓又抓不住，如何對付才好？」

阿豪說：「對付亡靈咱們只有一招可用，就是倆鴨子加一鴨子——（仨）撒（鴨）丫子。」

走不多遠，我們在地道的左手邊發現了一間石室，我問阿豪：「這該不會是間墓室吧？」

阿豪說道：「應該不會，這些磚都是解放後生產的制式窯磚，看來這地道也不過有幾十年以內的歷史。咱們進這間石室看看再說。」

這間石室是從地下一大塊兒完整的岩石中掏出來的，大小相當於藥鋪最裡面那間「臥房」的一半。裡面也無特別之處，只是要比地道裡乾燥許多。室中一燈如豆，擺放一張大床，上面有鋪蓋被褥，十分地乾淨整潔。另有一張小桌，上面擺著一個小小的骨灰罈，除此之外更無他物。

臭魚想把骨灰罈砸碎了出氣，被阿豪攔住，阿豪拿著骨灰罈說道：「我聽人說亡魂就宿於裝殮屍骸的器物中，如果砸碎了就會變成孤魂野鬼不得超生。那老陳祖孫雖然好像是鬼，但是至少他們沒對咱們有什麼傷害性的舉動，剛才也只是嚇你一嚇，沒造成什麼損失。在沒搞清陸雅楠的失蹤是否和他們有關之前，最好別把樑子結得太大，得給自己留條後路。」

藤明月也很認同阿豪的觀點，說道：「就是說啊，別把事情做得太絕了，得饒人處且饒人。」

我對他們二人的這種鴿派的作風非常反感，我的主張和臭魚一樣屬於鷹派，對待敵人要像寒冬般嚴酷，即使不確定是敵人，只要察覺到對方可能構成了對己方的威脅，就應該先下手為強，當斷不斷，則必留後患。

不過，既然藤明月心軟，我也不好多說什麼了，我剛才還在盤算著回去以後讓她做我老婆。當下只得隨著他們離開了石室，繼續向地道的深處走去。

隨後的地道時寬時窄、蜿蜒曲折，可能是修鑿時為了避開地下堅硬的岩層所致。

大約走了二十幾分鐘，眼前豁然開朗，我們終於來到了另一端的出口，撥開洞口的雜草，發現外邊仍然是傾盆大雨，唯一的變化就是這裡不再像之前那樣黑得伸手不見五指，隔著十幾公尺就有一盞防雨的長明風燈，方圓數里之內密密麻麻足有數百盞之多，就好像是城市裡的路燈。這燈光雖然也極為昏暗，但是對我等來說，簡直就如同重見天日一般。

回首來路的出口，原來是在一個小山坡的背後，沒膝的荒草把地道出口遮蓋得嚴嚴實實，若不知情，絕對無法找到。

阿豪用筆在本子上畫了幾個參照物做標記，以防回來時找不到路。

荒野之中沒有路徑，只得深一腳淺一腳地緩緩前行，直奔著燈光密集的地方走去。

臭魚眼神好，突然一指南面說道：「呵，原來你們說的那個村子是在這裡。」

我們放眼南望，透過茫茫的雨霧，在死一般寂靜的夜幕中隱隱約約有百餘棟房屋聚成一片，的確是個小小的村落。

從我們所在的高地順勢向下便覓得一條道路，沿道路而行，我們來到了村子的中央。村子中間的廣場，是一條十字路，一寬一窄的兩條路交叉，把整個村子分成四塊兒，我們所來的那條路，是其中窄的那條。

全村寂靜無人，就連雞鳴犬吠都不得聞，看來這裡根本不存在任何活著的生物。

我們隨便推了幾家的房門，門上無鎖，房中卻沒有任何人跡，從房內的積灰蛛網來看，至少有十幾年沒人居住進出了。所有的房中都如同尋常農村百姓的住宅一樣，家私樸實，沒有特別奢華的事物。各處還都保持著生活中的跡象，有的人家中鍋裡甚至還有正煮了一半的飯菜，當然那些食物早就腐朽不堪了。

只是不知人和家畜都去了哪裡，難道是在一夜之間，這上百個家庭全部人間蒸發了嗎？

也許是突然發生了什麼大的災難之類的事件，所有的人毫無準備，就突然遭難。就連聰明精細如同阿豪，也是百思不得其解，此事已經超出了人類的常識。然而我們幾個人也不具備推論這種超自然現象的能力。

眾人冒著大雨，順著村中最寬的道路來到了村子盡頭的一片建築之中，這一帶不同於其餘的那些普通民居，由呈「品」字形的三部分組成。

中間是個二層樓高的山坡，前面立著十數座石人、石碑，當前一座巨碑高近三公尺，人在其下站立，會產生一種壓迫感。

我們走近觀看石碑上的文字，發現都被人為地刮掉了。唯獨左下角有幾個小字沒被刮掉，上面刻有「唐貞觀二十一年」的字樣。

臭魚問我：「這山坡為什麼還要立碑？是不是以前是古戰場，作為紀念。」

我說：「你問我，我問誰去？我還糊塗著呢！」

阿豪用手點指石碑後面的山坡，說道：「那不是山坡，是墳丘。這就是那座唐代古墓，我本指望只是一場誤會，沒想到現在事態的發展，已經對咱們越來越不利了。」

我們用手遮在眉骨上擋雨，抬頭仔細觀看那座巨大無比的墳丘，心中不由得產生了一種畏懼之意。

左側是一棟大宅，庭深院廣，大門緊緊地關閉著，裡面黑沉沉的很是瘆人。無意中看上一眼，便會產生一種悲哀痛苦的感覺，同時無邊的黑暗從四面八方衝進大腦。

我們不敢再多看那大宅，轉過身看對面的另一座建築，卻是一座古香古色的、磚木結構的二層小樓。建築風格絕不同於今日的建築，樓頂鋪著黃綠相間的琉璃瓦，四角飛簷各築有鎮宅辟邪的神獸。門前有塊牌子，上寫「眠經樓」三個篆字，樓中隱約有昏黃的燈光透出來。

藤明月自從進了村子就緊張害怕，這時指著眠經樓說道：「看字號這裡好像是藏書的，咱們進去看看有沒有什麼文獻紀錄之類的，也好知道咱們現在究竟身處何地，這樣才能思索對策。」

其實，即使她不這麼說，我們三人也都有此意，反正只有這三處不同尋常的地方，那大得超乎尋常的墳墓是沒人想去的，左側的大宅，別說進去了，只看上一眼身上就起滿了雞皮疙瘩。也只有這像是書房的地方能去看看。

臭魚一腳踹開大門，拿了棍子在門邊亂打，裡面到處是積灰，嗆得我們不停地咳嗽。

我問道：「老于，你折騰什麼呢？是不是剛才吃多了想消消食？」

臭魚答道：「我看電影裡像這種地方一開門，就往外飛蝙蝠，真他娘的見鬼，這裡卻沒有半隻，害得我空耍了這許多氣力。」

樓中屋頂掛著一盞琉璃水晶的氣死風燈，不知道使的什麼光源，看樣子幾十年來都不曾熄滅過。

上、下兩層都是一架一架的群書，插了不少書籤，兩邊几案上各有文房四寶，另有一扇屏風，眾人一見那屏風上的圖案，無不大喜，竟然是完完整整的一張全村地圖。

阿豪用筆把圖中的標識、道路一般不二地畫在自己隨身的筆記本上，說道：「這下有希望出去了。」

我和臭魚兩人看他在畫地圖，於是在周圍亂翻，想找些值錢的事物，回去之後變賣了，也好入手一點兒精神損失費。

可是除了各種古籍手記之外，更無甚麼名貴的物件，我隨手翻開一本線裝書冊，看見封面上寫有「《驅魔降鬼術》——驢頭山人手書」。

我哈哈大笑，招呼那三人過來觀看，我說：「這作者名字夠侃的啊，驢頭，肯定長得很難看。」

阿豪也過來說道：「是啊，要是讓我選驢頭和魚頭兩種相貌，我寧可選魚頭。」

臭魚不知阿豪是諷刺他，也樂著說：「哈哈，長了驢頭還能出門嗎？整個兒一怪胎。」

藤明月說道：「這書名真怪，世上真有能驅魔降鬼的本事嗎？咱們看看，挑簡單的學上幾樣，也好防身。」

我隨手翻開一頁，見這一頁中夾著一個紙做的人形書籤，約有三寸大小，做工極為精緻，是手工鏤空雕刻，紙人頂盔摜甲，手持一把大劍，雖然只是紙做的，卻顯得威風凜凜。紙人書籤黏在書頁上，我隨手撕下紙人，扔在身後地上。

看那頁上寫道：「以生米投撒，可趕鬼魅；以米圈之，則魂魄可擒矣。」

我說道：「這招簡單，藥店廚房裡有的是米，只是不知管不管用。」隨後接著念道：「翻閱此書，切勿使人偶書籤遇土，否則……」

正讀到這裡，藤明月忽然指著我們對面的牆說：「咱們只有四個人，怎麼牆上有五個影子？」

我心中一沉，本能地感到身後存在著一個重大的危機，這種情況下，我才不會傻傻地先抬頭去看牆壁上的影子，浪費寶貴的求生時機。

我直接拽住藤明月的胳膊一拉，連她一起側身撲倒。

一把大劍「咔嚓」一聲，把我們剛才站立處的桌案連同驢頭山人寫的書砍成兩段。我躺在地上回頭看去，一個巨大的金甲紙人，有兩公尺多高，殺氣騰騰地拎著一口大寶劍，無

【紙人書籤】紙人落到地上變大，書齋中一個巨大的金甲紙人，有兩公尺多高，殺氣騰騰地拎著一口大寶劍，無聲無息地站在我們身後。

聲無息地站在我們身後。

那金甲紙人一擊不中，反手又去砍站在另一邊的阿豪，阿豪躲閃不及，腿上中招，鮮血迸流，把整條褲子都染得紅了。

金甲紙人舉大劍又向阿豪腦袋斬去，阿豪驚得呆了，無法躲閃，只能閉目等死。說時遲，那時快，在此間不容髮之際，臭魚一棍架住斬向阿豪的大劍，怎奈那金甲紙人力大劍沉，雖被棍子架住了劍，仍緩緩壓向阿豪的頭部。

阿豪腿上受傷不輕，動彈不得，我見此情況，連忙和藤明月伸手拉住他沒受傷的另一條腿，將他向下拉出兩尺。

也只差了這一瞬的工夫，金甲紙人的大劍已壓倒臭魚的棍子砍在地上，那處正是剛剛阿豪的腦袋所在。

臭魚見阿豪受傷，暴怒之下，一把扯掉上身的衣服，掄起棍子和金甲紙人戰在一處。初時臭魚尚且有些畏懼，後來卻越打越猛，口中連聲呼喝，把那一套詠春棍法使得發了，呼呼生風。金甲紙人雖然厲害，一時也奈何他不得，雙方翻翻滾滾地展開一場大戰，那書齋中的書架、桌椅、屏風盡數被砸得粉碎。

我見臭魚暫時擋住了敵人，就把阿豪負在背上，也不顧腿上之前被砸得發腫疼痛，咬緊牙關，衝出了書齋。

藤明月跟在後面攙扶，一起到了大墳前的石碑下，我見阿豪傷口深可見骨，兩側的肉往外翻著，就像是小孩兒的大嘴，血如泉湧。來不及多想，馬上把襯衣撕開，給他包紮傷處。又把剩下的破衣當作繩子狠狠地繫在他的大腿根處止血。

我既擔心阿豪，又掛念臭魚的安危，處理完阿豪的傷口之後對藤明月說道：「你好好照顧阿豪，我先去幫臭魚料理了那紙人。」不等她答話，光著膀子就反身跑回到書樓之中。

此時臭魚與那金甲紙人戰了多時，完全佔不到上風，因為那紙人渾身硬如鋼鐵，棍子打在上面絲毫也傷它不得。

他們兩個刀來棍往，旁人近不得前，我只好站在臭魚後邊給他吶喊助威，不停地支招：「老于，它下盤空虛，打它下三路！抽它腦袋，快使用雙節棍，哼哼哈嘿。」

臭魚叫道：「哥們這回可真不成了，日它紙大爺的，它比坦克還結實。你快跑吧，我撐不了多久了，咱們跑出去一個算一個。」

我如何肯扔掉兄弟逃命，環顧左右，看盡是桌椅書籍，心想：這紙人是紙做的，不知使了哪般法術才刀槍不入，只是不知這傢伙防不防火，於是掏出打火機來點燃了兩本書，大叫：「老于快跑，我連同房子一起燒了它。」

此時臭魚豁出性命硬拚，體力漸漸不支，只剩下招架之功，根本抽不出身，只是大叫：「放火，放火！」

我怕燒起火來臭魚逃不掉，和紙人同歸於盡，便不想再放火，未承想，那房間裡面極其乾燥，書本遇火就著，我剛點燃的兩本書，轉眼就燒到了手，急忙扔在地上用腳去踩，不料根本踩不滅，頃刻間已經有兩個大書架被火星點燃，燒起了熊熊大火，只需過得片刻整座書樓都會被大火焚毀。

情急之下，我撿起一把書樓中掃灰用的雞毛撣子，從側面披頭打向那金甲紙人。

金甲紙人似乎沒有思維，看見誰就打誰，見側面有人動手，就撇開臭魚，舉劍向我砍來。我哪裡是它的對手，扭頭就往外跑。

臭魚藉機會緩了一口氣，虛晃一招，和我一同跑出了書樓。

眼看整座樓即將被火焰吞沒，金甲紙人卻搶先一步出了書樓，大踏步地奔向我和臭魚。

我和臭魚剛才一番死裡逃生，精疲力竭，趴在離書樓二十幾公尺的泥地上喘作一團。只要金甲紙人過來，我們只能任其宰割了。

誰知它越走越慢，離我們大約三四步的距離時，癱軟在地，一動不動了。卻原來是被大雨淋成了一堆爛紙。

我和臭魚此時緩過勁兒來，走過去用腳亂踩那紙人，直踩作一堆稀泥還不肯停。

只聽藤明月在遠處焦急地叫喊：「你們倆快過來……阿豪昏死過去了……血止不住了……」她的聲音帶著哭腔從大雨中傳來，我和臭魚心裡慌了，不約而同地感到有一片不祥的陰影掠過心頭。

我們連忙跑過去看阿豪的傷勢，雖然用衣服包住了他腿上的傷口，仍然沒能止血。阿豪可能因為失血過多已經昏迷了過去，不省人事。

來不及細看，必須先找個避雨的處所，因為在這大雨之中，傷口隨時有感染的可能，如果發炎化膿的話，這條腿能不能保住就很難說了。

那處黑沉沉、陰森森的大宅是不敢去的，我們只好就近找了一間普通民居破門而入，把阿豪放在房中的床上。

經過這麼一折騰，阿豪又從昏迷中醒了過來，臉上毫無血色。藤明月在房中找了一些乾淨的床單擦去他身上的雨水。

我把阿豪傷口上包紮的衣服解開，仔細觀看傷口，那刀口只要再深半寸，恐怕連腿骨都要被砍斷了，殷紅的鮮血像自來水一樣不停地冒出來。

只是眼下無醫無藥，如何才能止血？看來現在腿能不能保住不重要了，首先做的應該是止血救命。

我忽然想起一個辦法，趕緊把包中的五〇二膠水和膠帶拿來。

藤明月不解其意，問要膠水何用？

我說道：「你沒聽說過嗎？美國海軍陸戰隊裝備了一種應急止血劑，叫作強力止血凝膠，在戰場上傷員大量出血，如果沒辦法止血的話，就用這種止血劑先把傷口黏上。其實我看那不過就是一種膠水。還有用木柴燒火，把傷口的肉燙得壞死也可以止血，不過現在來不及燒火了，打火機是燃氣火焰有毒不能用，已經沒別的辦法了，再猶豫不決就來不及了。」說完就要動手黏阿豪的傷口。

藤明月急忙攔住我說道：「不行，你怎麼就會胡來，這是五〇二膠水，不是藥！咱們再想別的辦法，總會有辦法的！」

我怒道：「現在不黏上，他就會因為失血過多死掉，咱們又沒有藥品，難道就眼瞅著我兄弟流血流死嗎？」

阿豪躺在臭魚懷中，昏昏沉沉地說：「別擔心……就讓他看著辦吧，反正這條命今天也是你們救出來的，就算死了也沒什麼……死在自己人手裡，也強於死在怪物刀下……早死我還早投胎呢！」

我罵道：「這都什麼時候了，你他娘的還充好漢，有我在，絕不能讓你死在這兒，要死也要回去死在自己家的床上。」

沒工夫再跟他們廢話，我一把推開藤明月，先從包裡拿出一支菸放在阿豪嘴裡，給他點著了火。

臭魚用床布在阿豪傷口上抹了幾把，把周圍的血擦掉，趁著裡面的血還沒繼續流出，我就拿五〇二薄薄地在傷口皮層上塗了一片，雙手一捏，把傷口黏在一起，又用膠帶在受傷的大腿處反覆纏了幾圈，脫下皮帶死死地紮住他的大腿根兒。

這幾個步驟做完之後，我已經全身是汗，抬起胳膊擦了擦自己額頭的汗水。聽臭魚對我說道：「效果不錯，阿豪還活著。」

我抬頭去看阿豪，發現他疼得咧著嘴、齜著牙，腦門兒上全是黃豆大的汗珠子。他怕我手軟，硬是咬了牙強忍住疼痛，一聲也不吭。

我忙問他：「你感覺怎樣？還疼不疼？」

阿豪勉強擠出一句話來：「太……太他娘疼了……如果你們不……不介意……我要先昏迷一會兒……」說完就疼暈了過去，那支香煙竟然還在嘴裡叼著。

不知是我這套三連發的戰地急救包紮術起了效果，還是他腿上的血已經流沒了，總之血竟然奇蹟般地止住了。而且他能感覺到疼，昏迷之後呼吸平穩，說明暫時還沒有生命危險。

臭魚紅著眼圈對我說道：「如果天亮前送到醫院，還能活命，不過這條腿怕是沒了。」我點點頭，沒有說話。把阿豪嘴裡的香煙取下來，狠狠地吸了一口，這才發現自己渾身顫抖，連站都站不穩了。

見阿豪只是昏睡不醒，我和臭魚在那房中翻出幾件衣服換下身上的濕衣，順便也給藤明月找了一套女裝。

這些衣服都是二十幾年前的老款式，穿在身上覺得很彆扭。三個人商量了一下，準備讓阿豪稍微休息一下，等傷勢穩定一點兒，就參照地圖找路離開。

臭魚剛才書樓裡打脫了力，倒在阿豪身邊呼呼大睡。

我腿上的傷也很疼痛，又想到阿豪的傷勢難免繼續惡化，還有當前的困境，不由得心亂如麻，坐在地上一支接一支地吸菸。

藤明月坐在我身邊又開始哭了起來。我心中煩躁，心想：這些人真沒一個是讓人省心的。但是也只能好言安慰，說：「我剛才太著急了，不應該對你亂發脾氣。」

藤明月搖搖頭，說道：「不是因為你對我發脾氣，我在擔心阿豪和陸雅楠。」

我發現她總揉自己的腳踝，問她怎麼了她不肯說，我強行扒掉她的鞋子，發現她的踝骨腫起一個大包，我問藤明月：「你腳崴了怎麼不告訴我們？什麼時候崴的？」

藤明月低著頭說：「從書樓裡跑出來時不小心踩空了，不要緊的，我不想給大家添麻煩。」然後取出掛在頸中的十字架默默禱告。

我心裡更覺得愧疚，對她說：「真沒想到，你原來也信耶穌啊？咱倆還是教友呢！」

藤明月看著我說道：「太好了，咱們一起來為大家祈禱好嗎？」

我說：「我出來得匆忙沒戴十字架，回去之後再補上，你先替咱們大夥祈禱著。」心中卻暗想：我的信仰一點兒都不牢固，如果由我來祈禱，會起相反的作用也說不定。

藤明月說：「你就蒙我吧你，哪個信教的人會把十字架忘在家裡？」

我心想：這要再說下去，肯定會被她發現我又在胡侃了，想趕緊說些別的閒話，但是我的嘴又犯了不聽大腦指揮的毛病，想都沒想就說：「咱回去之後結婚吧！」

藤明月沒聽明白：「什麼？誰跟誰結婚？」

我想既然已經說出來了，乾脆就挑明了吧，於是把心一橫鄭重地說道：「我發現你就是我喜歡的類型，我打算向你求婚，我對自己還是比較有自信的，不過像你這麼好的品貌，一定有很多男人追求吧？有沒有五百個男人追求你？如果只有四百個競爭者我一定能贏。」

藤明月本來心情壓抑，這時倒被我逗樂了，笑著說：「嗯……跟你結婚也行，你雖然沒什麼文化，人品倒還不壞。不過，我們家歷來有個規矩，想娶我們藤家的姑娘，先拿五百萬現金的聘禮。」

這可把我嚇壞了，心想：這小娘子真敢獅子大開口，該不是拿我當石油大亨了吧？

藤明月看我在發呆，便說道：「看把你嚇的，怕了吧？誰要你的臭錢啊！逗你玩兒呢！」

我還沒從打擊中回過神兒來，怔怔地說道：「我能不能……付給你日元啊？」

這時阿豪醒了過來，我才得以從尷尬中解脫出來，和藤明月一起過去看他，他的精神比剛才好了不少，只是仍然很虛弱，他讓我從包裡把他的筆記本拿來。

阿豪翻到他所畫的地圖，說道：「還好把地圖抄下來了，咱們商量一下怎麼出去吧，我還真不想死在這裡。」

我讓他先休息一會兒再說。阿豪堅決不肯，指著地圖給我們倆講解：「你們看，這裡是咱們去過的眠經樓，這個大墳下邊有條地道，那處大宅院裡同樣有條地道，而且這兩條地道互相連接，地下的路線是用虛線標明的，下面的結構很複雜，一直通向地圖的外邊。這座墳下面還標明了有規模不小的地宮，中間被人特意畫了一個紅圈，看來是處重要的所在。」

阿豪又指著我們從藥舖找到的地道出口位置說道：「咱們是從這裡來的，但是這條地道在圖中並未標明，看來藥舖中的地道是在這地圖繪製之後才挖的。這些年來還有沒有別的變化咱們不得而知。不過從這張地圖上來看，四周都是山地和密林，唯一有可能是出口的就是那唐代古墳後面隔著一條林帶的這個山洞。」

我問道：「咱們還有沒有別的選擇？山洞走不出去怎麼辦？」

阿豪說：「如果山洞走不通，那麼咱們只能退回來在巨宅和巨墳的地道中任選一條了，不過這兩條地道可能都很危險，咱們走錯了一條可能就出不來了。」

我拿著地圖反覆看了兩遍，確實如阿豪所說，只有走山洞中的隧道這條路看來比較安全，也比較有希望走出去。

藤明月整理了一下剩餘的裝備，已經少得可憐了，只有一支手電筒，四節型號不一的電池，以及最後的一根螢光照明棒。

由於要鑽山洞，我想在附近的民居中再找些可以照明的物品，但是這裡的人家好像對電器十分反感，沒有任何電器，忙亂中也忘記了可以做幾支火把應急。

阿豪急於離開這是非之地，便叫醒了臭魚，四人一共八條腿，這時卻有三個人的四條腿受了傷，只好互相攙扶著向墳後的山洞走去。

有了地圖，很容易就在墳後大山下面找到了山洞的入口。

事已至此，不管能不能出去，都要硬著頭皮走一遭試試了，希望這次好運能站在我們一邊。

洞口很大，洞中雖然漆黑一團，但是道路筆直，倒不難行走。

為了節省光源，我們沒用手電照明，只是排成一列，在黑暗中摸索著牆壁前行。

走了一段之後，藤明月蹲下身去摸索，說道：「這洞裡好像有鐵軌。」

阿豪忽然指著前邊叫道：「是這個，就是這個，我看見過……在水晶裡看到的影像就是這個！」

我抬頭向前邊看去，一片漆黑的中間，遠遠地出現了一個很小的光點，像是燈光。手中所扶的山洞牆壁和腳下的地面微微震動，我大喊一聲：「大夥快往回跑，是火車！」

山洞的寬度雖然並不狹窄，但是也頂多相當於一個火車頭的寬度，那火車要是撞過來，四人無處可避，只能被撞成肉醬。

四人中只有臭魚腿腳沒傷，其餘三人一步一挨，肯定難以逃命。

臭魚慌了手腳，恨不能把三人做一捆抱住跑出去。

阿豪對臭魚說：「藤明月的腳崴了，你先背她跑出去，我們倆在後面跟上，等你把她帶出去，再回來抬我。」然後把唯一的手電筒塞到他手裡。

臭魚來不及多想，也不管藤明月同意不同意，把她扛在肩頭就往回跑。

我折亮了螢光棒攙著阿豪，強忍著腿上鑽心的疼痛一瘸一拐地往外蹭去。

身後的火車越來越近，地面的震動也越來越強烈，阿豪說道：「我明白咱們看到不同的影像是什麼含意了，我的腿已經沒有知覺了，看來我的人生到此為止了，你快自己逃出去吧！」

我說：「你別廢話，我背也要把你背出去。」

阿豪哽咽著說：「答應我，你們要想辦法活下去。逢年過節，別忘了給哥們燒點兒紙錢……你們唔好要唔記得我啊！」他本來跟我們在一起都講普通話，此時心情激動，後半句又改成了家鄉口音。

這時，臭魚已把藤明月帶出了山洞，又奔回來救我們。我和臭魚想把他抬起來，阿豪死死抓住地上的鐵軌不放，只是讓臭魚背上我快走。如果再多耽擱幾秒鐘，可能三個人誰都跑不出去了。

臭魚無奈，只好大聲哭喊著背起了我往洞外跑去。

我趴在臭魚背上回頭望去，在火車的前燈照耀下，阿豪目送我們即將跑出山洞，似乎露出了滿意的微笑。

火車絲毫沒有減速，「砰」的一聲，撞上了阿豪。

我心中像被尖刀狠狠刺中，疼得喘不過氣來。阿豪死亡的情形和他最後的笑容，如同以超慢速度播放的一幀一幀的電影定格畫面一樣，牢牢地印在了我的腦海中。

永別了，我的朋友，

我祈求上蒼多去憐憫那些在黑暗中獨自哭泣的靈魂。

呼嘯而至的火車撞碎了阿豪，然而此時我和臭魚還沒跑出這條死亡的隧道。前面只有一兩公尺的距離就能出去，脖子後邊涼颼颼的，已經能感到身後轟鳴的巨大車頭帶動氣流的衝擊。

我腦中一片空白，臭魚負著我猛地向前一躥，和我一起滾出了洞口。著地一滾，正是面朝洞內，此時雖然已經出了山洞，卻根本來不及向兩側閃避。洞外雖無鐵軌，不過以火車的慣性，脫軌衝出的強大衝擊力，也足以把我們二人撞成肉泥。

但是出人意料的事發生了，火車一出山洞就如同消失在空氣之中，消失不見的只是離開山洞範圍的車體，還沒出洞的車身形成一個橫截面。裡面的乘客、機械清晰可見，一片片在眼前消失。

只見洞內一層層的車體橫截面不停地疊壓推進，足足過了半分鐘，整列火車才消失無蹤。然後四周靜悄悄的，就如同什麼也沒發生過一樣。

藤明月一瘸一拐地過來攙扶我們，我迷迷糊糊地問她：「咱們是在地球嗎？」

藤明月點點頭，哭著說：「你嚇糊塗了是嗎？」

我又轉頭去問臭魚：「阿豪呢？」

臭魚大放悲聲，我這才想起了阿豪慘死的樣子，急火攻心，眼前一黑，暈了過去。

不知過了多久，感覺人中疼痛，睜眼一看自己在先前休息過的民宅之中，臭魚正掐我的人中，他倆眼睛哭得如同爛桃一般，見我醒了過來才鬆了一口氣，說道：「你再不醒，我就要給你做人工呼吸了。」

我沒心思跟他說笑，沉默不語坐著發呆，悲從中來，又慟哭起來。

這一哭感染了藤明月和臭魚，也跟著一起又哭了半天。

直到哭得筋疲力盡，便各自躺在地上抽泣。

現在畢竟不是難過悲傷的時刻，等大家都平靜下來之後，三人商議，準備按照阿豪臨摹下來的地圖中的兩條地道中選一條進去尋找出路。就算是橫死在地道裡面，也強過活活地困死在村中。

藤明月說：「最好別進那大宅，我連看都不想看那裡一眼。」

我指著地圖上面畫的虛線說道：「那就只有從古墓的地宮下去了，而且這下面道路縱橫，好像有幾條路和那大宅相通。其實我看從哪兒下去都差不多。」

藤明月堅持不肯進那大宅，說寧可在古墓裡被古代殭屍吃掉，也不願意接近大宅一步，而且自稱第六感很靈敏，感覺那裡有一具懸在空中的銅棺。

我們又說起在水霧般的晶體中看到那些影像的事兒來，按阿豪臨死前所說的隻言片語，那種影像似乎是一種死亡的預兆，既然大家都看到了，是不是就說明所有人都活不下去了？

臭魚說道：「日他大爺的，我最恨黑貓，我看到的還是隻渾身黑毛的大老貓，如果說我命中註定死在牠手上，我絕不肯那樣死。你們要是看到我即將被貓害死，就提前在我脖子上割一刀，給我來個痛快的。」

我說那也未必，也許只是巧合，你們看到的東西都是實體，要說是死亡的預兆，也有些道理可言，但是我看到的是一個旋轉的圓圈，那是什麼東西？我怎麼可能那樣死？你們認為我會上吊嗎？

於、藤二人一齊搖頭，藤明月說：「總之咱們都要小心就是，如果見到那些和影像中相同的事物，就及早避開。」

我對藤明月說道：「古墓中難免會有棺材，我走在最前邊，如果看到有懸在空中的銅棺就大喊一聲，你聽到我喊就趕快往回跑，無論我發生什麼事兒，你都不要管。」

藤明月低頭不語，遲遲不肯答應。

我現在心中急躁，不想和女人磨蹭，既然計議已定，就按地圖上的標記，找到了古墓的墓道進入其中。

墓道每隔不遠就有一盞點燃的油燈，光線雖暗，卻還算可以見物，不過奇怪的是那裡根本沒有門兒，也沒有任何遮攔，徑直下去就是墓主的墓室。

其中也無棺槨，一具人體骨架零散地擺放在室中的一個石台上。骨質中的水分早已揮發盡了，就連骨頭都接近腐爛，有些部位已經呈現出了紫紅色。看樣子，這屍骨似乎還被人為地毀壞過。

屍身旁放著一把長劍、一串念珠，都早已腐朽枯爛，不知經過了多少年月才成了這樣。我們不敢多看，繼續向前，後邊是條向下而行的甬道，參照地圖，再向前走一段就會到達地圖中標出紅圈的位置。

斜下而行的甬道不長，隨即進入了一處大得超乎想像的洞穴，足有一個足球場大小。那洞雖然龐大，但是只有腳下一條碎石砌成的窄道可以通行，窄窄的石道兩側下陷，以下半公尺全是濃重的黑色霧氣，無法看清黑霧中是深潭還是實地，但是可以感覺到裡面似乎有不少蠕動著的物體，看得人毛骨悚然。

這石道如同是在黑色湖泊中的一道橋樑，筆直通向前方，連接著巨形洞穴的另一端出口。

我們壯著膽子，走到石橋的中央，忽聽走在最後的藤明月低聲對我們說道：「咱們後邊跟著一隻黑貓。」

臭魚最怕黑貓，不敢回頭去看，便叫我轉過身去看一眼，然後再把情況告訴他。

我也心中沒底，突然出現的黑貓究竟是什麼？我太懼怕再失去一個重要的朋友了。

我回過頭去，見藤明月正用手指著身後的甬道入口處，示意讓我往那邊看。

在洞穴牆壁昏暗的燈光中，一隻肥肥胖胖的大黑貓正趴在地上。

那黑貓體態臃腫，年紀不小，懶洋洋地在那裡用兩盞小燈一般的貓眼看著我們三人，和尋常家養的寵物一樣，似乎也不會對我們構成什麼威脅。

唯一值得注意的就是，牠少說也有二十幾年的貓齡了，這種歲數在貓的世界裡，相當於已過暮年的老人。

我對臭魚說道：「沒什麼，一隻小胖貓，很乖的樣子，牠的嘴再大，也咬不動你。」

臭魚還是不敢看那隻黑貓，問道：「你確定牠不是什麼妖怪變的嗎？我怎麼感到後邊陰颼颼的？」

我說道：「要不要我走回去宰了牠？」說完拔出短刀，臉上盡是凶悍之色。

自從阿豪死後，我的心好像也缺少了一部分，突然變得嗜血狠辣，一直想用冷兵器殺些活物發洩心中的痛苦。

臭魚是個渾人，端的是不知好歹的，見我要替他殺貓，大聲稱謝：「太好了，我聽說貓有九條命，你把牠扔到這下面去，日它貓大爺的，看牠還能怎麼來害本老爺。」

藤明月一把拉住我的手，焦急地說：「千萬別，求你們了，你們男人怎麼這麼殘忍？貓咪實在太可憐了。」

我的手被她溫暖的手一握，忽然心中一軟，緊緊握著刀柄的手也漸漸放鬆了。

我嘆了一口氣，說道：「算了，老于，牠要是真的對你有威脅我再動手不遲。也許你在水晶中看見的是另一隻，這隻真的不像壞貓。」

臭魚點點頭，說道：「好，就依你們，不過，你一定要記得我之前對你說的話！我絕不想被貓害死。到時候我希望你別手軟。」

我心中一片淒涼，說道：「我要是動手殺了你，你小子是痛快了，我下半輩子就別指望睡得著了，咱們不說這些……繼續向前走吧！」

石樑狹窄，我擔心後面的黑貓對臭魚不利，於是讓臭魚走在最前面，我和藤明月跟在他身後。

忽然身後的大黑貓「喵喵」地叫了一聲，我急忙回頭去看。

黑貓就跟在我們身後，牠似乎對人類很親近，希望我們去抱抱牠，給牠抓抓癢。

我想抬腳把黑貓踢下石樑，但是看到藤明月不忍的神色，稍微愣了一下。

就這麼一眨眼的工夫，黑貓已經跑過了我和藤明月所站立的石樑，一下子躥到臭魚腳下。

那黑貓似乎極喜歡臭魚，不住地在他腿上挨蹭、撒嬌。

臭魚平時天不怕地不怕，腦袋掉了當球踢的大膽性格，這時竟然被隻胖胖的肥貓嚇得動彈不得，兩腿直打哆嗦。

我見黑貓並不傷人，這才放心，笑道：「老于放心，這小貓不會咬人，你看牠想讓你跟牠玩兒呢！」

藤明月也覺得那貓黑亮光滑、圓頭圓腦的十分可愛，蹲下去想伸手把牠抱起來。

這時臭魚發了狂一般，雙眼瞪得滾圓，抬起腳狠狠踩了一腳，胖貓躲避不及，「喵」的一聲慘叫，口吐鮮血，痛得在地上亂滾。

臭魚不容牠再叫，緊接著飛起一腳把黑貓踢下石樑，那貓在半空還未落入石樑下的黑霧之中，就被從黑霧中探出的幾隻乾枯人爪，一把抓住。

我們無不大驚，這下面的黑霧怎麼會有人？

只見黑霧中冒出女人的乾屍，張著黑洞洞的大口，亂撕亂咬那隻黑貓，似乎都是些餓鬼一般，見到什麼就吃什麼，片刻間就把那可憐的黑貓吃得連骨頭都不剩。

這些女人乾屍似乎無知無覺，平時潛伏在黑霧之中，只要任何物體掉下去就憑本能去抓住搶來吃了。

更為奇特的是，每具乾屍的身體上都有很多香煙粗細的黑洞，緩緩地從裡邊冒出一縷縷的黑霧，石樑下面這一大片的黑霧就是從她們身上的黑洞中散發出來的。

黑霧瀰漫濃重，只是停留在石樑之下半公尺多的距離，並不向上擴散，其內不知隱藏著多少乾屍。

好在那些乾屍即使伸長了手臂，也差一段距離夠不到石樑，更幸運的是她們沒有腦子，不會搭人梯，所以我們在石樑上還算比較安全。

我和藤明月看得發毛，臭魚卻興高采烈，大聲說：「哈哈，你們看，這死貓別說九條命了，再多九百條命也一起被這些乾屍吃沒了。」

藤明月捣住眼睛不忍去看，我卻冷冷地註視著下面的動靜，心中不為所動。沒想到，臭魚太過得意忘形，腳下一滑，從左邊掉下石樑。

藤明月嚇得不知所措，眼前一黑暈倒在地上。

我慌亂之中伸手一抓，鉤到了臭魚的胳膊，被他下墜的力道一帶，險些跟他一起掉下去，我趴在石樑上，我手臂都快要被他墜斷了。

也不愧是臭魚，身體素質超乎常人，腰上一用力，一隻手勾住我的胳膊，另一隻手已經按住石樑，後背一挺，雙臂一撐石樑，就可以躍上來。

忽然臭魚覺得腿被人抓住，回頭一看，從下面黑霧中伸出一隻手爪，狠狠抓住了他的大腿，正在拚命地往下拉扯。黑霧中又從遠處蜂擁而來無數的乾屍，紛紛抓向臭魚。

那力量大得出奇，我拽不住臭魚，也被拖得向石樑邊上挪了半尺。這時藤明月嚇得倒在地上，即使她和我一起拉，也無法和乾屍的怪力相對抗。

臭魚大喊：「老張，快動手，日你大爺的，活兒幹得俐落些。」

我對藤明月大喊一聲：「你抓緊了，千萬別撒手。」

話音未落，探出身去，一刀割斷了抓住臭魚大腿上的那隻乾屍手爪，我原沒指望一刀就能割斷，只是不能見好友死而不救，豁出性命一拚，沒想到乾屍的身體已經腐朽，輕輕一割就斷。此時，後面的乾屍陸續擁了過來，一隻屍爪向我抓來，我用刀一揮，就把她砍成了兩截。

這時臭魚腿上得脫，雙臂一撐石樑，就躍了上來，與藤明月一起把已經掉下去一半的我拉了起來。

乾屍們見沒抓到什麼東西，又紛紛潛回了黑霧之中，黑霧如水，頃刻間恢復平靜，如同什麼也沒發生過。

臭魚死中得活，心中無比激動，只是對我反反覆覆地說一句：「日你大爺的……日你大爺的……」

我站起身來，用短刀的刀背拍了拍他的臉，嚴肅地對他說道：「我再跟你說最後一遍，你日我行，日我大爺就不行，我最恨別人日我大爺！你再日我大爺，我就閹了你！」

臭魚傻了，問道：「你不是沒大爺嗎？」

我白了他一眼，說道：「沒有也不許你日，你逮誰日誰大爺這習慣很不好。」

我們不敢多作停留，急忙離開了這條狹窄漫長的石樑，我剛才一時充英雄，其實嚇得腳也軟了，走得很慢，落在了他們二人的後邊。

藤明月和臭魚進了出口，我急忙緊走兩步隨後想趕上他們，還沒進去就聽藤明月在裡面悲哀地哭了起來，邊哭邊喊：

「陸——雅——楠！」

我聽到哭喊聲，忍著腿上的傷痛，趕忙跑進了石樑另一端的出口。誰知，地上正躺著死去多時的陸雅楠。

舉頭觀瞧，這裡和前邊一間地下洞穴大小相似，與碩大寬廣的洞窟相比，人類顯得非常渺小。

就在洞窟的右手邊，石壁上有個巨大的洞口，足有一幢居民樓的縱面大小。洞口完全被一堵牆砌得嚴絲合縫。

看樣子，這個荒山野洞並沒有人居住，又怎會有一堵牆在此？來不及多想，藤明月的哭聲將我拉回了現實。

藤明月趴在地上，她這一晚哭得太多，眼淚已經乾了，這時卻又乾哭了起來。我本以為她會嚇得暈倒過去，正準備給她再做一遍人工呼吸。

沒想到，她竟然站了起來，喃喃自語：「雅楠……你讓我怎麼向你父母交代啊……求求你……快活過來吧！」

我們相對無言。偌大的空間裡只剩藤明月輕輕的抽泣聲在迴響。這哭聲彷彿照應了我們心裡的迷茫無措。

看來之前阿豪估計的完全正確，陸雅楠早已遭遇不測了。

自從在藥舖中發現陸雅楠失踪以來，我們幾乎每走一步，都會碰上恐怖而又不可思議的危機。面對於這些毫無頭緒的現象，我才發現自己蠢得可以，完完全全地束手無策，腦子裡只剩下一片空白，這片空白中還用紅筆寫了兩個大字「害怕」。

如果我們的軍師阿豪還活著，他也許會想出下一步該如何行動。

我拿出筆記本看了看地圖，發現我們所在的位置，正是地圖上醒目的紅圈，旁邊的註釋只有一個字「門」。

我苦苦思索，這「門」究竟是什麼意思？是不是就是指被牆封住的巨大洞口。如果是門，那麼這扇門又是通往什麼地方的「門」？

再查看地圖，圖中這個紅圈周圍完全沒有標註有任何別的通道，只是孤零零地畫在那裡。似乎「門」後的情況就連畫圖的人都不曉得，也或許是裡面有不能公之於眾的大秘密。我們所在的山洞中，除了「門」和我們進來的入口，在旁邊還畫著一條一直延伸到圖外的路徑。

現在所有的路都行不通，最後剩下的這唯一的一條路，是僅有的一線生機。

我和臭魚商量了一下，決定賭上三條命，走這最後一步棋。

臭魚準備背著藤明月走，藤明月揉了揉哭得發紅的眼睛，表示自己還可以走，暫時不用別人背，並對我說我腿上的傷比較重，還是讓臭魚去背我好了。

我甚感欣慰，還好今天跟我們在一起的是個很堅強的女孩兒，如果她又哭又鬧，受了驚嚇就精神崩潰，那我們可就要大傷腦筋了。

不過我也不想輸給女人，這時只能硬頂上，繼續充好漢了，對他二人說道：「我也不用人背，不就是砸得腫了些嘛，就算是斷了一條腿，我來個金雞獨立，一蹦一蹦地跳也比你們跑起來要快。」

我們正準備離開，忽然牆裡面傳來一陣沉悶的哀號聲，但是那絕不是這個世界中任何生物所能發出的聲音，整個山洞為之一震，牆不停地搖晃，可能隨時都會倒塌。

形勢萬分危急，三人一刻也不敢再作停留，絕對沒有任何心智正常的人想去看那牆後面的事物。

沿著最後的一條通道不停地往深處走去，遠遠聽得那「門」中的巨響已經停止，身後靜悄悄的再無別的動靜。

我們這才敢站住了腳步，停下來喘口氣，然而就在此時，我們同時見到了最不想見到的情況，三個人你看看我，我看看你，誰也不知應該如何是好。

和地圖上完全不同，在我們的面前出現的是三條岔路……

古墓下這條陰森詭秘的地道似乎沒有盡頭。

地道的岔口處比較平坦乾淨，三個人面對岔路無奈至極，只能坐下來休息，商量下一步的對策。

我從臭魚背的包裡找出剩下的半盒菸，給臭魚發了一支，兩人一邊抽菸，一邊發楞。

這三條路口，也許只有一條是生路，其餘的兩條說不定會有什麼作怪的紙人，幽靈一樣的列車，就算是沒有什麼危險，只要孤身一人遇上點兒什麼狀況，嚇也會把人活活嚇死。

人生中，隨時隨地都會面臨各種各樣的選擇，有人說性格決定命運，其實所謂的性格就是對待選擇的態度，然而有些選擇是沒有正確結果的。

現在我們對面的三岔路口，也許就是我們人生中最重要的選擇，如果選錯了答案，也許就是最後的選擇了。

我的腿疼得越來越厲害，開始覺得沒什麼，現在看來，很有可能傷到骨頭了。我真想乾脆放棄算了，既然這三條通道都有未知的危險，還是躺在這裡慢慢等死比較好。

不過，一想到藤明月，我就放棄了這個念頭，無論如何，搏到盡頭吧！

臭魚對我說道：「日他大爺的，前面是三條路口，咱們又是三個人，這是不是命中註定讓咱們三個分開來各走一條？」

藤明月顯然是害怕一個人走：「什麼命中註定？主動權還是在咱們自己的手裡。咱們非要一起走，誰也不能把咱們分開。」

臭魚提議，因為我和藤明月的腿傷了，走路不方便，就先暫時留在原地休息，由臭魚先分別從三條路各向前探索一段距離。

我堅決不同意讓他獨自去冒險，但是臭魚很固執，說如果我們不同意，他也不管，扔下我們自己先往前跑。

我又考慮到藤明月的腳踝無法走太遠的路，只得答應了臭魚的要求，囑咐他快去快回，萬一遇到什麼危險，千萬不要逞能，趕緊往回跑。

臭魚走後，我坐在路邊靠著牆壁休息，腿上的傷痛不停地刺激著大腦，再加上體力的透支，使人想要昏睡過去。

在這裡睡覺實在太危險，為了讓自己保持清醒，我決定跟藤明月談談。

我問道：「那件事情……你考慮得怎麼樣了？」

藤明月正在想著心事，聽我這麼說就好奇地問道：「啊，我考慮什麼？」

我給她做了點兒提示：「五百萬日元怎麼樣？你還沒答覆我呢！」

藤明月哭笑不得：「你黏上毛可能比猴還精，這一變成日元，馬上就除以三了。我不要錢，我想嫁個會唱歌的人，你先唱首歌讓我聽聽，這個考試合格了咱們再談接下來的問題。」

我心裡沒底，我根本不會唱歌，還有那麼一點點五音不全，但是為了娶媳婦兒，只能豁出去了，想起來當初臭魚經常唱的一首酸曲，於是厚著臉皮放聲唱了幾句。

藤明月趕緊打斷了我的抒情歌曲，笑道：「你可千萬別再唱了，別把鬼招來。」

我也覺得臉上發燒，唱得自己都覺得難聽，還好地道裡面光線昏暗，沒讓她看出來，要不然沒臉做人了。

藤明月說：「回去得給你辦個補習班，好好學學怎麼唱歌。」

我一聽她這麼說，覺得這事有門兒，心想：也不知道還能不能活著出去，我先佔點兒便宜再說，伸手一摟藤明月的腰，就要親她一下。

藤明月用手推住我：「剛還一本正經的，怎麼馬上就開始耍流氓了？」

我怒道：「不是你在一直給我暗示嗎？怎麼我倒成流氓了？你也太不講理了。」

藤明月都快氣哭了：「誰給你暗示了？」

我說道：「不是暗示你幹嘛總拉我手、抱我腿，還要回去給我辦補習班！都辦上補習班了，還不算暗示？」

藤明月說：「你這理論在哪兒也說不過去。我對你印像不壞，不過你不能再耍流氓了，要不然我就算你剛才的音樂考試不及格。」

我討個沒趣，心裡暗暗罵著。不過她最後一句話頗值得人回味啊，及格了？

我想著想著竟然睡著了，朦朧間覺得身上發冷，一陣陣的陰風吹過來。

藤明月竟然主動投懷送抱，靠在我身上。

我都來不及睜眼，就先一把摟住，沒想到她竟然更進一步，主動來吻我。

但是她嘴唇接觸我的一瞬間，我猛然感到她的嘴怎麼變得這麼冷？那簡直就是一種深不見底的陰森森的惡寒。

我睜開眼睛，看到的只是一片漆黑，悲傷怨恨的潮水無止無盡地從我對面向我湧來，這種感覺我太熟悉了，和外邊那大宅中的一般不二。

我努力讓自己鎮靜下來，狠狠推開「藤明月」，低聲喝問：「你究竟是誰？」

黑暗中，對方一言不發，雖然看不見她的眼睛，仍然覺得從她眼中射出怨毒的目光，有如兩把匕首，插進我的心臟，不停地攪動，無邊的黑暗從心中的傷口衝了進來。

身體好似被沉重的悲傷所壓迫，一動也不能動。

只要再被她看這麼一兩分鐘，我就會徹底喪失反抗能力了。還好求生的慾望強烈，暫時抵擋住了黑暗的衝擊波。

稍微緩得這麼一緩，我深深地吸了一口氣，把心中的黑暗驅散，緊接著從口袋裡摸出打火機，在大腿上前後一擦，點燃了ZIPPO，我要看一看對方究竟是誰，藤明月到哪兒去了。

不料，ZIPPO的火焰剛剛出現，就被一股陰風吹滅。

我硬著頭皮，再一次摩擦ZIPPO的火石，火焰又被陰風吹滅，我頭皮發麻，五千多元錢的美國原裝限定版精工工藝，獨特的防風的燃料ZIPPO在這裡只不過和一根小小的火柴差不多。

反覆數次之後，乾脆連火都打不著了。

我對面的「藤明月」，仍然一動不動地在黑暗中注視著我，沒有任何的攻擊行為，也許她想要把我活活嚇死。

想到這裡，我不懼反怒，太可惡了，世界上再沒有比這樣被嚇死更恥辱的死法了。

我正在咒罵，忽地手電燈光一閃，我看得清楚，在我對面，近在咫尺的距離，面對面站著的不是藤明月，而是一個「女人」。

她穿著一身長裙。最醒目的，是她脖子上繫著的一條紅色的絲巾，白衣如雪，絲巾鮮紅，再加上如黑瀑般的長髮，三色分明。而她的周身……縈繞著濃重的黑霧。

我隨即想到了，藤明月在水晶中看到的啟示，阿豪看到了隧道中的火車燈，結果死在了裡面。藤明月看到的啟示是紅色絲巾和懸在空中的銅棺，會不會在我睡覺的時候已經遭到不測了？

不過臭魚看到了黑貓，他為什麼能把黑貓殺死，自己毫髮無傷？難道那啟示，不代表死亡？

我思緒混亂，竟然忘了害怕，突然地面一陣劇烈的晃動，陣陣哀號從遠處傳來，好像那個「門」中的怪物又開始嚎叫，想破牆而出。

這時我覺得腰間一緊，被一隻有力的大手夾在腋下，原來是臭魚探路回來，用手電一照，見情況危急，於是來不及多想，把我大頭朝下，夾起來就跑。在顛簸起伏中，我用力仰起頭，去看那個白色的身影，她還停在原地，一動也不動，身上的黑霧正逐漸消散在空氣中。

臭魚倒夾著我，一路狂奔，我感覺轉了一百八十度之後，地勢轉而向上，越奔越高，黑暗中憑直覺判斷方位，似乎是有條路，通向「門」所在的山洞上方。

大山洞中傳來的呼號聲也逐漸減弱。終於又歸於平靜。

最後終於停在一個石門前，臭魚這一番又是用力過猛，坐在地上喘氣，從包裡拿出水壺，幾口就喝個精光，方能開口說話：「日你大爺的，剛才真危險，我再晚回去半分鐘，你的小命就沒了。」

我問臭魚：「這是什麼地方？藤明月呢？」

臭魚說：「我也不清楚，那三條路我走了兩條，都是死路，好像剛挖了一半，我還沒來得及看最左邊的通道，就聽見後邊有令人寒毛倒豎的慘叫聲，我放心不下你們，趕回來看，見到情況緊急，就抱著你從一直沒走過的左側地道逃命，藤明月在哪兒我沒看見。還好這條最後的地道不是死路，繞了一個大彎後就逐漸向上，現在咱們的位置大約是在之前大山洞的上方。這有個石門，咱們歇歇就進去。」

我心中明白藤明月多半已不在了，就算暫時沒死，她腳上有傷，在這個如同迷宮般詭異的山洞中，恐怕也無法生存。但是無法接受這個現實，暗地裡期盼著她能僥倖活下來。

臭魚倒在地上抽菸喘息，恢復體力，我坐在一旁，想起阿豪和藤明月，心如刀絞，暗暗痛恨自己對朋友的死無能為力。

忽然發覺在石門裡有滴水的聲音傳出，這滴水聲不知從何時開始出現，我們剛才逃得慌忙，沒有留意，現在在這寂靜的地道中，這聲音格外地清晰。

臭魚也感覺到了，爬起身來，和我一起用力推開了石門。那石門也不甚厚重，而且開合的次數多了，磨出好大的縫隙，稍微一用力就應聲而開。

我往裡面看了第一眼，心中就是一片冰涼，只有一個念頭：「罷了，藤明月必死無疑了。」

石門中是個不太大的石屋，大約一百平方公尺，高四公尺有餘，對面另有一扇石門似乎是出口。中間吊著一個琉璃盞，中間燃燒著不知是什麼的燃料，配合四壁上的八盞封燈，把屋中照得燈火通明。

屋中別無他物，在中央的位置上，八個造型古樸雄渾的蒼然銅人像，都有真人大小，聚攏成一圈，皆呈跪姿，共同抬著一具造型奇特的銅製棺槨。

那銅棺和銅人，都長了綠色的銅斑，看來少說也有千年歷史。棺下有個小孔，從中一滴一滴地流出鮮血，血剛好滴在地面上的一個玉石凹孔之中，那凹孔深不見底，不知通向何處。

這銅棺多半就是藤明月所見到的死亡啟示中的影像，不過不管她是生是死，我都務必要親眼看到。於是和臭魚二人打開了銅棺的蓋子。

我們見了裡面的景象，都眼前一黑，險些暈倒，實在是太慘了。

藤明月的屍體端端正正地擺在棺中，棺底有數十枚精鋼尖刺，其工藝之複雜精巧，在現代社會也極其罕見。

我強忍悲痛，想把藤明月的屍體從棺中抬出來，臭魚攔住我說道：「你還記得那黑霧中的東西嗎？」

經他這麼一說，我腦海中浮現出了在那條石樑上驚心動魄的經歷，那些東西，身上有很多窟窿，從裡面不停地冒出一縷縷的黑霧，那景象……

沒錯，那些窟窿就是在這裡被鋼刺扎的。

想到此處，我不由得從骨髓裡感到寒冷，全身都在顫抖，究竟是誰如此殘忍？

我拔出刀來，雙眼血紅，惡狠狠地揮刀在空中劈刺，腦中只有一個念頭：「報仇。」

此時，反倒是臭魚比較冷靜，勸我道：「要是金甲紙人那種怪物，咱們自是不必怕它，可是它是鬼魂，有形無質，咱們怎麼殺它？」

我忽然想起一事，說道：「有了，你還記得在藏書樓裡，看到驢頭山人所記載的捉鬼術嗎？有生米，可惜咱們沒來得及多看幾條，不過這就足夠了，村子裡的米都發霉了，咱們先想辦法回藥舖取米，然後再回來收拾這死鬼！」

臭魚大喜：「太好了，本老爺手都癢了，今天一直受他們欺負，日他大爺的不曾發市，既然知道了它們的弱點，如果還不能給阿豪、藤明月他們報仇，我誓不為人！」

眼淚已經流得太多，復仇的火焰壓倒心中的苦痛，人如果有了目標，也就有了行動的方向，我們打定主意，今天就算把自己的命搭上，也要給捎上幾個未知的敵人墊背。

後面唯一的一條路，被那穿白衣的亡靈封鎖，我們眼前唯一可以走的是對面的石門，不管怎麼樣，先從石門出去，再見機行事，找路徑返回藥舖取米。

最後的門打開了，前面又有什麼危險等待著我和臭魚？

幽暗的地道曲折而漫長，像是被命運之手所指引，我們終於來到了盡頭。

最後的一段地道越走越窄，僅僅可以容一個人通過，如果身材稍微高了一些，就必須彎著腰前進。

在盡頭，有一段很矮的木梯，爬上去就是出口。那個出口被一塊木板蓋住，我用手一推沒有推動，換臭魚上去，使出蠻力，硬生生地把那木板推破，發現是在一張大床的下面。

我們前後腳地爬出來，一看四周，二人盡皆喜出望外。

原來所處的位置，正是藥舖後地道中的石室床下，初次來時比較匆忙，沒有發現床下別有洞天。

臭魚發起飆來說道：「阿豪這個爛好人，要依了我早把這屋裡的骨灰罐子砸得粉碎了。我看這地方根本就沒好人，一個個都該千刀萬剮！」

我也被仇恨沖昏了頭腦，不等臭魚出手，拿起擺在桌上的小骨灰罈，狠狠地砸碎在牆上。

隨著骨灰罈的破碎，從中生出一股青煙，化作一個小男孩兒，哇哇大哭。

我們現在手中無米，不敢跟那小鬼放對，二人一齊吶喊，破門而出，從外邊的地道跑向藥舖。

等跑到藥舖廚房的時候，二人已是汗流浹背、氣喘如牛了，我發現腿上的傷也不疼了，想必是因為心中太過於激動，精神已經凌駕於肉體之上了。

那小鬼哇哇大哭著，隨後跟進了廚房，臭魚一腳踢開米缸上的蓋子，兩手輪流抓了大米猛向小鬼拋撒。

這招果然有奇效，米粒一擊中小鬼的身體，就出現了一個白洞，那小孩疼得又哭又叫，轉身要逃。

我眼都紅了，豈能容它逃走，用衣服兜住一大把米，在小鬼周圍畫了一個米圈。

我哈哈狂笑，對臭魚說道：「老于，別太急了，慢慢折磨這小崽子，今天先拿他祭一祭咱們的朋友。」

臭魚見困住了小鬼，也不再大把地撒米，一點兒一點兒地慢慢用米粒投他。小鬼倒在地上，口吐黑水，形狀越來越虛，眼看就要魂飛魄散。

就在此時，廚房門口一個老邁的聲音叫道：「二位壯士，快快住手，且聽老朽說一言。」

我回頭一看，說話的正是藥舖掌櫃陳老。

我大罵：「你這老豬狗，最是可恨，老于，別跟他廢話，抄傢伙上！」

臭魚打得興起，本就不想說話，抄起一大把米向陳老撒去。

沒想到，打在他身上之後，竟然全無反應。

陳老忙說：「二位爺，二位好漢，老朽是人，不是鬼怪，且住手容老朽解釋，之後是殺是留悉聽尊便。」

我見事情奇怪，但是仍不放心，我為防陳老動手發難，把短刀拔了出來，恐嚇他道：「老雜毛，要是敢輕舉妄動，我先給你來個三刀六洞。」

陳老看了看他孫子，說道：「二位爺，能不能先放過我孫子，他雖然是鬼，卻沒做過什麼壞事，我再不救他，他就要魂飛魄散了。」

臭魚說道：「你先把今天晚上的事說明白了，說清楚了則罷，說不清楚，別說你孫子，老爺我讓你這老兒也一起魂飛魄散！」

陳老無奈，只有先行解釋。

於是他講了這雨夜之中的第五個故事……

第五個故事　門

隋末唐初，天下出了一位奇人，不知其來歷姓氏，只因生就一副異相，容貌醜陋無比，破袍無履，脫略行跡，其頭骨形狀似驢，故自號驢頭山人。

只因其德高望重，世人不敢直呼驢頭，皆稱其為山人，或曰綠仙，以避忌諱。也有傳聞綠仙乃當世一位劍仙胯下騎乘的青驢所化，然而這些傳說不足為憑。

綠仙有無字天書三卷，修仙悟道，遊歷神州大地，可以呼風喚雨、驅神役鬼，到處降妖除魔，仙名播於天下。

貞觀八年某日，綠仙參道於青石洞，弟子稟報有一貴人求見。綠仙將客迎進道觀相見，來者乃海內第一名將李靖。

李靖輔佐唐王，南征北戰，卻又為何得閒到此？

賓主敘禮已畢，說明來意，這才引出一場除魔大戰，有分教：欲做降妖除魔事，需請通天徹地人。

原來李靖率軍迎擊吐谷渾，在積石山一場惡戰，殺得敵軍屍橫遍野，一舉擊潰其主力，並擊殺吐谷渾可汗。

剩餘殘敵退入一條山谷，唐軍分精兵五千，繞至谷後，主力則在前，形成前後夾擊之勢。

鼓聲大起，唐軍主力蔽野而至，從正面攻入山谷，然而出乎意料，竟然未遇任何抵抗，谷中的敵軍全部不知去向。

派出紅旗探馬去聯絡山谷後面夾擊的五千唐軍。結果連出六騎，盡皆有去無回。

主帥大驚，要知道，當時大唐帝國的軍隊，橫掃中原、平定四方，就連當世軍事實力最強的突厥都被唐軍打得落花流水，連頡利可汗都被生擒。

這剩下的幾千吐谷渾殘兵敗將如何能夠在眼皮子底下逃脫？那五千精銳竟然會被這些不堪一擊的吐谷渾潰兵消滅得一個不剩？

谷後是一片平野，無遮無攔，敵人不可能逃得如此無影無蹤。李靖親自率眾搜索，沒找到敵軍及失蹤的唐軍，卻在山谷後面的谷口處的一個大坑中，找到一條奇怪的「蟲子」。

這蟲有成年牛馬大小，其外皮堅硬似鐵，水火不能侵，全身火紅，之所以說它是蟲，因為它雖然體態巨大，但是長得恰似尋常的毛蟲一樣，只是無頭無嘴，趴在地上全身一起一伏的樣子似乎是在酣睡，用刀劍戳之，它毫無反應。

李靖大奇，見這巨蟲奇形怪狀，便準備帶回去獻給太宗皇帝。吐谷渾殘餘兵馬雖然未能全滅，又折了五千精銳，但是仍然堪稱大勝，率班師還朝。

途中行至一處郡縣，大軍紮營，當地太守宴請軍中將佐，李靖率各部將領進城赴宴。

【門】在原地上只有一個大得嚇人的大坑，直徑足有十餘里，圓整光滑，就像是把西瓜切成兩半，用勺子把瓜心一下子挖掉那樣。巨坑的中心有一隻大蟲子正在睡覺。

宴散之後回到營地，眾將本已大醉，此時全被嚇得酒意全無，數萬軍兵駐紮的大營，憑空消失了，就連馬匹帳篷、刀槍器械，包括營地後面的一座土山，也都無影無踪。

在原地上只有一個大得嚇人的大坑，直徑足有十餘里，圓整光滑，就像是把西瓜切成兩半，用勺子把瓜心一下子挖掉那樣。

巨坑的中心有一條大蟲子正在睡覺。李靖明白了，自己的軍隊，都讓這蟲子給吃了。如果此害不除，讓它這麼吃下去，早晚有一天，大唐的江山子民都要變成它肚中的糞便。

然而此蟲水火刀劍皆不能傷，如何殺掉，委實困難，最後只好求助於青石山紫煙觀的綠仙。

綠仙見此事重大，自然不肯推辭，遍閱典籍，終於查出了這條巨蟲的來歷。

夫宇宙者，天地四方為宇，古往今來為宙，宇是空間，宙是時間，宇宙就是由時間和空間所組成的。在一個宇宙之外又有無窮數量的其餘宇宙存在，其中的縫隙，則全部是一片虛無混亂的混沌存在。

在太古神話時代，本沒有現在咱們所在的宇宙天地，只有一片混沌，有個巨人盤古睡於混沌之中，夢醒後開天闢地，力盡而死，血液化成了江河湖海，身體化為了大地山脈，他的靈魂不滅這才又有金、木、水、火、土五位古神誕生於天地之間，其後又有女媧氏造人。

然而在混沌中誕生盤古氏之前，有一條以時間與空間為食的蟲子，爬進了誕生盤古氏的這片混沌之中，產了幾枚蟲卵，隨後不知去向。

這雖是神話傳說，也許天地的形成並非如此，但是這幾枚比上古神話中的眾神還要早無數年就誕生的蟲卵，卻真有其物。

在古印度的經文中記載，此蟲名為「波比琉坂」，譯成中文，意思就是「門」。

《約翰默示錄》第六章：他從門中而來，騎乘著九個頭的獅子，手中利劍指向天空，表示對神的蔑視。

「門」的卵存在於世界之中，慢慢地孵化了億萬年，蟲卵在古印度曾經出現過兩枚，被燃燈古佛以無邊佛法併大慈悲力剷除，讓其不能卵化為蟲。

因為這種蟲太可怕了，「門」孵化為蟲之後，平時一直睡覺，在睡眠中偶爾會吃掉附近的小塊兒空間，每隔十幾二十年就會醒來，直到把所在的世界全部吃成黑洞，才爬向混沌之中去產卵，然後繼續吞噬下一個宇宙。「門」就是依靠吞食能量為生。

宇宙，本身就是一種能量，空間的穩定能量造就了時間，時間是一種動態能量，不停前進的時間又提供動力維持著空間的穩定，這就是所謂的陰與陽、靜與動。

李靖所抓到的「門」就是一條剛從卵中孵化出來的幼蟲，也是天下唯一的一條蟲體，很不幸，這倒楣事兒被衛國公和綠仙遇到了，他們面對的是一道想都沒想過的大難題。

雖然說世間萬事萬物，都離不開陰陽兩極，比如有夜晚，就有白天；有男人，就有女人。但是這種陰陽在某種程度上是不相等的能量，只有這樣才能形成平衡，比如咱們所在的世界，就是以陽這種能量為主。

所有的食物鏈的最末端，都是依靠光合作用的植物。這就說明在咱們的世界中陽在明，陰在暗；陽為主，陰為輔。

「門」的口中，也就是門後，並不是它的肚子，而是連接另一個宇宙的通道，所以稱其為「門」是十分合適的。

而在「門」後的異界，不同於咱們的世界，是一個陰為主導能量的時空。即使是燃燈古佛、太古眾神復出，恐怕對那個異界的認知程度也為零。

綠仙請衛國公李靖先回長安，自己駕起一片七彩祥雲，將「門」放在半空，以防它在夢中繼續傷人，隨即閉關參詳對策。

三日後，綠仙帶同門下弟子及各弟子家眷，離開了青石山紫煙觀，擇一僻靜無人煙的山谷聚眾而居，這個地方，四面環山，被森林環繞，與世隔絕。

綠仙決定以自己的元神進入「門」的口中，拚上自己的元神散滅，爭取和「門」同歸於盡，以在「門」甦醒之前，拯救天下蒼生的性命。

但是自己法力雖高，進入「門」中能否成功消滅它，實在難預料。於是安排下種種後招，命令門人從此不可出谷，只在此間隱居，其後歷任族長，都要以剷除「門」害為首要重任。

隨即造一巨墳，將「門」封印在墓室下的一個巨大山洞中，自己則在墓室中坐化。元神進入了「門」中。

因為綠仙是修行成仙的金身，元神雖已不在，肉身數百年不朽，直至民國年間，才逐漸腐爛。門人怕有朝一日師傅回來沒有肉身，就未將其屍骨入棺裝殮，一直擺在墓室的石床上。

然而綠仙金身進入「門」，一直沒有動靜，「門」安安靜靜地睡覺，直到二十幾年之後的一天夜晚，天地變色，時空扭曲，「門」死了。

綠仙門人無不大喜，跪拜先師遺體，祝賀降「門」成功。

但是，事情往往都會向人們期望相反的方向發展，「門」雖然死了，它的亡靈卻甦醒了過來，而且比有肉體的蟲身更加狂暴，也更有破壞性。

好在，第二任族長，也是才智卓絕之士，也準備以元神出殼的形式去鎮住「門」的亡魂，但是他的修為遠不及綠仙，能鎮住多久，沒有任何把握。

第二任族長憑藉超凡的才智，想出了一個無奈之舉，他命門人弟子，在他死後，立即從門中選出一個剛出生的女嬰立為聖女，從小在她身上刺上咒文，族中職位最高的長老作為她的師傅，讓她住在全村最大的宅院裡。督導其背誦百萬字的咒文，並教授捨生取義，拯救天下眾生的意義。

聖女從小到大過著與世隔絕的生活，潛心修煉，只等「門」的亡靈出現異動，就進行「放神」儀式。

因為聖女的法力還不足以使元神出竅，而死後靈魂也會失去很多法力，所以必須進行

「放神」儀式，這種儀式就是把聖女活著裝入銅棺，用刻有咒文的鋼刺慢慢放血，靈魂隨著獻血流入下面的「門」中，使其靈魂能安撫「門」的哀傷，每次可以維持十幾或者二十幾年不等。每個聖女死後，肉身也不會腐爛，被鋼刺刺在身上的窟窿，會有黑霧冒出，沒人理解，為什麼會有黑霧出現，可能是因她們的痛苦而產生的。

聖女的遺體如同喪屍，無知無覺，只懂得飢餓。但是族中人不忍將這些「喪屍」焚毀，就把它們扔在墓室後面第一間山洞的石棵下面。

大唐天子後來得知此事，心中不忍，於是為聖女立石像、石碑，以表彰其德行。

此後千年易過，族人遵從綠仙遺訓，無不以謀劃關「門」之策為畢生大任，然而在想出對策之前，就要不停地把無辜聖女的靈魂填進「門」的亡靈中。

直到公元一九八〇年出現了一場大的劫難，在這最後一次儀式中，不知道出了什麼差錯，在深夜兩點「門」發生了有史以來最大的震動，誰也不知裡面究竟發生了什麼，最後一位聖女的亡魂又從「門」中爬了出來，帶著強烈的執念前來復仇，族中會法術者雖眾多，但是道高一尺，魔高一丈，誰也拿她沒有辦法。

一夜之間，她把全村老少男女、雞鴨豬狗全扔進了「門」中。

得以倖免的只有兩條生命，一條是她生前養的黑貓，另一條就是她的爺爺陳老，其實還有她的弟弟，也就是陳老的孫子，不過，雖然他姐姐沒殺他，但是他目睹了這一切，被活活嚇死了。

陳老因為有事外出得以倖免，回來後聖女的心境似乎已經平和了一些，她把自己關在大宅中，再也沒有出來過。

陳老也學過很多祖傳的法術，在經樓中翻閱歷代前輩留下的筆記，找到了一個應急的法子。

因為「門」後的異界，是一種以陰為主導能量的時空，所以不能讓它沾染陽氣，因為異性磁場相互吸引，比如陽光、不修行的男人這一類的事物，只會讓「門」更加活躍。為了讓「門」平靜，只能用相斥的陰來壓制它。

陳老首先在村子周圍佈置了一個結界，不分日夜，不停地下雨。

另外他還使用祖傳之術燒製磚塊，砌了一堵極陰的牆，封堵「門」的活動，但是這也不外乎是飲鴆止渴之計。

為了保證這世上的平安，陳老便一直守護著這座無人村，監視著「門」的動靜。有時，會有好事之徒闖入這深山，不是貪圖新鮮探險作樂，就是犯了事兒妄圖躲藏。陳老族中祖傳有一樣異寶——孽石。用孽石可以照凡人因果，以及人類本性的醜惡，如果照出一片黑氣的，便是身負重罪的作姦犯科之人。陳老唯恐這等人在深山老林中無所顧忌，更顯兇惡，對守村一事造成威脅，便乾脆以異術召來巨獸取了他們的性命。

「門」的活躍越來越頻繁猛烈，由於受到異界的侵蝕，在村子周圍出現了一個時空扭曲的漩渦，時空的扭曲範圍是整個村莊，每天晚上兩點，時間都會停止運行，短則十幾個小時，長達數百個小時。而最強烈的時間、空間扭曲的地點是村子的邊緣一圈很窄的地帶。

舉個例子來講，阿豪死亡的山洞就是個時空的亂流，所以會在本來沒有鐵軌的山洞中遇到火車，如果在時空的亂流中死亡，靈魂則會進入「門」嘴中的異界。

我不知道門是否真的存在於世間，這種傳說在中國並不多見。

據說在中國的鄰邦印度，一衣帶水的日本，遠隔萬里的歐洲、德國、英國，都確實有拜「門」教派的存在。

不同教派對「門」的稱呼不同，解釋也各不相同。印度宗教中認為：我們所在的世界是神靈的夢境，神的夢醒來之時，就是世界的末日。而神與神之間不同的夢境，會有聯繫。在夢的間隙有一種吞噬夢境的蟲子，也就是波比琉坂。日本的宗教認為：門是通往黃泉的通道，黃泉者，地獄也。這是比較容易讓人接受的一種解釋。歐洲的宗教則認為：門是讓撒旦回到現實世界的通道，有朝一日，撒旦會重新回來統治世界。美國的科學家指出：各種宗教中所提到的門，應該是一種異次元通道，連接著不同的宇宙。

這些宗教無一例外地進行殺人祭祀活動，文化背景不同，方式也各異。祭祀——披著神聖外衣的血腥行為。在古印度婆羅門教中，為了不讓梵天的夢境受到干擾，教中會派七名僧侶進行苦行修業，十六年之後，他們回到寺院，選出最傑出的一個苦行僧，用高僧的血肉和佛法祭祀，這種方式就稱為「放神」，意為釋放元神。放神儀式可以平息「門」的震動長達十六年。儀式之後，新選出的七名苦行僧，出門旅行修業。歐洲方面，則同故事中描述的形式差不多。

這個村子裡的人，都是綠仙後裔，他們對門的壓制，在千年以來犧牲了無數名聖女。

至於那件唯一能判斷人性善惡的寶器，是一面稱為孽石的水晶，傳說它是由神憐憫人類的眼淚所化。

每個人的對靈力的感應程度不同，在鏡中看到的啟示詳細程度也不相同。心靈陰暗的人，會在鏡中發散出黑暗的氣息，生命力頑強的人會出現光芒，這種有光芒的人只佔萬分之一。

臭魚等四個人所看到的影像，並不是死亡，而是因果的啟示。不過孽石在一九八〇年大災禍的時候遭到破壞，看到的信息並不完整。而且即使是完整的信息，也無法避免命運的安排。就如愛因斯坦所言——時間是線性的，每一部分都早已安排好了，也許你還有很特殊的機會，可以做時光旅行，去看那些早已發生和未發生過的事情，但你只能看，而不能也沒有可能去改變那些事。

然而每個人從孽石中看到的內容都不相同，包含的信息也各異，其內都暗含禪機，只能自行參悟。

除了陸雅楠之外，其餘四人並非奸惡之徒，陸雅楠究竟哪裡邪惡，無從得知，因為她已經死了。

陳老想等兩點之後，想辦法放四個人出去，可是就在此時「門」發生了強烈的震動，牆隨時可能會塌，於是陳老就去墓中查看。

沒想到這四個人一通折騰，搞得天翻地覆，連眠經樓都被一把火燒了，歷代先人的筆記經卷全部付之一炬，不過這也是運數使然，並不是個別人的責任。

最壞的情況已經出現了，阿豪、藤明月死掉了，阿豪是因為誤入了時空的亂流，陳老不知道藤明月是怎麼死的，有可能是聖女的惡靈所為。另外還活著的兩個人，也在孽石中看到了「果」，這種啟示，在死亡即將來臨之際才能見到，不過也未必是死亡，總之是路走到了盡頭的人和沒有未來的人才能看到。更不幸的是「門」隨時會開啟，族中的人都死得精光，再沒有人可以平息「門」的哀傷了。

村中雖然還有一位聖女，不過她的心裡滿是放不下的執念，她的靈魂即使進入「門」，也沒有任何意義了。

我和臭魚聽得一片茫然，事情太過複雜，憑我們倆的大腦，暫時還理解不了。不過有一點可以確定，陳老應該不是壞人。

於是我們就讓陳老去救治他的孫子，我對剛才的所作所為，感到十分的慚愧、十分的抱歉，不知道說什麼好。

我想問問陳老，我和臭魚能做些什麼，我們既然命中註定今晚難免一死，是不是可以死得有點兒價值？

陳老搖頭說道：「二位爺雖然命硬，終究是凡人，對『門』無能為力，咱們現在誰都沒有辦法，只能坐下來等死了，想不到這世界的最後時刻就在今夜。」

忽然廚房的門被打開，眼前出現了一個身穿長裙的身影，和我在墓中所見的不同，她身上的黑霧已經消失了，面容憔悴，而且我感到她已經沒有了那股強烈的執念，也沒有那種讓人一看就忍不住想死、想哭的哀傷，取而代之的是一片明鏡止水般的平靜。

她的臉上蓋著一塊絲巾，只露出似水的雙眼，開口說道：「這個世界雖然充滿悲哀與殘酷，不過並沒有走到盡頭，還有唯一的一次機會。」

接下來，聖女的亡靈講述了第六個故事。

第六個故事　異動

青窈是個孤兒，從小和爺爺一起長大，她還有個弟弟。

她不是一生下來就被立為聖女的，聖女的候選人在族中都是各大長老的血親，是一種至高無上的榮耀，尋常的族人想都沒想過會被選中做聖女。

但是，當時被選定為聖女的嬰兒夭折了，一時找不到合適的人選，只好從普通族人中挑選，最後選中了六歲的青窈。

從此以後，她不得不和爺爺弟弟分開，一個人住進了古墓邊的大宅，除了每天上眠經樓看書之外，再也沒有去其他任何地方的自由。

由於她被選為聖女時已有六歲，時間緊迫，有更多的事要進行準備。

青窈從小就很善良聰明，她有一種責任感，她雖然不知道天下蒼生是些什麼，但即使只是為了村中的親人夥伴，自己的犧牲也是值得的。

日復一日地努力背誦冗長的咒語，每天晚上被毒針在身上文刺符錄，直到她十八歲的時候，一切都在有條不紊地進行中，只要「門」出現異動，隨時都可以進行放神儀式。

青窈早已心如止水，對這個單調而乏味的世界沒有任何留戀，她希望儀式的日期早一點兒到來，她會作為聖女壯烈地犧牲自己。

在某天清晨，她一如既往地去眠經樓看書，發現有一個外來的年輕人在和族長大吵大鬧。

青窈好奇地在二樓注視著這一切，她從來沒見過世界上有人吵架，說話這麼大聲。那個年輕人的要求沒有得到允許，族人把他趕出了村子。

第二天青窈在二樓發現，那個年輕人又溜了回來，拿著個本子在偷偷摸摸地記錄墓前石碑上的文字。

書樓古墓聖宅這一地區，只有族長和聖女可以進出，其餘的族人要先得到准許，否則任何人不准進入禁地。

這個年輕人是誰？膽子很大。青窈沒有管他，只是靜靜地看著他的一舉一動。整整一天，沒有心思讀經書。

連續兩天那個年輕人都來，最後一天他看見了在樓上注視他的青窈，年輕人在樓下和她講話。

這個年輕人是美籍華人，來中國考察古蹟，他發現了這個與世隔絕的村莊，被這裡的神秘深深吸引，他經常笑，村裡幾乎沒人會笑，青窈不明白他為什麼喜歡笑，他還對青窈講了很多新奇的事情，什麼電視機、輪船、航天飛機、音樂、貓王之類的，全是青窈想都想不到的事物。

轉天，年輕人又來找青窈，送給她兩樣禮物，一條紅色的絲巾，他說這和她的白衣服、黑頭髮很相配，還有一隻剛出生不久的小貓。

青窈很喜歡這兩樣禮物，她忘了聖女的心是不允許有波動的，她已經愛上了這個年輕人，此刻她喪失了成為聖女的資格。

當天夜裡，「門」猛烈地震動，它的亡魂又活躍了起來，方圓數十里，都可以聽到它悲慘的哀號。

放神的儀式，必須在當天夜裡舉行，然而族長發現了最可怕的事，聖女的心失去了神聖的平靜狀態。大怒之下，族長帶人暗中殺了這個年輕人，並把他的靈魂毀滅。

青窈並不知道此事，她雖然喜歡那個年輕人，但是她不會留戀這個世界，她明白自己有必須要做的事。

沐浴更衣之後，青窈靜坐在室中，靜靜地等候晚上的犧牲。

這時她腦海中出現了一個身影，是那個人……

儀式必須舉行，下一任聖女年紀太小，達不到要求。即使青窈的靈魂不合格，也要冒險試一下。

可是青窈還有最後的心願沒有實現，就是再看一眼那個人。她帶著怨恨、思念、悔恨、痛苦的心情被裝進了銅棺，她的心完全被黑暗籠罩了。

她的靈魂沒有進入「門」內的異界，執念和怨恨把她留在了「門」與異界之間。那裡充滿對於死亡的悲傷與恐懼，以及對這個世界的無窮怨恨。

世上一分鐘，「門」內如萬年，青窈原本單純聖潔的心，變成了狂暴的惡靈。在「門」的震動下，這個復仇的靈魂又爬了回來。

復仇之後，她心中善良的那部分和黑暗的部分達到了平衡，互相制約，每天都在痛苦地鬥爭。所以她把自己留在了聖宅之中。

直到有一天，她見到幾個人進入了村莊，其中一個人就是當年她所愛的年輕人。她心中的黑暗也開始逐漸消失，她在後邊悄悄地跟著他們，直到她看見她所愛的人對另一個女人動手動腳。

嫉妒的負面能量，再一次讓黑暗遮蔽她的心，她把那個女人扔進了銅棺。讓她的靈魂隨著獻血流入異界。

隨後她吻了那個她愛著的人，但是那一瞬間，她發現他們不是一個人，只是長得太像。

此時，青窈終於覺悟了，她的靈魂得到了淨化，黑暗的負面能量完全消失。

她對自己在黑暗控制下的所作所為，感到難過，決定重新讓自己的靈魂進入「門」，換取這世界二十年的平安。

我聽到她果然殺了藤明月，但是不知為什麼卻恨不起來，心中只是感到她太可憐了。藤明月也太可憐，這個世界上的每一個人都太可憐了。

臭魚也掉下幾滴眼淚，連說：「日他大爺的，太不講人道主義了，誰規定非要用少數人換取多數人的生存？」

青窈和陳老商量了一下使靈魂回到「門」中的步驟，事不宜遲，必須馬上進行，牆已經壓制不住「門」的活動了，只要時間一開始運轉，它很可能就會破牆而出。

陳老對我們說：「你們二位，如果想留下也可以，不過你們幫不上什麼忙，而且留下來是死路一條，現在整個村子都被異界侵蝕，青窈的靈魂回到異界之後，雖然會平息『門』的哀傷，但是整個結界之內的範圍，也都會被捲進去。」

我問陳老：「如果是這樣，那隔二十幾年之後，門再一次震動，怎麼辦？」

陳老說道：「我們一族，已經盡力了，二十年後的事兒，就留給那個時代的人去想辦法吧！」

臭魚問道：「那我們怎麼樣才能離開？四周都是時空的亂流，根本出不去。」

陳老說了一個方法：

「從現實世界肯定是出不去了，不過你們二位在孽石的影像中都有白色光芒的啟示，說明你們二人的生命力很強，有條路可以冒險一試，不過如果失敗了，就會魂飛魄散，肉體毀滅，靈魂消失。

「這條路就是以肉身的形態從陰間出去，走黃泉之途，再從陰間回到現實世界，這樣就能避開時空的亂流。其方法是，在藥舖旁邊有棵柳樹，我用兩條紅線，綁在樹上，另一端綁在你們腳上，這條線可以無限延長，而且人的亡魂是看不見的，你們自己卻可以看見。柳樹性最陰，你們繞著柳樹順時針轉三圈，再逆時針轉三圈，就會到達陰間。然後你們到枉死城中的一個地方，找到另一棵柳樹，逆時針轉三圈，再順時針轉三圈，就能回到現實世界，也就是能抵達我們村子結界的外邊。以策萬全，你們每個人胸前背後在衣服裡都掛上銅鏡，銅鏡可以照出亡靈死亡時的情形，餓鬼一見，就會被自己死時的樣子嚇得魂飛魄散。

「務必注意的是，你們必須要趕在下一個兩點之前離開陰間，否則離開時仍會捲入失控的時間漩渦中。也就是說你們有十二個小時的時間。」

臭魚說道：「這辦法好是好，只是太麻煩，不如在這兒等死來得痛快，反正我們已經見到了『果』的啟示，我看是死定了。」

我對臭魚說道：「不能死在這兒，咱們即使只有百分之一的機會，也要試一試，咱們死了倒也乾淨，可是阿豪和咱們的父母，誰去給他們養老送終？」

臭魚說道：「啊，我倒是沒想到這些，看來咱們必須豁出性命衝出去了。」

我們不忍去看青窈的靈魂進入「門」中的慘事，於是問陳老討了紅線、銅鏡，又問明了枉死城中的種種事由，最重要的是問清楚了城中柳樹的所在，到時候找不著，可不是鬧著玩兒的。

隨後，陳老辭別我們自行去準備進行儀式，我和臭魚裝備齊整，找到藥鋪旁的柳樹，拴好紅繩，轉起了圈，轉到最後一圈的時候，二人覺得腳下忽然踏空。

站起身來，發現自己在一條大路中間，旁邊是條奔流洶湧的大河，道路的另一側漆黑一片，路上行人都朝著一個方向走去，那裡不遠處有座城闕，樓閣重重，大得看不到盡頭。

路上的行人，哦，不是行人，應該說是路上的枉死鬼們，目光呆滯，只顧向前走。

臭魚問我：「你說等聖女的靈魂再次進入『門』之內，這事是不是就算告一段落了。」

我答道：「不知道，不過唯一可以確定的就是這世界上確實是有一批英雄存在，她們很值得尊敬。」

臭魚又問道：「那枉死城裡都是什麼人？咱們能不能見到阿豪？」

我看著那城說道：「不知道，我也是頭一回聽說還有這麼個地方，從這名字上來看，裡面可能都是些非正常死亡的人，就是說不是壽終正寢的，可阿豪的靈魂被捲進了異界的漩渦。」

臭魚笑道：「那這世上的大部分人恐怕都要來這裡了，現在這世界有幾個能得享天年的人。」

我忽然一指前面的一個亡靈，對臭魚說道：「我怎麼看她這麼眼熟？」

臭魚順著我指的方向看去，說道：「哈，陸雅楠。」

我二人緊走兩步，趕上前面的陸雅楠。

陸雅楠聽到後面有人叫她名字，回過頭來，淚流滿面，楚楚可憐。

臭魚趕緊安慰她說：「你還好嗎？既然死後還有靈魂，看來死亡也不是很可怕，下輩子希望你還能長這麼漂亮。」

陸雅楠只是在哭，不肯說話。

我突然想起一事兒，問道：「陸雅楠，你做過什麼對不起自己良心的事兒嗎？」

陸雅楠哭著說：「我……我上初中的時候，家裡的奶奶癱了，父母整天忙著照料奶奶，沒空陪我，而且家裡的錢都給奶奶看病了，我很久沒買新衣服，我就把奶奶……從樓上推了下去。」

我和臭魚聽聞她做過這種事，都非常鄙視、厭惡，但是看她哭得可憐，好像已經悔悟了。

於是臭魚說道：「你已經付出相應的代價了，下輩子好好做人吧，你還有什麼心願嗎？我們回去幫你完成。」

陸雅楠忽然倒在臭魚懷中，趴在他肩頭哭泣：「我好餓，想吃人。」

隨即露出滿口獠牙，一下子咬掉臭魚肩頭一大塊肉。

臭魚疼得大叫，我馬上想起衣服裡的銅鏡，扯開衣服以銅鏡對準陸雅楠，巨大的恐懼，嚇得陸雅楠的亡靈化作一團氣體，慢慢地被風吹散。

臭魚破口大罵，我給他包紮了傷口，還好他皮糙肉厚，掉塊肉也不算什麼。

我們的舉動引起了周圍亡靈的注意，我看見遠處有幾個鬼差模樣的傢伙，在仔細地打量我和臭魚。

我心中暗自擔心，不過那幾個鬼差還是向我們走了過來。還沒來得及逃跑，我們身上已被幾隻手抓住，隨即被繩索捆綁。那幾個鬼差怒目圓睜，把我們兩個捉了起來。不由分說把我們帶到了城中公堂所在，一名官員坐在堂上，厲聲喝問：「你二人是什麼人？」

臭魚心想：都這時候了，反正要想活命就得掄圓了吹，於是大聲說道：「我們二人乃美籍華神，來你們這兒考察學習，交流技術。有玉皇大帝發的護照，你們竟敢無禮，待我回去，告訴你們上級有關部門，讓你們這些傢伙全部下崗。」

我眼前一黑，心想：此番必死無疑了，臭魚這個笨蛋，有你這麼吹的嗎？太不靠譜了。你見過玉皇大帝嗎，人家兩句話一問，就能把你盤倒了。

那官員聽了之後，果然大怒：「大膽狂徒，死到臨頭還信口開河，不用大刑，量你不招，左右，給我打！」

一聲令下，擁出十多個鬼差，放翻臭魚，掄起棍子就打，打得臭魚一佛升天，二佛出世。

我怕再打幾下，臭魚就要嗝兒屁著涼了，情急之下，也顧不上別的，張口就喊：「大人饒命啊，我們從實招來，其實……其實我們是……火星人！」

堂上官員聽到我說話，端詳了半天，說道：「表弟，想不到你我二人還有相見之時啊！只不過你為何到了此處？」

我聽他這麼說，連忙抬頭細看，原來那官員是零三一一，我大喜過望，這回有救了。雙方各敘別來之情，原來那日在看守所一別之後，零三一一心願已了，到了陰世，由於他忠孝仁義，被任命為這城中的判官。

我記得陳老囑咐的時間，向零三一一問明了那城中柳樹的位置，灑淚而別，和臭魚急忙離開。

匆匆趕到樹下，把紅線繫上，估計時間也所剩無幾了。

這時被臭魚踢下石樑而死的黑貓亡靈突然出現在臭魚身後。牠這次恨極了臭魚，張口就咬斷了臭魚腿上的紅線，然後轉身逃走。

我和臭魚呆呆地對望著，透骨的涼意從心底傳出。

臭魚搖搖頭，苦笑著說：「大風大浪都過來了，最後小河溝裡翻了船！」

我一句話也說不出來，我終於要失去最後的伙伴了。

我們緊緊抱在一起，臭魚說：「回去之後好好活著，把我和阿豪的份都活下去。」

我點點頭，仍然說不出話，臭魚的身體逐漸變成一團氣體，和陸雅楠一樣消失在了空中。

我繞著柳樹轉了幾圈，我的心好像已隨著他們去了異界，腦中全是同伴的影子，忽然腳下踩空。

我又回到了現實世界，然而在我從地上爬起來的一瞬間，我的身體像是被一個力量吸住，掉了下去，我腦中忽然靈台清明透徹，我明白了啟示中的旋轉圓圈是什麼意思了。

身體似乎被分解成無數碎片，以超越光速的速度飛行，然後在空中重組。

冥冥默默之中，我猛地坐了起來，似乎是從噩夢中驚醒，發現自己坐在藥舖的客廳之中，藤明月正在給大家講述他家祖先藤子季泡妞兒的光輝事蹟，臭魚和阿豪聽得很投入。

我覺得有件重要的事要說，但是怎麼也想不起來，抬頭看了看牆上的鐘錶，指針是兩點整。

已經是凌晨了，我越聽越覺得藤明月講的才子佳人的故事無聊，我終於把那件重要的事想了起來，問其餘三人：

「陸雅楠怎麼還不回來？」

第二卷　時失高速公路

我和阿豪、臭魚三人在半路上遇到了暴雨，這場雨來得又猛又突然，我們被迫停在路邊一處藥舖裡落腳，想等雨停了再走。還有兩個年輕姑娘，也因駕車途中迷了路，來到這裡借地方避雨。她們倆一個二十七八歲，名叫藤明月，是師範大學的老師，另一個叫陸雅楠，還是師大在讀的學生，眾人為了打發漫長的雨夜，便輪流講起了故事。

我在中間打了個盹兒，好像做了場噩夢般地全身都是冷汗，但噩夢中的情形卻都忘了，只是覺得有些地方很不對勁兒，就問其餘三人：「陸雅楠出去半天了，她怎麼還不回來？」

藤明月有些擔心，立刻起身出去找人。

我不知為什麼感到十分不安，就說：「這深更半夜的，又下著瓢潑大雨，陸雅楠可別碰上什麼雨夜屠夫，還是咱們大夥一起去看看比較好。」

於是四個人一同出了屋，卻發現藤明月開來的車子不見了，陸雅楠和藤明月的關係很好，以前常借她的車來開，但從不會連招呼也不打一聲就把車開走了，何況暴雨下得正緊，雨霧中連方向都難辨認，很容易發生交通事故，陸雅楠為什麼不告而別，她開著車能到哪兒去？

藤明月愈發擔心，想用手機打電話報警，可始終無人接聽，換成別的手機也同樣用不了，急得她險些落下淚來。

阿豪想去找那家藥舖借電話，不料裡屋空空如也，根本沒有那老掌櫃和他孫子的人影。

阿豪對我說：「我總覺得這藥舖老掌櫃有點兒問題，咱們可能有麻煩了……」

藤明月說：「人家好心好意借地方給咱們避雨，你別胡亂猜疑。」

臭魚也不太相信，搖頭道：「要說那死老頭子是在路邊開黑藥房的車匪路霸，歲數未免也太大了。」

我卻覺得阿豪言之有理：「其實這地方本身就透著古怪，如果仔細想想，怎麼會有人選這前不著村、後不著店的地方開藥舖？除了墳地裡的孤魂野鬼，誰還會跑到這裡抓藥？」

我說到這兒的時候，連自己都覺得有些毛骨悚然，藤明月更是惦記陸雅楠的安危，問我能不能開車到附近找找。

我心裡那種不祥的預感，也在隱隱催促我盡快離開此地，沒多想就同意了藤明月的請求。

四個人當即冒著雨上了車，這周圍都是漫窪野地，先前都是從公路護欄的缺口處，把車開下來的，返回路面之後，一直往東開便能抵達關閉的寧滬段高速，預計陸雅楠會被攔在關閉的高速公路前，即使找不到人，我們也可以在那裡打電話尋求救援。

雨天能見度很低，加之路況不熟，我讓臭魚把車速放慢些，免得出現意外，又找藉口安撫藤明月：「你不用太擔心，現在的學生都喜歡玩兒網戀，那是真當成事業來幹了，誰要是沒見過三五個網友，就好像比別人少點兒什麼，我估計可能是陸雅楠約了網友見面，所以不想避雨耽誤時間，又怕說出真實緣由來你不答應，一著急她就自己開車趕回去了。」

藤明月稍顯安心，點了點頭說：「但願如此……」

我一看藤明月的反應，就知道所料不錯，這也是一種普遍的社會現象，便繼續說：「你就儘管放心好了，聽我的話肯定沒錯，我可是二〇〇四年買過房，二〇〇七年炒過股。」

臭魚忍不住插嘴說：「甭聽他的，二〇〇四年買房，二〇〇五年賣了，二〇〇七年炒股，二〇〇八年沒拋……」

前排的阿豪趕緊提醒臭魚：「你不要命了，注意看路！」

臭魚越開越覺得情況不妙：「今天真是邪了，那條高速的入口有這麼遠嗎？而且我怎麼覺得咱們已經上了高速公路了。」

四周全是黑茫茫的一片，我們藉著穿透雨霧的車燈，依稀可以看到旁邊的間隔帶，偶爾有提示「一二〇公里／小時」的限速標誌出現，但兩側沒有任何區域標識。

我們這輛車很少跑遠路，因此沒安裝 GPS 導航儀，翻爛了地圖也確定不了置身何地，只猜測這是一條尚未開通的「高速公路」，深夜雨霧中不辨方向，鬼知道怎麼繞進來的，想掉頭回去也沒把握還能找到原路。

不過我和臭魚、阿豪三人都有一個共識：「是金子遲早會發光，是路就遲早會有盡頭。」這情況倒還不至於迷路，便讓臭魚只管冒著雨往前開。

藤明月憂心忡忡，但也無法可想，她大概是過於疲倦，就在後排昏昏沉沉地睡了過去。

阿豪囑咐臭魚說：「深夜裡開車有四大怕：一怕犯睏，二怕車壞，三怕劫道，四怕遇鬼。這頭一怕就是疲勞駕駛，你可得給我打起精神來，要不然咱這車可就直奔枉死城去了。」

臭魚一邊開車一邊說：「日他大爺的，我這上下眼皮早就開始打架了，是得想個法子提提神兒，你上次不是說有個走夜路的段子嗎？不如現在給咱講講。」

我心想：現在走岔了路，要找失蹤的陸雅楠已經不太現實了，手機又打不通，碰上這種百年不遇的倒楣情況，誰都無法可想，倒不如讓阿豪講個段子，一來讓大夥保持頭腦清醒，二來緩解壓抑不安的情緒。

阿豪講了第一個故事 床鋪

上得山多終遇虎，夜路走得多了也容易出事，卻說當年有個書生，自幼聰明好學，博覽諸子百家，上至天文，下至地理，無所不通，無有不曉，又做得一手錦繡文章，筆下萬言隨手拈來，也不用事先在腹中打個稿子。

這書生長得也是一表人才，從內到外樣樣皆好、件件俱佳，奈何命運不濟，孤苦伶仃，懷才不遇，二十大幾了連個功名都沒混上，更別說成家娶妻了。他只能棲身在城外一座寺廟裡，白天步行到城裡或是替人代寫家信，或是給小孩子教教書，勉強賺幾個錢來糊口，日子過得十分清貧。

某天書生替別人寫了幾份狀子，好不容易忙活完了，天色已晚，剛出來城門便關了，他擔心天黑迷路，匆匆忙忙加快腳步。走著走著，忽然抬頭一看，只見月上危峰，恍若云生，書生觸景生情，心下難免有些淒涼，暗想：古人寂寞時還能舉杯邀明月，對影成三人，我孤家寡人卻沒這份興致，何況囊中沒錢，也買不起酒。念及於此，不禁低頭長嘆一聲，掉下了幾滴眼淚。

這時一陣涼風襲來，吹得樹上枯葉沙沙作響，書生身子打了個冷顫，心頭有些發毛，他加緊腳步繼續趕路，但今天回家的這段路好像越走越長，而且路旁盡是齊膝深淺的荒草，顯得十分陌生，多半心神恍惚走錯了路徑。

書生此時飢寒交迫，除了早上喝了點兒熱粥，整天都沒顧上再吃東西，正自沮喪之際，望見遠處一個微弱的燭光忽明忽暗，似乎是有人家的模樣，書生喜出望外，他是如貧得寶、如暗得燈，當即深一腳淺一腳地找了過去，果然有幾間低矮的土屋，窗戶紙裡透著昏暗的燭光，看來有人。

書生見這前不著村、後不著店的荒涼境界，也害怕會遇上鬼，可露宿荒野又恐被狼撕狗扯了，只能硬著頭皮上前叩門，就聽屋裡人應了一句，開門的是個老婦，穿著一身紅褲子紅襖，那種紅是土布染出來的「猩紅」，在深夜裡看來顯得極其詭異。

那老婦拿著把木梳正在梳頭，但那頭髮大概多時不曾洗過，怎麼梳也梳不開，她好像眼神不好，一手舉蠟燭湊到近處將書生從上到下打量了一番：「不知外客深夜到此有何貴幹？」

書生見這老婦穿著紅服，心裡雖然感到古怪，深更半夜地梳什麼頭？卻尋思應該不會是「鬼宅」了，山墳裡的孤魂野鬼哪有這副打扮？他趕忙深施一禮，說明自己深夜裡迷路到此，想藉片瓦之地容身。

那老婦說：「我年事已高，不便留客，可是這周圍荒郊野嶺沒有人煙，念在你一個年輕後生，看著又是知書識禮的斯文模樣，剛好旁邊有間房子空了多年，權且留你一宿無妨，只是那屋子裡有個忌諱，是不能破的死規矩。」

書生尋思常言道「入鄉隨俗，客隨主便」，況且自己只求個地方容身，人家有什麼規矩怎敢不遵，當即滿口應承。

那老婦見書生應允，就將他請到旁邊的一間土房裡，書生看這屋子分作內外兩間，外屋甚是低矮狹窄，黑咕隆咚四壁徒然，連張桌椅板凳都沒有，只有一卷破草蓆可供人席地而臥，裡屋屋側另有一道緊閉的木門，不知其中有些什麼。

那老婦囑咐說：「只能留你在這空屋寒窯裡過夜，怠慢之處就別見怪了，晚上你無論聽到什麼、看到什麼，都勿驚勿怪，另外切記不要打開裡屋那道門，更不能踏進去半步，免得給你自己惹禍上身，到時候可別怪老身事先沒講清楚。」

書生滿口應承，關上門躺在冷冰冰的草蓆子上就寢，奈何腹中沒食，翻來覆去又哪裡合得上眼，就尋思著再去討口熱湯驅寒，剛一起身，卻發現裡屋門板中透出些許微光，他心覺奇怪，走過去扒在門縫向裡觀瞧，就見屋中無人，只點著一根蠟燭，角落裡赫然有張「雕花水木牙床」。

這張床可太講究了，全銀杏的圍板，周遭都有鏤空雕刻，嵌著全套琵琶圖的金箔兒飾畫，腳墩則是侍女形態，顯得頗為典雅別緻。古時候特別重視床鋪，因為人活一世，得有三分之一的時間要在床上度過，所以古人往往花費很多心思，精心製作床榻，工藝不厭精細，工本不惜巨大，要歷時數年甚至數十年才能製作出一張床，號稱「千工床」，因此被視為府中重器。據說明朝大貪官嚴嵩被抄家的時候，居然搜出三百多張床來，所以說床在古代是一種很有價值的資產，留的年頭多了還能升值，尤以南京產的「雕花水木牙床」聲名最著，往往售價極昂，要擱現在最起碼能頂一輛「大奔」，說白了這就不是尋常百姓家裡該有的擺設。

書生出身貧寒，連套鋪蓋都湊不齊全，他也就在書裡讀到過這種「雕花水木牙床」，此時隔著門縫一瞧，那床漆皮簇新，好像剛做出來的一般，也許從來都沒有人睡過，心裡就埋怨那老婦不懂待客之道，裡屋明明有張沒主的新床，卻讓人躺在草蓆子上就寢。又尋思：「人家看我這等衣衫襤褸的寒酸模樣，能破例留宿已是難得，怎麼還敢奢望躺到床上過夜？唉……這人比人得死，貨比貨得扔，有些人生來就抱著金飯碗，而我生來命薄福薄，恐怕這輩子也睡不上這種雕花大床了。」

書生自己勸慰自己：「君子憂道不憂貧，權且在草蓆子上湊合到天亮罷了。」可腦子裡總有個念頭揮之不去：「我憂了二十幾年道，越憂越貧。想來光陰瞬息，歲月如流，人生幾何，安能長在？如今靜夜深沉，我權且到那張雕花水木牙床上躺得片刻，也不枉我人生一世，這又不算偷又不算搶，可不算違背了聖賢之道。」

正所謂「人窮志短」，書生念及於此，早把那老婦的話拋到腦後去了，更顧不上讀書人的身份，躡手躡腳推門而入，到裡屋爬到床上，蓋上錦被和衣而臥，只覺寬闊適宜，身子輕飄飄的如在雲端，說不出的舒服受用，不禁暗道一聲：「慚愧，想我也能有今日。」

這時書生忽然想起來忘了脫鞋，他怕蹭髒了人家的新床新被，趕緊要起身除履，可剛一睜眼，猛地看到床上站著兩個小孩兒，八九歲的模樣，都做童男童女的裝扮，生得肥肥白白，一般高矮，只是面目呆滯，既無聲息也無表情。

古時候那床和現在的不同，更像是個大木匣子，三面有圍，上邊是「如意蓋」，因此書生上床的時候沒看見裡面有人，此時藉著昏黃的燭影，冷不丁兒看見了，真給嚇了個半死，再仔細一看，那對童男童女竟是紙糊的假人。

書生知道這對紙人是燒給死人用的，他驚得三魂不見了七魄，掙扎著只顧逃命，卻似給噩夢夢魘了一般，被那兩個紙人牢牢按住，莫說是起身下床，便是小指頭也動彈不了一下。

這時一陣陰風掠過，忽聽耳旁有個女子低聲說話，那聲音極其細微，斷斷續續聽不真切，大致的意思好像是說：「那對紙糊的童男童女是倆小鬼，要想活命，就得叫破它們的名字……」

書生登時醒悟過來，他記起死人出殯的時候，都要紮紙牛紙馬，還有金童玉女，這些紙糊的東西都有名字，扎破七竅開光之後就能在陰間伺候主家，童男童女這倆小鬼叫作什麼來著？這類白事在城裡司空見慣，可陡然間要想還真想不起來了，是「清風、明月」還是「寒山、拾得」？不對，應該喚作……「聽說、聽話」！

這四個字剛一脫口，那兩紙人立時倒在床上不動了，屋裡的蠟燭也隨即熄滅，四下裡一片漆黑，書生如釋重負，連滾帶爬跑到屋外，還沒奔出幾步，就一腳踏空，摔了個狗啃屎，被撞得眼前金星亂晃，就此昏倒在地。

也不知過了多久，書生方才恢復知覺，睜眼看時天已放亮，自己置身在一片亂墳崗子裡，周圍丘壟起伏，白骨縱橫，他尋覓方向，踉踉蹌蹌回到家中，由此大病了一場，痊癒後跟當地人打聽，前後印證，才知道自己那天深夜的遭遇是怎麼回事兒。

原來那片墳地以前埋著一個木姓的年輕女子，俗稱「木姑娘墳」，可後來城裡死了一個八旬老媼，這老婆子生前在道門裡煉過妖術，能驅使鬼魅運財，按本鄉習俗，八十六歲才死算是喜喪，有言道「人活七十古來稀」，又道是「七十三，八十四，閻王不叫你自己去」，常人有八十六的限數已是上壽，所以入殮的時候不能穿兇服，得著紅褲紅襖，由於族中有錢有勢，不僅陪葬了一張「雕花水木牙床」，還佔了別人家這塊風水寶地，把木姑娘連墳帶骨壓在了底下，從此常有變怪發生，所以本地鄉諺有云：「半夜梳頭不是人，沒主的新床不能宿。」誰要是走夜路投宿碰上這兩樁事，那指不定是遇著什麼了，你就自求多福吧！

書生深感後怕，再也不敢留在本地，遠遠遷走避禍，繼續埋首苦讀，終於考取功名，官居一品。他心知是被木姑娘所救，始終感恩戴德，當官之後便以豪族搶佔墳地之事為由，命人將老媼棺槨和床榻摳出來燒毀，以免再害無辜，然後給木姑娘重修墳塋，又從鐵佛寺請來高僧作法超渡。

臭魚聽阿豪說完這段故事，接著說道：「這種經歷我是感同身受啊，誰要是深更半夜地正在床上睡覺，忽然一睜眼瞅見身上壓著『聽說、聽話』這倆小鬼，那也真能把人活活嚇死。我們家以前住個老院子，我天天夜裡都能感覺到身上趴著個人，我腦子裡特清醒，可就是身上動不了勁兒，當時也沒太當回事兒，後來搬了家，便再沒有過這種現象，現在琢磨起來……我那幾年是不是也遇上鬼壓床了？」

我不以為然地說：「哪有什麼鬼壓床，老于你他娘的那是腎虛，搬家之後你樓下守著個賣羊肉串的，你每天至少在那兒吃五串烤腰子，再虛那才怪呢！像阿豪說的這種事，一聽就是民間流傳的野段子，整體格調很庸俗，最後的結尾更是俗不可耐，為什麼那書生能逃出鬼屋？還不是因為他後來位極人臣，所以『吉人自有天相』。古代宣揚這種價值觀的段子太多了，我給你們舉個例子——據說宋太祖趙匡胤沒當皇帝的時候，為躲避追兵，只好藏到一個樹洞之中，眼看就要被人發現了，卻從天上降下五條金龍，頓時有一團龍氣罩住趙匡胤，追兵搜到樹洞裡什麼也沒找到。原來趙匡胤生在甲馬營中，乃上界霹靂大仙下凡，英雄勇猛，智量寬宏，自古帝王都不及他，是大宋四百年天下的開基國主，因此『聖天子自有百靈相護』。那些個『大難不死必有後福』的故事，基本上都以此為藍本。」

臭魚附和道：「你說的這話還真有道理，憑什麼大難不死就必有後福？我就經常說，人活一輩子不想開點兒可不行，掙多少錢當多大官也沒用，到最後都是死路一條。」

阿豪說：「我算看出來了，每次你們逼著我講段子，只不過是為了給自己找個機會大發謬論。」

我承認了這個事實：「其實阿豪講的段子確實很驚悚，你要是給好萊塢拍成電影，是個非常不錯的Ｂ級恐怖片，可是結局還得改。應該是那書生叫破了兩個小鬼的名字，屋中的蠟燭倏然熄滅，眼前陷入了一片漆黑，書生長出了一口氣，正想從床上起身離開，卻一腦袋撞在了棺材板上，而身旁躺著一具紅衣紅襖的屍骨，直到這時他才發現了一個驚人的真相，原來自己是躺在一口大棺材裡，先前所見的種種怪事，不過是噩夢般的幻象而已，接下來的事情遠比噩夢還要可怕。電影到這兒就必須結束了，得給觀眾留下無限回味、遐想和感慨的餘地。」

阿豪說：「老細[1]你還真有當編劇的才能，讓你這麼一說，我身上都起雞皮疙瘩了。」

臭魚也來了興致：「好萊塢B級恐怖片無非就是追求『感官刺激』，充斥血腥、色情、暴力而已，也都是模式化的東西，能有什麼技術含量？這回聽我給你們說件真事……」

1 老細：粵語常見詞語，指老闆、老大。

臭魚講了第二個故事　白牡丹

說是真實事件，可不是發生在近代，而是清朝中期的事兒，當時有個大戶人家，家主姓白，五十歲剛過，祖上歷代經商，積下資財巨萬。他這輩子養尊處優，生活非常講究，身上穿的綾羅綢緞，都要隨著時令變化更替，夏天綢衫上是荷花，到了冬天就是梅花，但也不是為富不仁的吝嗇之徒，平日裡樂善好施、修橋補路，地方上的人提起來沒有不豎大拇指的，都以「白大戶」相稱。

白大戶宅心仁厚，上敬天下敬地，在家敬祖宗，出門敬王法，可年至五十歲，膝下卻沒個一男半女，為了延續香火，先後納了幾房妾，但命裡無子，終究是強求不得。他想起這事兒就免不了長吁短嘆，尋思自己這輩子淨做好事兒了，怎麼倒成了絕戶？

白大戶心有不甘，到處求醫問藥，出門遇上寺廟道觀，進去就燒香磕頭，也不問裡面供的是哪路神仙，或許是精誠所至，金石為開，家中夫人終於有了身孕，懷胎十月，生下了一個兒子。

這小孩生來乖覺，眉清目秀，舊時街上有賣彩繪泥娃娃的小販，把泥俑捏塑得形態俊美、面如塗脂，按梵語管那泥人叫「魔合羅」，買一個擺在家裡可以招子添福，白家的小孩兒就似那「魔合羅」活轉過來，誰見了誰都喜歡。

白大戶年過半百得子，又是這般一個孩兒，夫婦兩個自然是不勝歡喜，取個乳名喚作「愛哥」，視如拱璧一般，捧在手裡怕碎了，含到口中怕化了，整天帶在身邊，寸步不離。

白大戶自此加倍行善，塵世間光陰迅速，轉眼這小孩兒就長到四歲了，更加俊秀可喜。一天突然下起了大雨，白大戶看見有個道人路過，那道人肩上扛著幅布幡，上面繡著兩行大字「袖裡乾坤大，壺中日月長」，身邊沒帶雨具，走在大街上沒處躲沒處藏，讓大雨淋得跟落湯雞似的。

白大戶心善，趕緊命僕役把那外地人請進來避雨，取出乾淨衣服給他換了，又留下吃飯喝茶，喝茶的時候談些閒話，白大戶抱著兒子就問那道人：「敢問道長，你幡子上寫的對句是什麼意思？」

那道人遇上善主，顯得非常感激，先是一番客套，然後說明了自己的來歷：「回稟員外，貧道從羅浮山雲遊至此，這『袖裡乾坤大』，是知曉過去、未來，包羅萬象之意，『壺中日月長』則是暗指有長生不死之術。」

白大戶以為對方就是騙吃騙喝的術士，笑道：「道長你可太幽默了，你以前是不是說相聲的？既然知曉過去、未來，怎麼掐算不出今天會下雨？」

道人說：「員外有所不知，此乃天意使然，若不是突然降下這場雨來，貧道何以有幸拜會尊顏？」又說：「承蒙款待，無以為報，貧道不才，見員外宅中深埋禍端，實不忍見，因此有幾句話不敢不說，如有冒犯之處，還望尊翁海涵。」

白大戶看是個「打卦賣卜」的遊方道人，也沒將對方看在眼內，他自認是首善之家，更不信會生出什麼災禍，便隨口應付道：「君子算命——問禍不問福，道長有話但講無妨。」

道士說：「看員外慈眉善目，命裡金玉滿堂，合該有一子一女，但必須到五十五歲之後才有，現在這小孩兒卻不該是員外的子嗣，只因員外夫婦前些年到處拜神請願，求子之心太過急切，才應天地間雜感得了這個孩兒，正不知是哪路陰魂凶煞所投，所以這小孩兒全身邪氣，他一出世，不僅斷送了員外後福，也讓你該有的一兒一女來不了，還會為禍天下。員外若真有半分仁善之心，就趕緊把這孩子推到井裡淹死，這對你對他，甚至對天下人都好。」

白大戶雖是個忠厚的長者，聞言也不免勃然大怒：「這些跑江湖算命的太可恨了，我好心好意讓你進來避雨，你卻拿這些妖言來誆我，虎毒尚不食子，我這好端端的一個孩兒，怎麼捨得推到井裡淹死？再說我這孩兒何等的乖巧聰明，日後必定不凡，又生在錦衣玉食的大富大貴之家，哪怕不求功名，守著偌大個家業，便是十世也花銷不空，犯不著偷犯不著搶，他能為禍什麼天下無辜？當真是一派胡言！」

白大戶命人將那道士趕出門外，自己在家生了好一陣子悶氣，過了幾天怒氣漸平，就將此事淡忘了。

這一年正是嘉慶元年，有白蓮教起事作亂，禍及數省，朝廷調集大兵堵剿，戰亂所至十室九空，白大戶舉家避難，途中撞見教匪，全家男女盡數遇害，屍體都給拖去填了萬人坑，可憐白大戶一世為善，到頭來遭此橫禍。

當時只有白大戶家五歲的孩子得以倖免，原來白蓮教首領看這孩子生得好，唇紅齒白，不哭不鬧，也讚歎是「魔合羅」般的一個小兒，實不忍心就此殺了，便縫了個大皮口袋，讓一名老教匪把他揹在身後，打算將來認作義子。奈何朝廷的官兵追得太緊，白蓮教很快就被打散了，各支殘部分頭竄入深山，帶著個孩子多有不便，只好將這小孩兒交給了一個老尼姑。

那老尼姑看這小孩兒形貌不俗，便把男孩兒當作女孩兒來養，專學刺繡，等到十多年之後，這位「愛哥」看上去就是個細皮嫩肉的貌美尼姑，體態婀娜勝過女子，才華出眾，繡工神乎其技，針下的牡丹艷壓群芳。

只說當時的湖廣總督，府上有個千金小姐，生得秀外慧中，而且知書識禮，琴棋書畫無不精妙。大小姐芳齡十八，在那個時代早就該嫁人了，只因父母捨不得這掌上明珠，定親後把婚期一拖再拖。總督夫人覺得自己這閨女條件好是好，可不擅針線，將來嫁為人妻容易受氣，聽說今日那個什麼尼姑庵裡來了個女尼姑，繡得一手好牡丹，就以重金請到府中，手把手傳授大小姐繡工。

古時候的大家閨秀，講究的是大門不出，二門不邁，三從四德，什麼在家從父，出嫁從夫，夫死從子，不僅要讀《烈女傳》，還得戴耳墜，為的是儀態端莊，說話談笑時耳墜不能亂顫，更要避免遇到陌生男子，連名字也不能輕易告訴別人，所以得有個單獨的繡樓，出閣之前要一直住在樓中學刺繡，有專門的仕女、丫鬟陪伴。小戶人家就沒這種條件了，最多有閒閨房，所以「小家碧玉」遠比「大家閨秀」差著檔次。

尼姑接了酬金，便常來教大小姐行針用線，閒時與小姐對弈撫琴，逐漸結為閨中良友。有時候天色晚了，尼姑就宿在繡樓上同榻而眠。後來那尼姑不告而別，從此下落不明，小姐還為這事傷心大哭了一場，眼看嫁期臨近，誰知這位千金大小姐腹高乳脹、腰身漸粗，竟是有了身孕。

總督大人暴跳如雷，大姑娘未婚而孕，這是奇恥大辱，況且是官宦之家，湖廣總督為總攬兩省軍政的封疆大吏，讓當今聖上知道了得是什麼罪過？小姐也自覺羞愧難當，大著肚子上吊尋了短見。總督一怒之下，把那些伺候小姐的丫鬟、婆子，挨個兒吊起來嚴刑拷打，逼問從哪兒來的奸夫？打死了兩個丫鬟，也沒問出什麼結果。

幾年後江南一座縣城裡也出了類似的案件，衙門裡抓到一個疑為奸夫的「假尼姑」，有司按例審訊，可扒掉褲子一驗，卻真是女兒身。

尼姑羞得滿臉通紅，細聲細氣地質問堂上官員：「虧老爺身為民之父母，居然如此昏聵，世間豈兩女同居而能生育之事？」

縣令深感面目無光，正要下令把尼姑放了，這時旁邊一個眼毒的老捕快，上前耳語了幾句，縣令聽罷臉色一沉，喝罵：「大膽奸賊，劣跡已被本官勘破，還敢強辯不服？」當即讓手下把尼姑綁住，又命刑婆牽來條小犬舔其陰部，尼姑耐不住癢，胯間頓時現出陽物，磊然碩大。滿堂人等，無不愕然。尼姑此時只得如實招供，叩乞上官不要動刑。

原來當年收養「愛哥」的老尼姑，本身也不是女子，而是一個被官府海捕緝拿的採花賊，平時扮成老尼姑以便掩人耳目，那老賊見「愛哥」容貌清秀，天賦異於常人，就將他收納門牆，傳以縮陽秘術，可將陽具縮進兩股之間，能夠出沒不測、逢時而動，不知情的冷眼一看就以為是女子，因此也叫「雙形術」。又習刺繡之技，擅繡牡丹，自藝成出師以來，得了個綽號「白牡丹」，周身本事青出於藍而勝於藍，穿州過府走千家進百戶，以教授針線為名混到別人家裡偷香竊玉。上至達官顯貴，下至平民百姓，十年間壞過的良家女子何止萬人，被逮到了就以女身蒙混過關，到處貪淫縱慾從未出過半點兒閃失，不承想陰溝裡翻船，撞到公門老手現了原形，事情既然敗露，無非一死而已，受用至今，也不枉為人一世了。

縣官一看此賊積案累累，為禍甚大，不敢擅斷，急忙上報有司詳審，這件大案立刻震動了天下，因為消息一傳出去，各地都有上吊、跳河、抹脖子的女人，其中原因也就不必多言了。還好朝廷上有明白人，知道如果把淫賊犯下的案子一一落實，還不知要毀掉多少女子的名節，於是沒有繼續逼供，按律擬成「凌遲」，陰曆七月十六那天，「白牡丹」被綁赴法場，城裡萬人空巷都去觀看，只聽兩聲追魂梆子響，一通催命碎鑼鳴，劊子手將這淫魔千刀萬剮，碎磔在十字街心。

臭魚讚歎說：「這不是于某人信口揑造，『白牡丹』在清代確有其人，也是評書《三俠五義》裡那個飛賊『白菊花』的原型，在歷朝歷代的賊人裡，論起積案之多，犯案手段之奇，他可算得上頭一份了，也許當真是淫魔轉世。」

我對臭魚說：「這淫賊本事還真不小，採花盜柳之後讓人抓著了，就把褲襠裡那玩意兒縮起來冒充女人，技術含量很高嘛！老于我剛才看你講這段子很興奮啊，兩眼都放光了，那個『白牡丹』大概是你的偶像吧？」

臭魚把眼瞪得更大了：「去你大爺的，這天黑路滑的……我不得把眼瞪大點兒看路嗎？」

阿豪說：「這件事我也聽過，稗官野史和一些筆記雜錄中多有提及，應該是確有其事，但關於『白牡丹』的身世來歷眾說紛紜，臭魚講的只是諸多版本之一，說句句屬實未免有些言過其實了。」

臭魚說：「咱不就話趕話瞎聊嗎？老廣你怎麼還考證起來了，橫挑鼻子豎挑眼的，我說你們兩成心跟我過不去是不是？我看你們趁早別在咱那公司裡幹了，要不然太屈才了，你們倆就適合去當批評家，批評家就像皇宮裡的太監——完全知道怎麼做，也知道怎麼做最好，可就是不能自己做。」

我們三人你一言我一語地爭論了幾句，最後我說：「你們兩講的段子，畢竟都是鄉談野史和民間傳說，聽著真是稀奇古怪，但我有段親身經歷，可比你們講的事邪乎多了，只是以前我跟誰都沒提過，至於其中的原因，你們聽完就知道了。」

我看藤明月睡得正沉，怕把她吵醒了，就趴在前排座椅的靠背上，盡量把聲音放低，給阿豪和臭魚二人，講起了我在幾年前的那段經歷。

我講的第三個故事　隅園路十三號

（一）布袋

當時我倒騰服裝，常跑到廣州進貨，發現有些地方盛行鬥雞鬥狗，賭客們下起注來往往一擲千金。我對這類比較刺激的事情非常感興趣，先後參與了幾次，每每在關鍵時刻失利，不知不覺地輸進去很多錢。後來得知番禺所產的公雞最是勇猛好鬥，我就特地託懂眼的人選了一隻鬥雞，打算把輸掉的本錢撈回來。

由於我花了大價錢，所託之人也真是行家，所以選出來的這隻鬥雞特別不一般，周身上下毛豎而短、頭堅而小、足直而大、身疏而長，目深且皮厚，行動起來許步盯視，剛毅而不妄動，從裡到外透著一股驍勇善戰的英風銳氣。

我又請那行家飲茶夜宵外加桑拿，打聽了一些訓練鬥雞的門道，找地方搭出一個草垛子，讓鬥雞單足站在那草垛子上，這是為了練習耐力、爪力和穩定性；再把米放在比雞頭高的地方，使鬥雞啄米的時候不斷聳翼撲高，反覆練習可以使牠彈跳力變強，頭豎嘴利所向披靡；另外把雞冠子盡量裁得窄小，尾羽翎毛能不要就不要，這都是避免廝殺時被敵雞啄咬受傷，臨陣之際也易於盤旋。

我以為這就能戰無不勝了，畢竟鬥雞憑的是實力和猛性，不像打麻將搖色子，會有人為的作弊手段。於是，我落了重注。沒想到一陣下來，我訓的鬥雞便被對方啄掉了腦袋，死得別提有多慘烈了。

我一半心疼一半納悶兒，再次去找那行家請教。按說我這隻鬥雞，比對陣的那隻雞猛壯得多，單是架子就大上半號，根本不是一個量級的，實在是輸得沒有道理。行家見我還打算去借高利貸翻本，可能也是於心不忍，這才把實話說出來。原來他們當地人鬥雞的傳統自古就有，從不外傳的秘訣很多，比如《左傳》裡記載的「芥肩金距」，一般人誰懂啊？他們那些人就知道。所謂「芥肩」，既是將芥末、辣粉抹在雞翅膀根部，那大公雞感到兩翅下燒灼難忍，就會跟打了興奮劑似的格外生猛凌厲，而且撲擊之時還有可能用芥末、辣粉迷住對方雞的眼睛，「金距」則是在雞爪子裡嵌進極薄的金屬，能夠使殺傷力大幅增加，一揮一掃便可刺傷雞頸動脈，甚至直接斷頭。這些個古法平時輕易不用，遇上那不懂行的冤大頭才使出來，故意以弱鬥強，事先讓你覺得勝負懸殊，等你落下重注之後，人家隨便用些手段，一陣就把你的本錢斬光了。你說你明白了「芥肩金距」，打算用這法子撈回本錢，人家卻還有更厲害的手段等著，這就是個陷人於無底之坑，多少錢都填不滿的。

我聽這位行家說了內情，心裡頗為懊悔，按規矩認賭就得服輸，除非能當場拆穿，事後絕不會有人認賬。我連本帶利都扔進去了，沒辦法再繼續做服裝生意了，身上還欠了些債，不得不出去打工賺錢，經一個在電台工作的朋友介紹，暫時謀了份給台裡開車的差事，收入不高，但工作還算輕鬆。

我那時候情緒低落，深感前途渺茫，休息日無所事事，就一個人到處亂逛。有次信步走到賈家祠堂，那一帶本來有座年久失修的家廟，就是早年間姓賈的大戶人家供祭祖先的地方，規模也不算太大，舊址早在民國十七年便塌毀了，清理廢墟的時候，從神龕裡扒出一隻死黃鼠狼。那黃鼠狼屍身已僵，保持著兩手合十、盤腿疊坐的形態，鼻子裡掛著流出來的玉柱，看樣子就好像得了道似的，還有人曾在夜裡看到過廟裡有白狐狸出沒。我斷定不了這些傳聞是否屬實，反正別人都是那麼講，我也就是那麼聽了。

不過此處一條窄巷裡的生煎饅頭和三鮮小餛飩，卻是遠近知名的傳統老店。那生煎饅頭裹著肉香、油香、蔥香、芝麻香，隔著半條街就能聞到。餛飩更是以汁鮮、肉嫩、餡兒豐、皮兒薄著稱，份量給得也到位。

我循著香味找過去，大概不是吃飯的時間，天氣也不算太好，所以店子裡冷冷清清沒幾個食客。我樂得清靜，先要了碗小餛飩，隨便撿了個位子，坐下來準備祭拜一下五臟廟。

這時我發現店前的台階旁坐了個人，此人身量不高，五十來歲的年紀，面黃肌瘦，衣衫僻舊，旁邊還撂著個麻布口袋，那袋子上畫了八卦。看他風塵僕僕的模樣，像是過路的走累了就地歇腳，但兩眼盯著我死魚不張嘴。

我知道那是個算卦賣卜的，因為我祖上有人幹過這行當，所以他們這些手段我一看就明白，只要一問他，他就要藉機賣卦了。我心想：這年頭人都成精了，算卦的也不容易，平時走街串巷根本不敢明著擺攤，看樣子今天沒開張，還沒賺著飯錢，可你總這麼盯著我讓我怎麼吃呢？於是我拉了把凳子，請這「算卦的」過來坐下，幫他叫了碗三鮮小餛飩，直接告訴他我身上只帶了十塊錢，頂多能請你吃碗餛飩，你就別指望拿卦術來訛我了。

「算卦的」感激不已，一邊吃著餛飩一邊向我訴苦，他自稱憑著卦術精準，想到大地方闖闖。沒想到這地方大了，人們的見識也廣，根本沒人相信這套舊時的玩意兒，自打來到此地，已經連續半個月沒開過張了。他為了表示謝意，願意免費贈我一卦。

我搖頭說：「我也不是挖苦你，你的卦術若是果真精奇，來這兒之前怎麼不先算算財帛如何？」

「算卦的」說：「吃這碗飯的人從沒有自己給自己算的，畢竟當事者迷，要知命裡安排動不得，許多事提前知道了結果，卻未必能有好處。」

我只是不信，敷衍說：「你是測字還是相面？推命是用四柱五行還是八卦六壬？」

「算卦的」擺手道：「那些個都不用……」說著一指身邊那個大口袋：「咱這是祖傳的布袋神卦。」顧名思義，即是拿個布袋給人算命，比方說你想找我算命，但不信我的卦術，那就先拿張紙，你自己寫下姓甚名誰、生辰時日、家在何處，然後我當面從袋子裡取出一個簽，准保跟你剛才寫的情況毫無出入，因為是命便有定數，而你的命早就在我這個袋子裡裝著了，準與不準你自己來看。

我和這「算卦的」有一句沒一句地閒聊，卻被另一桌的食客聽了個滿耳，那食客對這事十分好奇，或許本身也是個很迷信的人，竟忍不住湊過來問道：「要是真有這麼準，那不就是活神仙了？您看能不能給我算一卦？」

我本想喝完餛飩拔腿就走了，可一看有人找「算卦的」買卜，雙方又不像唱雙簧的，就想仔細看看這「布袋神卦」的名堂，因此沒動地方，打算聽他個下回分解。

我看那食客年歲比我稍長，聽口音似乎是山東人，就見他拿來紙筆，在上面寫了籍貫和生辰八字，名叫張海濤，老家果然在山東清河，祖上是賣牛雜碎的。

「算卦的」雙手接過紙來低聲念誦了一遍，隨即從袋子裡掏出一枚簽子，果然與張海濤所寫之事沒有什麼出入，生辰八字、籍貫來歷全部吻合，便說：「老、中、少三步大運走的是少運；雖然祖業不靠，六親冷淡，但年輕時有貴人提攜，自創自立，屬三早之命。即發達早、立業早、享福早。然重色好利，福厚而命薄……」「算卦的」說到這兒忽然停住，用手遮了簽子的下半截：「前事已驗，要知後運如何，須付卦金十元。」

張海濤為人十分小氣，他雖聽對方所言無不奇中，卻不想掏錢，摸了摸衣袋，嘬著牙花子說：「十塊錢也不算多，不過今天出來得匆忙，沒帶什麼零錢。對了，我這還剩下幾個生煎饅頭，要不然……」

「算卦的」見張海濤居然連十塊錢都捨不得掏，可真沒想到會有如此吝嗇之人，他只好將那幾個生煎饅頭裝進口袋，嘆了口氣說：「張老闆後福無窮啊，只是要提防女色，免得惹禍上身，斷送了大好前程。」說罷「嘿嘿」一聲冷笑，將紙簽吞進嘴裡，拎起地上那個大口袋，蹣跚著腳步走遠了。

張海濤坐在原位嘖嘖讚歎道：「哎呀，真是位活神仙，這卦算得也太準了。」他見自己的命不錯，便有些個沾沾自喜，沒話找話地問我：「兄弟你咋不找他要一卦？」

我本來懶得搭理此人，但又閒極無聊，就說：「這個什麼布袋神卦，無非是江湖騙子的門道，只能糊弄糊弄你們這些不懂行的。」

張海濤不以為然：「你剛才也都瞧見了，那算卦的兩手都在桌子上放著，等我寫完了出身境況，他展開讀了一遍，當面從袋子裡摸出一枚紙籤，那姓甚名誰、籍貫祖業、生辰時日毫無差錯，這還只是我寫出來的，算卦的更說我這命是祖業不靠，六親冷淡，但有貴人提攜，自創自立，屬三早之命，發達早、立業早、享福早。卻不瞞你說，這卦簡直準得嚇人，江湖騙子哪有這麼高明的本事？」

張海濤告訴我說，他老家在山東清河，後來跟一個大哥到海南炒房，賺得盆滿缽滿，就來這邊開了個公司，因為他家幾代人專門賣牛雜碎為生，所得全是起早貪黑的辛苦錢，深知錢財來之不易，牢記著祖訓：「富由勤儉敗由奢。」所以發蹟之後也捨不得吃、捨不得花，平時自己吃飯只拿小吃快餐一類的東西對付，唯獨過不去一個「色」字，為了女色什麼都能豁得出去，生意做得順風順水，但姻緣卻始終不太如意，這些也都在布袋裡的卦籤上寫著，因此他心服口服，覺得拿半盤生煎饅頭換此一卦並不虧本，甚至還佔了點兒便宜。只是提了錢便無緣，那「算卦的」一說要卦金才肯講後運，張海濤便沒興致了，什麼叫「福厚而命薄」？怎麼算有福怎麼算沒福？哪種命厚哪種命薄？是不是該有啥標準可以衡量？張海濤覺得這個薄厚可以與鈔票的薄厚等同，錢多腰桿硬，鈔票薄了福氣就薄。

我有心譏諷張海濤，便說道：「大哥你講得太對、太有道理了。可你這麼精明、這麼有魄力的商界精英也難免一時失算，其實你拿半盤生煎饅頭換卦還是虧了，倒不如我白請那算卦的喝碗餛飩，他還得知我的情，因為這布袋相法根本就一文不值，都是蒙人的手段。」

張海濤搖頭不信：「分明是未卜先知，怎麼會有假呢？何以見得呀？」

我說：「今天就給你長點兒見識，要不然你還以為我在這兒跟你扯淡。早年間有種『肚仙』，肚仙一般都是懷孕婦女，整天挺著個大肚子，坐在屋裡替人算卦占卜。她本人沒有神通，只是肚子裡懷著投錯胎的小鬼，有什麼疑難就可以通過她問那小鬼。咱今天碰上的則是個『布袋仙』，跟『肚仙』差不多，算卦的本人甚麼都不知道，所有的卦簽都必須從袋子裡取出，離開那條布袋，他就什麼也不知道了。」

張海濤悚然心驚：「這可邪性了，難道是那袋子裡有鬼？」

我說：「布袋子裡不一定是鬼，可能是捉了山墳裡的狐狸，或是草窩子中的老刺蝟，或是隻古宅內的大耗子，反正那裡邊得有個仙家，不過這種事萬中無一，哪有真的啊？現在用布袋算卦的大多是『二道引』，也就是那袋子裡藏著個侏儒童子，多半是他在鄉下收的徒弟，你把自身境況寫到紙上，『算卦』是不是要念一遍？他無非是念給布袋裡的人聽，那人必有速寫之術，能在轉瞬間就把你的事都寫在籤上。另外他們之間有黑話，外人是一個字也聽不懂的。那算卦的熟知人情世故，他面對面與你坐著，通過察言觀色，便能看出你的脾氣稟性。

「比如看你穿戴和氣色，就不像普通體力勞動者，但眼神浮躁，缺少從容淡定的氣度，看來過上好日子的年頭不多。而且上一輩子是有錢的主兒，輕易不會把一碗三鮮小餛飩喝得見底。這說明你的錢都是自己賺來的，捨不得浪費。你又不像出於有權有勢的家庭，爹娘出身指望不上，也不像會被富婆或哪家千金看上的樣子，如今這社會，年輕人想通過空手套白狼有所成就可太難了，因此能斷定你在事業上有貴人提攜。再者聽你說話中氣不足、氣虛神空，必定是酒色過度。算卦的通過暗語，把他觀察到的情況示知袋中侏儒，自然就有了一張未卜先知的簽子。這些事表面上看著神神秘秘的，可真給他豁鼻子說破了，又有什麼稀奇？」

張海濤恍然醒悟，拍著大腿叫道：「哎呀兄弟，真有你的，這些算卦的實在太詭道了，可你是怎麼知道得這麼清楚？」

我說：「我們家兩代以前專開道場，在道門裡都是標名掛姓有字號可查的人物，結識的三教九流多了，因此這些江湖上的伎倆知道不少。我不過是聽老輩兒人講過一些掌故，所知所聞也非常有限，可巧知道這布袋卦術的底細罷了。」

張海濤心服口服外帶佩服，聲稱要交個朋友，跟我互換了電話號碼之後，又見同是姓張，更是滿口稱兄道弟：「咱哥兒倆在一起可真對脾氣，你乾脆到我公司裡做事，像什麼房子、妹子、車子、票子，只要是哥哥有的，指定少不了你那一份，你我兄弟是雨露均霑啊！」

我感覺張海濤氣量狹窄，是個十足的吝嗇之輩，心想：我也真是閒得難受了，何必與他多說？就推託等今後混不下去的時候再去投奔，隨即轉身告辭。離了餛飩店，走到街口的時候，發現那「算卦的」蹲在牆根兒底下沒有走遠。我有些意外，尋思：我又沒當面戳穿你的布袋伎倆，難道這廝還想尋我晦氣不成？

過去一問，原來那「算卦的」是感念一飯之德，仍執意要送我一卦。他說自己這布袋裡藏精納怪，從中取出來的紙簽，能將每個人的「富貴貧賤、窮通夭壽，連墳地帶孩子、連老婆帶宅子」，一樣不落地全算出來，並且從無差錯。更不是瞎子算命——後來好，而是有吉有凶，有什麼是什麼。

我聽得有些不耐煩了，便說：「既然不要錢，那你就給我摸上一卦，若是果真有些靈驗，將來我給你到處傳名。」

「算卦的」見我點頭同意，就從那布袋中掏出一張紙簽，把在眼前嘟嘟囔囔地念著，可念到半截，臉色逐漸變得難看起來，他偷著瞄了我一眼，突然將那紙簽塞到嘴裡，嚼了幾口直接吞下腹中。

我十分納悶兒，問道：「這又是什麼意思？莫非我後運不佳？」

「算卦的」支支吾吾地說：「鄙人看閣下神采俊逸，當屬有為之人，可這布袋裡的卦象……」

我讓那「算卦的」有話直說，君子問禍不問福，我倒要看看他能算出個什麼結果。

「算卦的」推託不過，只好說道：「鄙人可就直言不諱了，按著卦數來斷，豈止是沒有後運，閣下大限只在今夜，早知如此也就不替你要此一卦了，所以有些事情提前知道了未必是福啊……」說罷長嘆一聲，轉身走進了熙熙攘攘的人流。

（二）空屋

臭魚聽到這裡問道：「你當天也沒死啊，我看那算卦的是不是知道了你拆他的台，故意噁心你幾句？」

阿豪想起我在藥舖裡講過的事情，對我說道：「結合後事來看，那先生給張海濤算的命數確實奇準，可見他不是騙財的江湖伎倆，但他斷你當天夜裡必死，這就算得不準了。」

我說：「我當時也是這麼想，可後來發生了很多事，我又覺得那布袋卦術準得出奇了。」

阿豪奇道：「這就有點兒詭異了，如果那布袋卦術應驗如神，你又怎麼活到現在？那天夜裡是不是發生了什麼事？」

我點了點頭，接著講述此後發生的事情。當時我暗罵這算卦的太可恨了，雖然我完全不信他這套鬼話，但這種事換誰聽了都會覺得彆扭。我又在街上亂逛了一陣，買了兩包鴨脖子和一瓶白酒，下午才回到住處，打算關了手機，喝高了蒙頭大睡，明天一睜眼就起床上班，免得胡思亂想、疑神疑鬼。可剛啃了半根鴨脖子，就聽外邊「砰、砰、砰」有人敲門。

我心想不妙：不知是哪個勾死鬼找上門來了？過去打開門一看，原來是在電台工作的超子。這傢伙跟我是一個胡同裡從小玩兒到大的交情，我到此人生地不熟，租房子、找工作全是超子幫的忙。但今天不比往日，我趕緊推說身體不適，想趕緊睡覺，要沒什麼事兒就等明天再說吧！

超子卻沒有要走的意思，伸著腦袋往我屋裡看：「我還不了解你嗎？你一向是白天文明不精神，晚上精神不文明，怎麼可能這麼早就犯睏？打你手機也不開，是不是屋裡藏著姑娘呢？我非得瞧瞧是個什麼樣的國色天香，能把你迷得不思朝政了……」

我只好把他讓進來一塊啃鴨脖子，邊啃邊問他：「你是不是又把哪個電台女主播的肚子搞大了，讓我帶人家去打胎？我看這種事不用著急，明天我幫你聯繫一擺攤兒賣野藥的，他那兒有祖傳打鬼胎秘方，保管又便宜又快當。」

超子沒聽懂：「什麼叫『打鬼胎』？」

我說：「沒出嫁的女子受邪魔外祟侵擾，未婚而孕，或是丈夫早已亡故，寡婦卻忽然有了身孕，那即是懷上鬼胎了。這鬼胎要是不治，等它長成了形，生下來指不定會是個什麼東西，其實無非是種遮羞的說法。」

超子以前有過此等劣跡，聽我提起來不免十分尷尬：「這都什麼亂七八糟的，我一情竇初開的黃花大小伙子，哪明白這個呀？」

我問道：「那你找我幹什麼來了？」……

超子說：「聽說隅園路新開了家桑拿，捏腳按摩都是一水兒的揚州妹子。所謂蘇州頭、揚州腳，那可全是名聲在外的，我這不是想請你過去驗證驗證嗎？」

我說：「你小子向來一毛不拔，幾時變得這麼大方了？到底有什麼事兒你直接說行不行？」

超子這才說實話了：「咱是哥們對不對？我今天遇了難，找你幫忙來了，你不管可不行。」

我無奈地說：「你不找別人單找我，我怎麼這麼倒楣呢，咱是先桑拿還是先辦事？」

超子說：「我都快愁死了，哪兒還有心思蒸桑拿？你知道我今天為什麼來找你嗎？像咱倆這麼多年交情的朋友我身邊不少，但我不佩服別人，偏就佩服你。為什麼呢？因為憑我對你的了解，你這人有三大。哪三大？心胸大、膽量大、義氣大。什麼是心大？別人遇上點兒事就愁得睡不著、吃不下，你卻從不在乎，有天大的為難都不往心裡放，該吃的時候照吃，該睡的時候照睡。膽量大怎麼講？你吃虧受累就在你的性格上了，真是膽大不要命，如果有投緣的朋友，問你要命你都給，若是那話不投機、不對勁兒的人，再有勢力你也不怕，沒有不敢惹的人，沒有不敢講的話。義氣大怎麼說？你這人拿錢不當錢，為朋友兩肋插刀，從來不怕使銀子，沒錢也要辦有錢的事，遇上窮人不小看，遇上富人不巴結，視錢財如糞土，重情義如千金，遇上事了寧可自己吃虧，也不讓朋友吃虧。當今世上我就最敬佩你這為人。」

我越聽越是不對：「這好像是挖個深坑要埋我啊？」其實他即便不這麼說，我也不能不給他幫忙，再加上當時喝了點兒酒，便將「算卦的」所言忘到腦後去了。

我刨根問底繼續打聽，原來超子熱衷於收藏相機、老式收音機、黑膠唱盤機一類的舊貨，前些日子淘了部古董收音機；那是部德國產「環球牌七燈四波段收音機」，民國時流進來的東西，別看老掉牙了。但外國拍賣會上開出過上百萬的天價，對他而言可算是撿著寶了，不惜血本買回來。拆開外殼一看才發現是件仿品，腸子都悔青了。原本指望倒手出去狠狠賺上一筆，不成想看走了眼，倒欠了一屁股外債。家裡老娘還等著用錢治病，他四處求爺爺告奶奶，借來三瓜兩棗的也不夠補窟窿。跟我的處境差不多，都是流年不利，目下氣運不佳，事事不湊巧，求財難到手，心裡很急躁。

我說：「我這還滿是虧空呢，你要的也不是數目，打算讓我怎麼幫你，總不會讓我賣個腰子吧？」

超子告訴我，他如今走投無路了，打算變賣祖產。他曾祖那輩開過沙廠，在江南和平津等地正經置辦過幾套像樣的宅子，留到今天僅剩下「隅園路十三號」裡的一間公寓。因為那房子年久失修破敗不堪，以往手頭也比較寬裕，所以一直空置不用，但地段不錯，本指望拖到拆遷，卻遲遲不見動靜。現在他急於用錢，只有盡快出手了，就想裝修裝修，也好多賣幾個錢。不過超子工作太忙，基本上沒休息的日子，每天晚上都得去加班，於是託付我替他過去收拾收拾，把裡面的舊家具該賣的賣，該扔的扔。

我略微有些奇怪：「咱是多少年的交情了，你這還算個事兒？用得著兜那麼大圈子嗎？」可能當時喝多了，腦子裡就沒反應過來——這小子為什麼自己不願意去隅園路十三號？

（三）古樓

我那時也沒多想，向超子拿了鑰匙，答應他當天就過去看看，爭取先把雜物收拾了。超子跟我交代完，便匆匆趕著上班去了。

我一個人把剩下的鴨脖子消滅乾淨，找了個手電筒帶在身邊，就過去看隅園路的房子。沒想到剛出門就碰上了高潔，她是我們台裡公認的最強製作，一個片花有時甚至要做上一個月，非常精益求精，質量沒的說，連錄音帶剪輯都特別認真，年紀輕輕的就當上了部門領導，單位還給配了車，也算是我的上司。高潔相貌身材都不錯，她憑自己的能力取得今天的成就實屬不易，也許是怕被別人看作花瓶，因此對誰都是冷若冰霜，從來不苟言笑。

我那單位裡還有個邢主任，這個外行只知皮毛，借助他媳婦兒家的關係才爬到主任位置，也是個出名的老色狼，見著實習的女孩兒就手把手地揩油。有一次我實在看不下去了，把他從車裡直接揪了出來，那邢主任色厲膽薄，竟然連屁也沒敢放一個，大概也是怕他老婆知道。

從這以後高潔對我另眼相看，每次出差回來都會給我帶些禮物，時常約我去看電影、打保齡球。是什麼意思不說也都知道了，但她落花有意，我是流水無情，可能就是脾氣稟性不太合適，畢竟這不是單方面的事兒，不過也沒法挑明了說，只好保持距離能躲就躲。

高潔見我喝得醉醺醺地往外走，就過來問道：「你喝了這麼多酒還要去哪兒？」

我說：「我得出去一趟，你怎麼來了？」

高潔說：「我明天休息，正好下班後過來看看你吃飯了沒有。」

我說：「剛吃完，啃了一堆鴨脖子，你吃了嗎？」

高潔說：「那些東西不乾淨，又沒營養，以後儘量少吃，你這是去哪兒，用不用我開車送你？」

我酒意上湧，就說：「隅園路新開的桑拿會所，哦……不對，是隅園路十三號，到那兒收拾房子去。」隨即稀里糊塗地上了高潔的車。

隅園路地處舊租界，這一帶有很多洋房洋樓，解放前盡是達官顯貴和大資本家的宅子，主人非富即貴。隨著歲月的流逝，這些房屋已不知幾易其主，又經過了多次翻修重整，大體上卻仍保留著幽雅、別緻、安靜的昔日風貌。

高潔停車的時候天色已黑，我的酒也醒了多半，找到地方一看，發現這「隅園路十三號」是幢三層樓房，解放後基本上沒被修葺過，外邊爬滿了枯死的藤類植物，樓道裡的木質地板極度老化，踩上去就會發出「咯吱、咯吱」的響聲，但內部隔音極好，進了樓道就像與世隔絕了，任憑外邊有多大動靜也聽不到。

我們在樓道裡遇見了康老太，她說她是這兒的老住戶了，問明我們的來意，就用手指明了位於走廊左側的一〇二室。我道了聲謝，掏鑰匙開門進去，發現內部是一室一廳的結構，沒多大面積，裡面有些破破爛爛的舊家具，充滿了潮腐的霉氣。

高潔執意要幫我一同清理房間，但她沒什麼做家務的經驗，就問我如何安排。

我說：「今天頂多把這些老掉牙的家具挪動挪動，給裡面的破爛全清出來，等明天找人收走，不過這黑燈瞎火的什麼也看不見啊……」

我說到這兒就去合閘，但那保險絲燒了，奈何手頭沒有任何工具，再出去買可太麻煩了，就同高潔返回樓道，想到隔壁一〇一室去借。

過道的頂燈光微弱且昏黃，讓我有種恍若時光倒流回到從前年代的錯覺。到門前敲了敲門，等了一等又敲了兩下，但裡面沒有任何回應。我自言自語道：「這家人可能還沒回來，不是值夜班就是去過夜生活了。」

我們剛要轉身離開，卻聽木門「嘎吱吱」一聲從裡面緩緩打開。原來房門是從裡面反鎖上了，內側還掛著保險鏈，只開了一條拳頭大小的縫隙，我從門縫中看到一個臉色蒼白的年輕女子。她愁眉鎖翠，面無脂粉，臉頰猶如凝花，有種淡雅別緻、不染塵俗的風韻氣質。

那女子一聲不吭，冷漠的目光將我從頭打量到腳。

我莫名感到一陣窒息，急忙定了定神兒，自稱是隔壁房主，過來拜個街坊……

那女子根本不等我把話說完，便「砰」的一聲將房門重重關上了。

我吃了個閉門羹，嘴裡也沒好話了，轉頭對高潔說：「原來這戶是個『樓鳳[2]』，要是我自己過來，她就二話不說立刻開門了。」

高潔道：「什麼是『樓鳳』？我看你剛才見了美女，瞪得兩眼珠子都快掉出來了。」

我說：「這『樓鳳』哪兒都好，但是我還真不願意跟她湊合，因為這個女人的顴骨比

2 樓鳳：來自「一樓一鳳」，是香港性工作者提供性服務的方式，因一個住宅單位內只有一名性工作者而得名。

較高，常言道『男人顴骨高，必定逞英豪；女子顴骨高，殺夫不用刀』。」

高潔忍著笑對我擺了擺手，示意我把聲音放低些，別被屋裡的人聽到了。

我們只好又去找別的住戶，可剛一轉身，卻見康老太就站在背後，她有些吃驚地問道：「你們兩個不是到一〇二收拾房子的嗎？在一〇一門前來做什麼？」

我說明了情況，又問康老太一〇一室裡住的女子是什麼人，莫不是更年期提前到了？為何有這麼壞的脾氣？

康老太臉色陰沉：「一〇一一直都是空屋，我在這樓裡住了幾十年了，從來沒看見這間房中有過人。」

這話讓我感到一陣寒意，頭皮都有些發麻，心想：如果一〇一是間空屋，那我從門縫裡看到的那個女人是誰？

康老太告訴我電閘盒子裡便有保險絲，並囑咐我收拾完房間就趕緊離開，千萬別進一〇一室，那裡面根本沒有住人，不管看到了什麼，都裝作看不見也就是了，總之那東西絕不是人。

（四）宅變

我聽康老太這麼說，實是出乎意料，正想開口詢問，對方卻已經轉身走了。

幽寂的樓道裡燈光昏暗，就只剩下我和高潔兩個人，我又看了看一〇一室緊閉的房門，心裡嘀咕：樓裡是否鬧鬼？

這種事越想越是毛骨悚然，我趕緊接好保險絲，快步回到一〇二房間。眼見始終沒什麼變故發生，心裡逐漸安穩下來，便以為是上歲數的人專好談奇說怪，迷信很深，康老太的話未必可信。

此時還不到晚上七點，我們稍事休息，就開始動手整理房間裡的雜物，我還想找個機會，再到隔壁去看個究竟。

高潔勸我別惹事：「既然康老太告誡咱們不要接近一〇一室，我想那自然有她的道理。」

我對高潔說：「隔壁分明住得有人，康老太卻硬說那是間空屋，這不是瞪眼說瞎話嗎？一〇一室裡的女人是誰？為什麼不能進去？我看那女子形貌與生人無異，並不像鬼。但隅園路十三號畢竟是座有上百年曆史的古樓，這種地方發生過的事情太多了，或許正應了物老為怪之說，真是什麼別的東西亦未可知。」

高潔道：「你別疑神疑鬼了，哪有什麼東西會作怪？」

我心想：以前這地方住的可都是有錢人，聽聞民國那時候天下大亂，為了防備不測，很多大戶穴地挖窖，用來埋藏金銀珠寶，那些東西埋在地下年頭多了，便會成精作祟，古時候曾發生過這麼一件事情：

據說當年有座大宅，主人做生意虧了本，只好將宅子轉賣他人。可不管是誰住到這大宅裡，皆會遇到許多反常之事，大家便認為這是座「不乾淨」的宅邸，自此再也沒有人敢往裡面住了。

直到有個外地來的布商想尋寓所，他素來膽大不懼妖邪，見這老宅價格便宜，就買下來準備讓舉家老小搬來居住，但他也風聞宅中鬧鬼，就孤身一人先住進去，想看看到底是怎麼回事兒。

那宅院年久失修，已經牆皮剝落，院子裡雜草叢生，堂內樑柱橫七豎八，結滿了蜘蛛網，到處都是黑沉沉、陰森森。

布商收拾出一間臥房，帶了柄短刀獨居其中，果然每天深夜，都會聽到堂屋裡有聲音發出，但當他推開堂屋的大門進去察看時，那裡面就立刻變得寂然無聲了，一連幾日，始終不知怪從何來。

布商為了解開其中緣故，便在天黑之前躲到堂屋房樑上，準備一窺究竟。當晚月明星稀；藉著從破損屋頂處透下的蒼白月光，屋內家具畫幅黑簇簇地露出些輪廓。

大約到了三更天，就聽堂內窸窸窣窣有些動靜，他屏氣斂聲，靜臥在樑上向下俯窺，只見有個身高過丈的人從壁中走出，那人寬袍高帽，衣冠都是黃色。

布商這才感到事情不妙，心想：憑他自己的身板，被那黃衣人捉住多半就當點心吃了。嚇得他大氣也不敢出上一口，像死人一樣趴在樑上。

只聽那黃衣人開口問道：「細腰，屋子裡為何有生人氣息？」隨即就聽角落裡有個鋸木頭般的聲音回話：「沒看見有外人進來。」那黃衣人聞言不再說話，身形緩緩隱入牆壁消失不見了。

接著又有一個青衣人和一個白衣人，裝束都與先前的黃衣人相同，陸續從堂中出現，也都對著牆角問：「細腰，這屋中為何會有生人氣息？」

布商好奇心起，大著膽子探出腦袋，想看看那細腰的模樣，但屋角漆黑一片，什麼東西也看不到。

不久之後，月影西移，一切恢復了原狀，堂中寂靜異常，沒有絲毫動靜，布商又驚又奇，懷疑自己剛才趴在樑上睡著了，見到、聽到的都是夢中所歷。他滿腹疑惑地從房樑上爬下來，忍不住走到牆角，學著那些高冠古袍之人的語氣和腔調問道：「細腰？」那牆角果然有人應聲，但屋內漆黑，根本看不到是誰。

布商強行克制著內心的恐懼，壯著膽子繼續問那細腰：「剛才穿黃袍的人是誰，它從何而來？」

細腰答道：「是金子，埋在西屋壁下。」

布商暗自稱奇，再次問道：「白衣人和青衣人是誰？」

細腰說：「白衣人是銀子，埋在東屋廊下；青衣人是銅錢，埋在井邊五步。」

布商聽在耳中記在心裡，又問細腰：「你是何人？」

細腰如實答道：「是個洗衣棒槌，就在這牆角。」

布商還想再問，卻已是天方破曉，有雞鳴聲遠遠傳來，屋子裡重新陷入寂靜，彷彿什麼事兒也不曾發生過。

布商待到天亮之後，立刻找來家眷和伙計，帶上鏟子、鋤頭，到宅中各處發掘，果然從西屋壁下刨出五百斤黃澄澄的金子；在東屋廊下挖到五百斤銀錠；又於井邊五步發現了幾個大錢甕，裡面所藏的銅錢不計其數；而那牆角下果然有根古代擣衣服的木棒，頭大腰細，形制頗為怪異。

布商將這根木頭棒子投入灶中焚化為灰，金銀錢物則據為己有，從此陡然暴富，而那老宅裡也不再有任何怪事發生了。自古道「小富由勤，大富由命」，這話誠然不假，可見「物有所歸，人各有命」，是那布商命中該當發跡，才鎮得住這筆橫財。

我親眼見到隔壁有個白衣女子，康老太卻說那是間空屋；難免就想到了這個傳說；掐頭去尾給高潔簡單講了一遍，又說了我的猜測：「隅園路古樓裡沒準兒有舊時埋下的銀窖，藏滿了金條銀圓之物，那東西年久為怪，以致顯出異象，而康老太竭力掩蓋事實，則是不想讓外人知道其中的秘密。」

高潔認為我是財迷心竅了，就說道：「一〇一室裡住的或許是個病人，她是康老太的親戚，所謂家醜不可外揚，人家不希望她與外界接觸，你別再胡思亂想了，那些民間傳說豈能當真？不過這座樓裡非常狹窄壓抑，我感覺有點兒害怕，咱們收拾完東西就應該盡快回去了。」

高潔對我雖然很好，但她出於習慣，說出話來總是「你該怎樣怎樣，你該如何如何」。我只能拿她當上司或者是個姐姐，感覺可親可敬，卻唯獨不可愛。所以我認為我們之間有種距離感，這也是我總想躲著她的原因。

此時經她這麼一說，我只得表示認同，於是把房間裡的雜物分門別類打好包，騰空了那些舊家具。眼瞅著就快整理完了，我無意間踩到一處地板上，感覺聲音發空，拭去塵土，發現那塊地板邊緣有道細痕，好像可以挪動，若不仔細察看很難發覺。

我們看這房間裡好像存在地下室，不免有些好奇，想看看裡面有些什麼東西，便將地板摳開，下邊頓時現出一個漆黑陰森的大洞，用手電筒照不到底，有木質階梯通下去，這地下室比想像的還深很多。

高潔跟著我探身往下看，不料有陣陰風襲來，她不由自主地打了個寒顫，握在手裡的手機拿捏不穩，竟然掉落下去，順著木階梯滾到地下室底部。高潔在單位任事繁忙，電話短信沒黑沒白地整天不斷，她擔心手機摔壞了耽誤正事，當即就要摸著黑下去尋找。

我這才想起自己的手機關著，並且忘在住處沒帶過來，否則此時打個電話，要是高潔的手機沒摔壞，一聽鈴聲便知道掉在什麼地方了，

這時我卻只好跟她一起去找。誰知那木階梯古老腐朽，承受不住兩個人的重量，我們剛下到一半，木板突然斷裂，好在地下室底部平整，又是隨著朽木摔落，才沒有傷到哪裡，可仍是摔得不輕，滿頭滿臉是土。另外木質台階塌落，再想從原路返回卻不容易，除非上面有人接應，但這樓裡非常隔音，喊破了嗓子恐怕也不會有人聽到，手電筒也不知落到什麼地方去了。我暗罵一聲倒楣。今天真是腳心長痞子——點兒太低了。我從褲兜裡摸出打火

機，藉著微弱的火光向四周照了照，看到地下室狹長深邃，人在其中，兩端都看不到盡頭。

我和高潔都知道這座古樓最初只住一家人，後來才改為多戶居住的公寓。以前的大宅中為了防備變故，多設有秘道暗室，因此地下室貫通相連並不奇怪。

那一次性的塑料打火機，只燃燒了片刻就燙手了，我只好先將它滅掉，牽了高潔的手摸索著向前而行，想探明這地下室還有沒有別的出口。

黑暗中，高潔似乎撞到了什麼物事，叫道：「等一下，這裡有些東西。」

我問她：「是手機嗎？」

高潔說：「不是手機，這是個……木頭櫃子。」

我等打火機稍微冷卻，再次點燃了照過去，發現高潔身前有個古樸的檀木櫃子，大概是存放在地下室裡的家具，那木櫃雕花嵌銀，做工頗為精細。

我拽開拉門，就看那檀木櫃子裡放著一個油布包，裡面是個皮製記事簿，雖然不是舊時古籍，但看起來年頭也不短了，我見不是什麼值錢的東西，不免有些失望，又急著離開此地，便順手扔在一旁。

哪知記事簿那裡夾著幾頁剪下來的舊報紙，被我一扔就散落出來。高潔說：「這是別人家的東西，你別到處亂扔。」說著她撿起來湊到亮處觀看，發現泛黃的報紙上有張黑白照片，其中的人臉有些模糊，可冷眼一瞧卻覺得有幾分眼熟，好像是在哪兒見過。

高潔有些吃驚地對我說：「這是住在一〇一室裡的女子？」

我接過來看了看，的確像是同一個人，奇道：「報紙上的字還是豎排版，可不是近年刊印……」我又往照片旁的文字掃了一眼，不由自主地倒吸一口冷氣：「民國二十三年！」

我們粗略一看，本子裡的新聞剪輯，全部來自當年不同的報紙，記錄著同一則內容離奇的新聞，事情發生在民國二十三年。

（五）深山倖存者

咱們國家現在採用的是西元紀年法，西元就是公元，以耶穌誕生為元年。我歷史學得不是很好，要問我民國二十三年具體是哪一年，我一時半會兒還真算不清楚，但對於年代還有些直觀的認知，曉得這些報紙上刊載的舊聞，發生在七十多年以前。其內容大同小異，無須細讀，只看標題也能知道個大概：是說民國二十三年一架飛往龍華機場的客機，在飛行途中遇難，墜毀於山區，全機乘客僅有一人倖存，而且此人是個年輕女子，在深山裡失蹤了很多天之後，竟奇蹟般得以生還。

我感到有股寒意湧上心來，該事件倖存者的照片，與我之前在一〇一室看到的女子完全一樣，我幾乎可以肯定她們是同一個人。

可能有人會覺得奇怪，數十年前舊報紙上的照片已經模糊泛黃，怎能拿來與現實中的人物比較？其實照片裡倖存者的臉部，只是與我在隔壁見到的女子輪廓相近，具體特徵無從對比，但那同樣冷漠的眼神，即使在照片裡也能顯露出令人透不過氣來的絕望，我相信這一點是不會看錯的。

高潔也有相同的感受——幾十年前深山墜機事件的倖存者，就是剛才出現在一〇一室的女子。

這個女子墜機未死，已經算命大了，至於怎麼能從人跡罕至的深山密林中活著走出來，更叫人難以想像。而且時隔數十年之久，她即使活到現在，該有多大歲數了？可她的形貌與這張老照片上的影像比起來，看不出有任何顯著變化，不是亡魂又是什麼？

此時打火機又燒得燙手了，我們心裡越想越是發毛，也不敢再摸黑往前走了，就將櫃子推到地下室入口處，正待攀上去返回一〇二室，卻聽身後傳來「嘎吱吱、嘎吱吱」的木板開合聲。

高潔聽到聲音，低聲在我耳邊說道：「是那個有鬼的房間！」

雖然這地下室裡漆黑一團，但我還能辨別發出響動的方位，也知道是一〇一室的地板蓋子被揭開了，只聽踏在地板上的聲音漸漸逼近，好像有什麼東西要過來了。

我心裡也有些發慌了，忙對高潔說：「快走！」隨即將她扶上櫃子，我緊接著也爬了上去。忽覺腿上一緊，好像被一隻手緊緊抓住了。

我藉著地下室入口透過的微弱燈光回頭去看，就見有張蒼白冷漠的臉孔從黑暗中浮現出來，果然是那空屋裡的亡魂。

我周身寒毛倒豎，猛然想起「算卦的」說我過不去今天了。一霎時駭異難言，但也是情急拚命，感覺手中摳到一塊脫落的樓梯木板，就拽下來對準那女人的臉狠戳過去。木材前端尖銳，戳在那女子的臉上竟然攢腦而出，腦漿、鮮血濺了我一身。

那女子身體向後仰倒，「咕咚」一聲摔在地上。我也被嚇蒙了，在高潔的協助下，攀住樓梯爬出了地下室，返身合上地板，心裡「撲通、撲通」跳成了一團。

當時我的臉色大概難看到了極點，也將高潔嚇得不輕，她焦急地問道：「你要不要緊？傷到哪裡沒有？」

我驚魂未定，覺得自己臉上熱乎乎的，用手一抹發現都是鮮血，心裡十分後怕，喘著粗氣對高潔說道：「我把那女鬼殺……」可這話說得連我自己都覺得奇怪，且不論世上有沒有鬼，其物畢竟是魂魄所化，不應具備形體實質，怎麼可能有血有肉？

我隱隱感到事情不妙，也許一〇一空屋裡的女子與空難事件的倖存者，根本就不是同一個人，只是容貌氣質非常接近，多半屬於有血緣關係的直系後代，很可能我是將活人當成了鬼，結果將她誤殺了。自古「殺人償命，欠債還錢」，我必定會面臨十分嚴重的後果。

高潔是關心則亂，徬徨無措地問：「人命關天，這可怎麼辦？」

我說：「大不了好漢做事好漢當，我一命填一命也就是了。」但真去自首也得先搞清楚了，地下室裡的女人到底是誰？她為什麼會跟幾十年前墜機事件的倖存者一模一樣？為什麼康老太咬定那個房間空置多年，裡面根本沒有人居住？總之要先找康老太問個明白，然後再做道理。

我心裡又是疑惑又是恐慌，一刻也不想在這房間裡多待了，帶著高潔到走廊另一端，叩開了康老太的房門。

不等我出言發問，康老太看到我臉上的血跡，就好像已經知道發生什麼事兒了。她面色慘然，不住口地念著：「佛祖慈悲，佛祖慈悲……」

我和高潔見狀愈發覺得蹊蹺，滿肚子疑團想問，又不知該從何說起。

康老太將我們拽進房裡，說出了這座古樓裡發生過的往事：此樓始建於一八六九年，處在隅園路租借區的上風頭，臨近「跑人場」，與跑馬、跑狗鼎足並稱「三跑」，乃最繁華處所在，因此位置極佳。民國年間有個叫陸維賢的士紳，買下了隅園路十三號。他才三十歲出頭的年紀，就已然是證交行業裡叱吒風雲的人物了。

所謂「證交」，是以股票和公債作為投機的籌碼進行交易的行為。在這個投機市場中活動的人物，發財的心理雖然相同，手段卻各有巧妙，好比群魚爭食，大魚吃小魚，小魚吃蝦米，這是最普遍的現象，賺錢多少就看你本事大小了。但在大風大浪中，還有一種特別大的魚，張開血盆大口，把大魚、小魚、蝦米一同往下吞，這就是與政府特權階層掛鉤的超級機構，陸維賢便是這個機構中的精英。他出身名門望族，又做這種一本萬利的生意，所以錢多得很，可謂春風得意。當時陸維賢的妻子林青，長得十分貌美。但有懂眼的人斷定她是剋夫之相。陸維賢並不迷信，從不把此事放在心上。不過在遷入隅園路十三號之後，卻發生了意想不到的事情。

有一次林青探親回來，乘坐的飛機途中失事，墜毀於「門嶺」附近。那一帶都是山地密林，礙於條件所限，根本無法救援，都以為林氏必死無疑了。沒想到過了一個多月，她居然活著從深山裡走了出來，隨後被山民發現獲救。作為墜機事件的唯一倖存者，在當時引起了不小的轟動，各大報紙期刊爭相報導。

林青講述墜機經歷時說，他們共有五人倖免於難。在渺無人煙的深山野嶺中走了很多天，靠吃野果充飢，飲山泉解渴。可憐其餘四個人，有的被野獸拖走了，有的掉到山崖下摔死了，最後活著走出來的，僅有林青一人。

陸維賢認為妻子能夠死裡逃生，實屬萬幸，自此對她呵護備至，唯恐再次失去愛妻。可他逐漸感覺到從墜機事件中生還的妻子有些反常，就好像變了個人似的，可要說具體是什麼地方不太對勁兒，又難以說清楚。

（六）菩薩

陸維賢倍加留意，終於發現了妻子行為詭異，從來不吃不喝，不是一頓兩頓或是三天兩天，而是一直不吃任何東西，每次吃飯都假意遮掩，把食物偷偷倒掉。陸維賢大惑不解，甚至懷疑出現在家中的妻子，是那深山裡什麼怪物變的，真正的妻子早就死掉了。為求個水落石出的結果，他就開始著手調查，收集了很多當時的報紙新聞，並在暗中窺覷妻子的一舉一動，最後將事情挑明，當面逼著林青吃東西。

林青見實在隱瞞不過，只好吐露了實情。墜機時確實有五個人倖存下來，但那深山裡沒有野果和山泉，走出許久都看不到人蹤獸跡，這幾個人餓得眼珠子都綠了，眼瞅著要被活活餓死，卻意外發現了一座藏在山崖峭壁間的古廟。那廟裡供了個神龕，也不知是哪朝哪代所留的古蹟，有具古屍盤腿坐在裡面。

那古屍面容肌膚栩栩如生，肌膚紅潤，似是吹彈可破，最奇怪的是屍身上散發著一種異香。

幾個倖存者裡有位比較有見識的人，他告之其餘四人，這是得了道的「肉身菩薩」，其元神已化，空留軀殼在此。相傳當年唐僧是金蟬長老下凡，吃他一塊肉，即能長生不死，咱們有幸見到這尊坐化的「肉身菩薩」，也是曠世難逢的機緣。

其餘幾人聽他這意思，竟是要吃這古屍的肉了，真是「天黑沒有人心黑，山險怎及世道險」。他們當中有的人信教，寧死不肯為之；有的人則認為餓死事小，吃死屍的肉未免太恐怖了，連上千年前的古屍都吃，那還是人嗎？也有的人受到啟發，古屍是不能吃，肉身菩薩也吃不得，這等慘同佛面刮金的事，做了必遭報應，但眼前不是就有活人可以宰了吃嗎？

結果彼此間發生了爭執，完全是以性命相搏，林青勸阻不住，混亂中不知被什麼人推倒，頭部撞在岩壁上，就此失去了知覺。醒來後發現那四個人都已不見蹤影，也許全從峭壁上滾落深澗摔死了。她求生心切，也因為餓得狠了，除了自己和岩石泥土，看見什麼都想吃，忍不住就用碎石片從古屍身上割下肉塞進嘴裡……

從那時候開始，林青就再也不思飲食，一看見食物就感到噁心，獨自在深山裡徘徊了很多天，才終於獲救返家。她乞求陸維賢替自己保守這個秘密，此時她也追悔莫及，後悔不該吃那「肉身菩薩」，恐怕遲早要遭天譴，但與夫君情深似海，實在不忍分離，哪怕多聚一天也是好的。

陸維賢兒女情長，暫時原諒了妻子，可晚上一想到躺在自己身邊的女子曾吃過死人肉，不免越想越是噁心，更感到十分可怕。試想天底下哪有人常年不吃不喝還能生存？這事好說不好聽，一旦被外人知道了就會身敗名裂，他狠下心來，找把刀摸黑割掉了妻子的人頭，正準備荒園埋屍，不料又有顆完全一樣的頭顱，從那死屍腔子裡長了出來。

陸維賢發現面前的妻子眼神裡透出一股邪氣，如果說剛從深山裡逃出來的時候林青還是個人，現在卻不知究竟變成什麼東西了，嚇得他膽都寒了，趁著妻子還未起身，掙扎著往外就跑，所幸被家中的僕婦康老太所救。

康老太吃著一口長齋，曾在鄉下替人扎鬼驅邪，略有些民間方術，識破林氏變成了「屍蠱」。什麼叫「屍蠱」？「蠱」是養在器皿裡的邪祟之物，「屍蠱」顧名思義，就是人死後可以行動，不是魂魄未散，而是由於身體裡有別的東西。

康老太匆忙將誦讀多年的《南無妙法蓮花心經》取出，燒成灰撒在房間周圍，才暫時把它困在房中。香灰畢竟不是長久之計，只好又到廟裡請來一串由高僧開過光的念珠，一粒粒釘在樓中，把它鎮在了牆壁夾層裡，也和死人一樣積年累月不動，身上積塵甚厚。

陸維賢當時受驚過度，沒過多少天就瘋了，最後墜江而死。人們不知其中詳情，只是見陸維賢落得這等下場，都道隅園路十三號古樓邪得厲害，居者難得安寧，誰住進去誰倒楣，因此幾易其主，始終沒人敢長期居住。

從此這個房間成了無人踏足之地。但歷年既久，木珠腐朽，效力漸失，那東西又開始活動起來，康老太對此也是毫無辦法，她得知我們到一〇二室收拾舊物，以為很快就會離開，沒想到還是出了事兒。康老太說完經過，就催促我們趁那東西還沒活過來，趕緊離開此地為妙。

我和高潔聽得心驚肉跳，從漆黑的樓道裡出來上了車，開出很遠還沒回過神兒來。這時差不多快到午夜十二點了，馬路上已看不到行人。

我尋思得想辦法找人幫忙，畢竟康老太還在樓裡，可找誰呢？這種事說出去誰能相信？

這時高潔突然問我：「今後咱們兩個人都在一起好嗎？」

一同經歷過這件事之後，我感到與她之間的隔閡消除了不少，甚至開始有了好感，就坦言說道：「我這個人的命不太好，少年不立，祖業難靠。要說我祖上根基還是不錯的，只不過我吃虧就吃虧在沒趕上好時候，到了我這輩兒，那是咬王八的尾巴——苦點了。我就好似那老爺廟的旗桿——風來了自己擋，雨來了自己淋，六親不靠，身邊連個能遮風擋雨的人都沒有，只能自己跌倒自己爬起來。這些年錢是沒少掙，但有財無庫，進得多出得廣，不知不覺也沒落下，只見魚喝水，沒見兩鰓流，眼下都混成三無人員了。你要是不嫌棄我，咱倆就歸堆算了……」

這話還未說完，忽然有張白森森的人臉，張著黑洞洞的大嘴，披頭散髮地從車窗前擋風玻璃上倒垂下來。

我們抬眼一看，嚇得頭髮根子都豎了起來，那女屍竟從樓裡追了出來。可在這一瞬間，由於車子在行駛中被擋住了視線，斜刺裡撞進了路邊施工的溝渠裡，我還來不及做出任何反應，就覺眼前一黑，腦子裡空落落的什麼也不知道了。

冥冥之中，我感覺到身上好像被寒冰戳中，不由得全身一振，頓時從昏迷中醒了過來，發現車子是栽進了一個滿是泥水的大洞裡，車內的安全氣囊全開了，一旁的高潔滿臉是血，也看不出是死是活。

我使出吃奶的力氣，拚命將高潔拽出車外，此時工地上有幾個人跑過來幫忙，才將我們從深渠裡拖到地面上。一個戴著安全帽的人急著問我洞裡還有沒有人？我這才知道這地方在修隧道，正要填埋湧上來的地下水，水泥都灌了一半了。

我從車裡爬出來的時候，看到泥水中伸出兩隻指甲極長的人手，知道那東西也掉進了水泥洞裡，於是勉強搖了搖頭，胸口肋骨斷了兩根，想說話卻疼得開不了口。周圍趕來的民工們以為下面沒人了，七手八腳地將我們送醫院搶救。

我過了兩個月才出院，高潔終因傷勢過重，搶救無效而亡。那東西則被水泥永遠凝固封埋在地下，這件事大概除了我之外，再也沒有任何人知道了。高潔的死對我打擊很大，心裡的傷痛許久難以平復，只好轉投到張海濤的公司裡做事，想換個環境徹底忘掉這場噩夢般的恐怖經歷。後來我也曾去過隅園路十三號找過康老太，可那裡根本沒有這麼個人，整座樓都是空的，或許我只是遇到了徘徊在那座古樓裡的一個幽靈，真正的康老太早就被那女屍吃了。

高速公路上的暴雨仍然下個不停，這條漆黑漫長的公路似乎沒有盡頭。臭魚和阿豪聽我講了這段經歷，都是連聲嗟嘆，又不免嘖嘖稱奇。藤明月不知何時醒了過來，她也在旁邊靜靜傾聽著我的述說。

我說：「我出生的時候，我曾祖父還在世，他當年開過道場，懂得命理，將我的生辰八字一批，就說我二十多歲的時候有場劫數，恐怕很難躲得過去。於是給我留下一塊被稱為『鴨頭綠』的老種『沉香』掛墜，那是塊罕見的『活沉』。所謂『沉香』，即是古樹被大螞蟻巢築之後，蟻食、石蜜、樹脂，遺漬香中，日復一日、年復一年，逐漸生成的沉香，凝而且潤，有種神秘奇異的香味。『活沉』裡更是集結著千百年天地之靈氣。曾祖將我的姓名和年、月、日、時陰刻其上，叮囑這輩子要永遠戴在身邊，一刻也不能摘下來，它接得人氣久了，就能給人擋災度劫，相當於一個換命替身。以前家裡人沒告訴過我這件事，只說那是個趨吉避凶的長生符，讓我永遠不可摘下。我掉進施工渠的時候，這『活沉木符』就碎了，當時沒怎麼多想，事後才聽家裡長輩說起，可能正是這枚長生符救了我一命，否則我那時候早就歸位了。直到張海濤死亡之後，我用前事加以印證，才知道布袋相法果是神數，卻不知我躲過了那場命中註定的劫數，後運會是怎樣。」

臭魚追問道：「真沒想到你還有這麼檔子事，那座樓裡的女人到底是鬼是怪？」

我搖頭說：「這件事我至今也想不明白……」

阿豪據理推測：民國年間發生的墜機事件，應該確有倖存者，陸維賢的妻子正是其中之一。不過她在深山裡吃的古屍，卻未必會是什麼「肉身菩薩」，甚至連人都不是，天知道那是個什麼「怪物」。估計古屍身上的肉很可能極其特殊，也許具有某種再生細胞，被人吃下去之後就寄生於腹中，所以這個女人可以不吃不喝地生存下來，除此之外與常人沒有任何區別。當她被陸維賢割去腦袋之後，就立即死亡了，但她腸子裡的東西卻沒死，並使屍體重新復原，這時候她已經變成了一個會動的「容器」，所以康老太才說這是「屍蠱」。

阿豪為人精明，對我說：「你講的這件事裡有個細節非常古怪，不知道你自己留意到了沒有？陸維賢的妻子是在深山裡吃了『肉身菩薩』，死後才變成『屍蠱』。據你所說幾十年前那場空難的墜機地點『門嶺』，我告訴你，咱們此時經過的這條高速公路，就貫穿『門嶺』山區」。

我心裡不禁打了個突，相傳此地多有古怪，我們沿途駛出了很遠，始終沒見到別的車輛，種種反常跡像都顯示出不祥的預兆，但也想不出什麼應對舉措，唯有硬著頭皮繼續往前開了。

藤明月見我陷入了沉默，就說：「大概是天氣惡劣，導致這段高速公路被關閉了，必要疑神疑鬼地自己嚇唬自己，但要謹慎駕駛，避免發生事故。」

臭魚連聲稱是。可天黑路滑，車燈所照之處全是漫天雨霧。駕駛員面對這種路況實在受罪，很容易打瞌睡。

臭魚問：「誰再講個段子給大夥提提神兒？」

我想起前事，不免驚疑不定，沒心思再胡侃了。

藤明月可能也不想聽我們講些怪力亂神的事，就給眾人講了一段她祖上做生意的事蹟。

藤明月講的第四個故事　寶鏡

藤家是名門望族，世代都有家譜可查，據說宋時出過一位巨商，後世提及，皆尊其為「藤翁」。

藤翁出生在商賈之門，家裡財旺人不旺，身邊沒有兄弟姐妹。年輕的時候父親亡故，為了保住家業，他只好棄儒從商，做起了生意，卻因讀書讀得迂腐了，不懂經商之道，接連做了幾筆賠掉血本的買賣，欠了滿屁股的債務，不得不遣散了家裡的僕役和店中伙計，又變賣了全部田宅商舖，勉強將外債還清。

藤翁想到自己守業無方，賠光了祖輩傳下的產業，如今更無片瓦容身，恐怕沒有東山再起的時日了，不覺又是羞愧又是悲哀，再也沒有面目活在世上。於是獨自來到蘇州城外的荒郊墳地，找到一棵歪脖子老樹，拴了個繩套搭在樹上，看看左右無人，準備兩腿一蹬圖個了斷。

藤翁剛把脖子伸進繩套，忽覺雙腿被人抱住，他被嚇了一跳，低頭看去，見是個蓬頭垢面的少年乞丐。

乞丐年紀只有十五六歲，比當時的藤翁小不了多少，蓬頭垢面、瘦骨嶙峋，髮髻枯黃，好像被火燎過一般，但容貌還算清秀。他仰面叫道：「先生何故輕生？」

藤翁被纏不過，只得如實相告，也無非是說：「我本為商作賈，奈何周轉不善，重資散盡，翻身無望，又沒別的本事，苟活下去只能和你一樣乞討為生，所以打算在這兒上吊。」說完一摸囊中還剩下一些銅錢，就掏出來交給那乞丐：「我這兒還有幾十個大錢，我留著也沒用了，你拿去吃頓飽飯。等我吊死之後，勞煩小哥你行行好，幫忙挖個坑把我埋了，不至於被狼撕狗扯暴屍荒野，我到九泉之下也念著你的好處。」

那少年乞丐接過銅錢來數了數，又對藤翁說：「先生有此本錢，何愁生計無著？」

藤翁心想：這叫花子多半沒見過錢，不知道幾十個銅錢是什麼概念？時下買個雞蛋也要三五文，這幾十個銅錢也就夠吃頓家常便飯，能做什麼生意？想當初我們藤家流水般的買賣，哪一筆不是幾萬兩雪花白銀？

乞丐說道：「古人曾言──盈千累萬之果，無非一核所生；燒山燎原之火，也無非是一星所發。因此本錢不在多寡，而在於如何生發使用。我有志為商，卻苦於無本，今蒙厚賜，無以為報，願與先生合夥經營。先生出此本錢，我則盡綿薄之力，此後開商立埠各佔半股。」

藤翁聽這要飯的言語不俗，沒準兒也是蒙難不遇的世家之後，說不定倒有些手段，但說到能用幾十枚銅錢開商立埠，未免是信口雌黃了。他覺得自己尋死又不必急在一時片刻，不如先看此人怎麼折騰，於是暫且罷了上吊的念頭。

藤翁問那乞丐：「咱們這就算是合伙了，接下來該幹什麼了？做什麼買賣呢？」

乞丐興高采烈，拽著藤翁進了城，用盡那幾十文錢，在街市上買了一隻彩羽高冠的雄雞和一塊豬肉，又找了家便宜的客棧住下。

藤翁知道這時候二人身上已經不剩半個錢了，人家客棧伙計是看自己衣衫齊整，才肯讓我們住店，到明天還不起店錢，卻又如何是好？早知道就不跟這廝胡混，真把我藤家的臉都丟盡了。

趁著藤翁後悔之際，那少年乞丐已將雞和肉擺在桌上。他把藤翁拉過來，一同跪在地上說：「今天合夥經營，理應祭祀神明，立下盟誓，從今往後，結為金蘭兄弟，福禍與共，彼此無欺。」

藤翁以為這叫花子無非圖一餐飽飯，老大不耐煩地跟著叩了頭，換過帖子，結成八拜之交。至此才知道那少年乞丐姓李名縝。

藤翁詢問李縝：「賢弟，此刻日已過午，咱也該祭五臟廟了，這隻雞怎麼吃？」

李縝自此也對藤翁以兄長相稱：「兄長餓了也得忍著，因為這隻雞和這塊肉，乃你我起家之本，哪能隨隨便便地吃了充飢？」

藤翁大奇，就見李縝忙碌起來，到客棧中借了調料爐灶和一個食盒，把雞肉和豬肉燻沐鮮潔，合以五香調以五味，盛在食盒裡插上草標，帶到市心販賣，得錢三百文。

當晚回來，李縝對藤翁說：「為商之道講的是以本圖利，明天恰逢雲棲寺降香，要連開十日廟會，必定遊人如織，正是你我兄弟以本圖利的大好時機，咱們應該如此如此，這般這般……」

藤翁深以為然，二人當即買回紙張竹管，連夜將剩下的彩色雞毛紮成風車，那風車當中貫空，用嘴稍微一吹，便會發出「咿喔」一鳴動之聲。轉天賃了輛小車推到廟前，每隻賣三四文錢，引得無數小兒爭購。一盞茶的工夫就賣了個精光，獲利數百錢。

兄弟二人起早貪黑，一連幾天依法施為，很快就賺了幾十貫銅錢，但街上有很多人看了眼紅，也開始跟著效仿，生意便不好做了。

李縝見狀對藤翁說道：「兄長，咱這買賣算是做到頭了，得再想個別的營生。」

藤翁想破了腦袋也想不出，用這幾十貫錢能如何運籌經營，索性就當甩手掌櫃了，說道：「全憑賢弟主張。」

李縝道：「今年春雨來得卻早，弟與兄長當到山中一行。」於是拿本錢置辦下黃豆糯米和甘蔗霜，二人隨即取道進山，那江南之地，山裡也人煙湊集，便在有村鎮的地方租了間房，支起一口大鍋，用那甘蔗霜炒熟黃豆糯米。

甘蔗霜是甜的，炒出來便是糖豆、糖米，二人看有鄉下小孩兒過來，就取出糖米，誘使小孩兒們到山上拾取竹筍來換。不出半個月，收來的新鮮竹筍已堆積如山，打成捆裝車運到蘇州城裡。所費無幾，但獲利甚大，幾趟下來就賺得盆滿缽滿。可沒過多久，便陸續有旁人開始學著這麼幹。

李縝說此計不可久長，又同藤翁拿了本錢轉做別的營生。哥兒倆這生意就像滾雪球似的越做越大，日益興隆，幾年後已是坐擁巨資，開莊立埠，四方客商無不敬重。

藤翁見如今光景遠勝祖業十倍，不禁感慨萬千，挽著李縝的手說道：「愚兄當年不懂貿易經營之道，差點兒就吊死在荒墳野地裡被狼撕狗啃了。能有今日全賴賢弟之力，現在咱這錢也賺夠了，應當一分為五，我取其一，回歸故土娶妻生子，享幾年清福，其餘四分都歸賢弟所有，如此可好？」

李績道：「若非兄長當年不棄，甘願出資為本，小弟哪裡能有今日？咱們兄弟盟誓時說的那些話，至今言猶在耳。天地神鬼共鑑，所以這生意是兩家的，你我各佔其半，兄長如果打算圖個清閒，生意可交由小弟照料，兄長只管在家中坐收紅利便是。」

藤翁大為感動：「賢弟待我，真乃仁至義盡。」他知道自己不是做生意的材料，就娶了個妻子在家享福。平時修橋補路、齋僧禮佛一心為善，生意上的大事小情都交由李績處置。

某天有個胖大和尚化緣至此，到藤翁家用罷了齋飯，賓主閒談之時，那和尚忽然說道：「貧僧觀施主宅中有股妖氣。」

藤翁歷來虔誠，十分迷信鬼神，聞言著實心驚，忙問：「我師慈悲，這該如何是好？」胖大和尚說道：「施主勿慮，貧僧當年雲遊西域，偶獲一面古鏡，也是有來歷之物。聚天地日月精華，按奇門遁甲揀取年月時日下爐開鑄，上有金章寶篆，多是秘籍靈符。」說著話取出一個木盒贈給藤翁，囑咐他要在今天晚上月圓之時打開來看，如此必定可保家宅平安。

藤翁連聲稱謝，那和尚卻不受挽留，出門徑自去了。

當晚月明星稀，藤翁同李績在園中飲酒，說起今天得了一件鎮宅寶物，當於賢弟同觀此寶，於是取出木盒打開蓋子，只見盒中果然是面古鏡，鑄以螭紋龍篆，一看就是千年前的上古之物。藤翁藉著月光，驚見身旁有張毛茸茸的怪臉，而自己身旁所立正是結拜的兄弟，不禁嚇得呆在當場。

李縝被那古鏡一照，也自臉色大變，連忙合上木蓋，然後跪倒於藤翁面前，含淚拜了幾拜，之後低著頭一語不發，轉身回屋關上了房門。

藤翁從驚嚇中回過神兒來，想去找兄弟問個究竟，可推開房門一看，那房中哪裡有人，卻臥著一隻黃頂狸貓，早已氣絕多時。

藤翁恍然醒悟，自己當年看見狸貓搏蛇，情勢岌岌可危，便投石相助，救了狸貓的性命。可能是這狸貓後來得了道行，就在自己窮途末路之時前來報恩，又何曾有過害人之意？想不到自己誤聽那妖僧讒言，斷送了手足兄弟。他搥胸頓足，追悔莫及，只好將狸貓厚葬。一氣之下又把那古鏡投到了江中。

臭魚和阿豪對藤明月的故事很感興趣，我卻沒心思認真去聽，只望著車外的雨霧出神兒，心裡越來越是不安。

我看藤明月講得也差不多了，就說：「以後真得請藤老師到我們那兒去上上課，給大夥提高一下素質。但現在咱們有必要討論討論眼下面臨的處境了，我感覺再這麼往前開下去，即使把汽油全部耗盡也抵達不了出口。」

臭魚說：「是夠奇怪的，咱的車速雖然不快，可看里程表上的公里數，這段高速公路也早該到頭了。」

阿豪說道：「至少開出好幾個鐘頭了，這傾盆大雨卻下得不曾歇氣，天也始終黑得像抹了鍋底灰。」他說著翻開車裡的地圖，將這片區域指給我看：「從距離上判斷，地圖裡根本就沒有這條路……」

此刻不得不接受一個事實，那就是我們迷失在這條高速公路中了，這是以往連做夢也夢不到的恐怖狀況。我不免懷疑這條路本身有問題，沿途往前恐怕永遠都不是了局，可停在原地不動更不是辦法，那就只有掉頭折返了。

臭魚插言說道：「先別忙著做決定，作為駕駛員我必須很負責任地告訴你們，剩下的汽油根本不夠回程了。」

阿豪皺眉道：「事到如今不可能再原路返回了，這條高速公路是信號的盲區，周圍又黑漆漆的連個鬼影都看不到，別指望有人幫忙，所以咱們只能採取自救。那麼就剩下兩種選擇了，一是停車等到天亮，二是繼續往前開。不過我有種很不祥的感覺，停下來等候和繼續向前的結果都一樣，這場暴雨不會停，天色也不會放亮，深山裡的高速公路也會無休無止般延伸下去，為什麼會這樣呢？咱們必須先找出這個原因，搞清楚究竟遇到了什麼情況，才有可能想辦法離開。」

眾人深感無助，一個個面面相覷，誰也解釋不出個所以然。

臭魚猜測說：「莫不是誤入了死人所走的『陰陽路』，再往深處走可就墜入黃泉了。陰曹地府什麼時候見過太陽呀，所以這天總是黑的。」

我看藤明月被臭魚的話嚇得臉上變色，就寬慰她說：「你別聽臭魚瞎猜，陰曹地府裡什麼時候通上高速公路了？我還說那地方通民航呢，反正也沒人坐過。」

臭魚不服氣：「依你說是怎麼回事？」

這時阿豪看到車燈照到前方有塊限速一二〇公里的路牌，招呼臭魚把車子停下來說：「我覺得咱們是迷路了，也許一直在圍著一段路繞圈兒。我先下車到那牌子上做個記號，然後往前接著開，再看到限速牌的時候檢查一下有沒有記號，這就能確定途中看到的是否皆為同一路牌了。」

我說：「這倒是個辦法，不過外邊黑燈瞎火的指不定會遇上什麼東西，所以我得跟你一同下去，咱倆也好有個照應。」

藤明月抓住我的手，十分擔憂地說：「我有種不好的預感，這地方很危險，貿然離開車子可不是個好主意。」

我感覺到藤明月手指溫軟滑膩，不由得心中一盪，實不忍讓她替我擔驚受怕。但此刻遇到危難，我更不想露出膽怯之意，於是硬起心腸說道：「別忘了有這麼句話——越危險的地方越安全，陰溝裡才翻船哪，我是不怕有危險，就怕沒危險。」說完摸出英吉沙短刀防身，打開車門準備下車。

臭魚也不放心，拉長脖子對我說：「誰告訴你越危險的地方越安全？這他娘的絕對是句坑人的話，當年就害死了不少我黨的地下工作者，你們倆還是留點兒神吧！」

我聽這話心裡也不免有些犯嘀咕，忽然想起社會上流傳著一種說法，說是某條路上常出事故，橫死得人太多了，一到深夜裡便有孤魂野鬼出沒，它們專在路上引發車禍。只要想法把別人害死了，就能找著替身使自己重入輪迴，我們要是真遇上這種事兒，只怕也會兇多吉少。

這些念頭出現在我腦中揮之不去，好在車子就停在了限速牌旁邊。

我跟阿豪冒著雨從車上下來，瓢潑大雨「嘩嘩」下個不停，離開車燈的照明範圍，眼前就看不到任何東西了。

我不敢過多耽擱，摸黑找到限速牌下的立柱，正想用刀子刮漆做上記號，天上突然有幾道閃電出現，隨即是雷聲如炸。我眼前一片雪亮，下意識地往周圍看了看，這條公路兩旁山巒起伏，覆蓋著莽莽蒼蒼的林海。

如果沒有走錯方向，我們途經的高速貫穿「門嶺」地區，可那裡也就剩個地名了，現今哪兒還有什麼原始森林？

我和阿豪兩人看到林海蒼茫，都驚得呆了，心底湧起一股不可名狀的寒意。忽然聽到留在車裡的兩個人大聲呼叫，語調又是急切又是驚恐，好像發現有什麼非常恐怖的東西正在逼近我們。

臭魚嗓門兒又大又高，他探出頭來聲嘶力竭地叫道：「快回來……快回到車裡來！你們後邊有東西！」

我藉著忽明忽暗的閃電，沒發現有什麼多餘的東西，除了漫天雨霧，高速公路上空無一物，沒發現什麼多餘的東西。

我們本來就懸著個心，雖然不知道此刻出了什麼變故，但感覺到情況十分不妙，沒膽子留在原地了，急忙冒著雨跑回車裡。還沒等我把車門帶上，車子便在臭魚的控制下躥了出去。

臭魚像是要逃避什麼要命的東西，但在天黑路滑、能見度極差的環境中開快車，無疑是自找倒楣。事故往往發生在一瞬間，我想提醒他卻為時已晚，車子果然撞到了路邊的護欄。

這段高速公路是在山裡，路邊是個斜坡，周圍黑咕隆咚看不清地形，感覺上像是森林茂密的山谷，車子撞穿護欄就順勢滑進了深谷，最後撞在一棵大樹上才停了下來。

幸虧我上車後就立刻繫好了安全帶，否則在如此劇烈的顛簸中，早就把腦袋撞進腔子裡去了。

我腦中一陣眩暈，整個人都蒙了，感覺身上冷颼颼的，迷茫地問道：「這是誰們家冰箱門忘記關了？」

我又用力搖了搖頭，勉強恢復了意識，發覺淒風冷雨從破裂的車窗裡灌進。車頭撞得變了形，好在沒人受傷，但車門打不開了，只好分別從車窗裡爬到外邊。

阿豪見車子算是徹底報廢了，而旁邊山岩向內凹陷，就讓眾人過去避雨。

我從車裡取出應急箱跟了過去，問臭魚道：「剛才你在公路上亂叫什麼？你這麼冒冒失失的，險些把大伙的命全搭上。咱倆倒是光棍兒一條，死了也就罷了，阿豪家裡卻是有老有小……」

臭魚不等我把話說完就爭辯道：「你知道那條高速公路上有什麼東西嗎？我可是救了咱們大伙的命。」

藤明月也顯得驚魂未定，她在旁邊對我點了點頭，表示臭魚所言屬實。

阿豪莫名其妙，問道：「高速公路上好像什麼也沒有，你們到底看到什麼了？」

殛神村（一）

藤明月簡單說了經過，我和阿豪聽完均有毛骨悚然之感。原來在先前雷聲滾滾、閃電交錯之際，她從後視鏡裡看到兩個光點，那光點離得很遠，似乎是什麼車輛的遠光燈。她和臭魚見有別的車輛經過，都感到一陣欣喜，尋思著可以向過路的司機打聽一下，這條高速公路究竟在什麼位置。不過向後一望，路上卻是一片空寂，她還以為是自己看錯了，可隨即發現，只有在後視鏡裡才能看到從遠處接近的燈光。

臭魚當時真是慌了神兒，想不出那亮點為什麼只能從後視鏡裡看到，更不知道它從遠處接近咱們會發生什麼事兒。於是招呼我們趕快上車逃開，現在想來，那東西也未必是燈光，搞不好是困在路上的亡魂。臭魚問我們聽沒聽說過「遊魂撲影」的事兒，比如一個人走在路上，無緣無故摔了一跤，起來之後便身患奇疾，回家之後做噩夢、說胡話，用不了幾天就一命嗚呼了。那即是被鬼碰到影子上了，如若是讓亡魂直接撲到身上，人倒在地上當場就死了。他看這條高速公路上確實有鬼，被它追上來能有好果子吃嗎？所以才奮不顧身駕車逃命。但人有失手馬有失蹄，這都是在所難免的，這種路況誰能保證百分之百不出事故？沒缺胳膊沒少腿兒的就該知足了。臭魚說：「怎麼不但不感謝我救命之恩，反倒沒心沒肺地埋怨上了？我還有地方說理去嗎？」

我和阿豪極為吃驚，路上那家詭異的藥鋪、失蹤的陸雅楠、停止的時間、沒有盡頭的高速公路，這個漫長的夜晚彷彿是場做不完的噩夢。這許多無法解釋的怪事，是否皆與門嶺深山裡的「肉身菩薩」有關？

此時車子從高速公路上滑下山谷，大雨滂沱中伸手不見五指，也不見周圍有任何異狀，但想從濕滑的山坡上返回公路，可不是一件容易的事。況且公路上很可能有鬼魂出沒，誰活膩了敢再回去？

阿豪認為此時此刻確保安全最為緊要，這片林子裡即便沒鬼，也可能存在傷人的野獸。留在這岩根下並不穩妥，應該到附近找找有沒有山洞一類能夠容身的所在，但不能離公路太遠，否則就真迷失方向了。

眾人均覺阿豪言之有理，紛紛點頭同意，當即打開手電筒，在漆黑的樹叢間摸索前行。

我看藤明月神色痛楚，舉步艱難，就停下來查問。得知她剛才扭傷了腳踝，由於地勢陡滑，也沒辦法背著她往前走。我想起還有一卷膠帶，就掏出來扯開，給她在腳踝上裹了幾圈。

藤明月忍著疼問道：「這是……膠帶嗎？」

我寬慰她說：「膠帶是沒錯，可不是一般的膠帶。你大概有所不知，我們公司專門倒騰藥品和醫療器材，所以我也算半個大夫，咱這膠帶和麝香、虎骨膏藥屬於同一系列，出了名的省優部優產品，遠銷海內海外。你仔細聞聞是不是有麝香的氣味？麝香、虎骨這東西能舒筋活血，治療跌打損傷最有奇效。其實咱中國藥品裡是草藥不值錢，而各種生物器官卻最為貴重。像什麼牛黃、麝香、鹿茸、狗寶、虎骨、犀角、羚羊角，這些都是非常值錢，也是很難得到的東西。比如麝香就出在關東三省，那即是香獐子的肚臍兒，每逢到了夏季，香獐子把肚臍兒張開往山裡一趟，引得那各樣的昆蟲一股腦兒地往它肚臍兒裡鑽，那肚臍兒一痛就閉上了，把蟲子全憋死在了裡面，久而久之會產生了一種分泌物，帶有很特殊的濃厚香氣，這就算養成寶了。可香獐子也知道自己的肚臍兒是個寶物，如若發覺有人來捉，它就一邊撒腿亂跑，一邊把肚臍兒毀了，寧死也不讓別人得著。我們這種膠帶裡採用的原料，就是野生的當門子麝……」

藤明月不太相信：「我看這只是用來固定物品的普通膠帶，哪裡會有舒筋活血的功效，從你嘴裡說出來都變成寶貝了。」

我對藤明月說：「這話從我嘴裡講出來是有些不太合適，很容易被人誤解為老王賣瓜——自賣自誇。常言道『賣瓜的不說瓜苦，賣酒的不說酒薄』，也難怪你不信，換了我是你我也不信，但有機會你到外邊打聽打聽，我們這種膠帶對付跌打損傷，絕對是治一個好一個，治一百好倆五十，連那男女老幼、五勞七傷、春秋前後咳嗽痰喘都捎帶著給治了，氣死華佗啊！」

臭魚在旁拆台說：「你就掄圓了吹吧，如果真有這種膠帶，全世界醫院早都得關門大吉了。」

或許是心理暗示的作用，也或許是我把藤明月腳踝的血脈揉開了，反正她纏上膠帶後就沒有先前那麼疼痛了。我正想趁機自誇一番，以證明臭魚毫無見識，卻聽一旁的阿豪低聲叫道：「你們看那邊，那是什麼呀？」

我們站起身順著阿豪手指的方向望去，就見遠處有片暗紅色的光斑若隱若現，但視線被雨霧遮擋，看不清楚是個什麼東西在那兒發光。

黑漆漆的森林神秘莫測，我們都以為那是燈光，而且能用肉眼直接看到，應該不是高速公路上的亡魂。有燈光的地方就該有人家，雖是吉凶難測，卻總歸是個遮風擋雨的地方，強似摸著黑在林子裡亂轉。

我們四個人循著那道光往前走。地勢漸行漸低，感覺像是走進了一條山谷深處。也許是茂密陰森的大樹遮蔽了天空，走到其中已覺察不到還在降雨，潮濕陰鬱之氣刺鼻，野生蘑菇佈滿有著青苔的洞穴，到處都籠罩著薄薄的霧氣。先前站在地勢較高的位置，能夠看到那片微光，而穿行在林海中就找不到參照物了，只能憑著直覺往低處走。陰鬱的森林越走越深，眼中所見皆是漆黑一團。

樹木密密麻麻，地面上落滿朽枝腐葉。我們提心吊膽，腳步變得遲緩下來，猶豫著是否還要繼續深入。這時我發現前面有個白乎乎的物體，離近了仔細一看，發現是座古代的石碑，極高極大，碑上纏滿了枯藤，暴露在外的部分，都雕著古怪猙獰的人臉。

臭魚罵道：「他大爺的，我記得好像墳頭前邊才立著這種東西，這地方怎麼會有古墳呢？」

阿豪撥開枯枝敗葉，用手電照過去觀看，奇道：「這不是老墳前的墓碑，你瞧上邊還刻著字……」

我聞聽此言也湊上前看個究竟，只見碑上刻有三個篆字，筆劃繁多，我相了半天面，結果是它認識我，我不認識它。臭魚的文化底子遠不如我，而阿豪也辨認不出，我們三人算是「猴吃芥末——淨剩瞪眼了」。

這時聽藤明月說，石碑上的三個字是——「殛神村」。

殛神村（二）

我有些納悶兒地問道：「這三個字連我們都認不出，你能識得？」

藤明月說：「我以前臨摹書法碑帖，所以認識幾個。」

阿豪喃喃自語地說道：「殛神村……這似乎是個地名……」他又問藤明月：「殛是不是誅滅的意思？」

藤明月點了點頭，據她所言，以往有「雷殛」之說。比如某人惡貫滿盈，被雷電貫胸而死，便被稱為「雷殛」，是受上天所誅。但「殛神村」的名字實在太奇怪了，如果從字面上直接解釋，即是將神靈誅滅，是個殺死過神的村子。

我不以為然：「這塊石碑形制古樸，至少是幾百年前所留。以前的人最是迷信，雖然喜歡談奇說怪，但也講究敬畏天地祭祀鬼神，哪有村子敢用這種地名，沒準兒是咱們認錯了。」

我們說話的時候，臭魚在石碑旁找到了一條被遮住的路徑，順著荒蕪的路徑向前，可以看到森林深處有片微弱的光亮，好像是個亮著燈火的村子。

「殛神村」若與古碑同存，那真可謂是年代久遠了。它何以能夠僻處深山與世隔絕至今？我不免懷疑此地與那鬧鬼的藥鋪相似，只怕也不是個安穩的所在。

可眾人被大雨淋成了落湯雞，一個個凍得嘴唇發紫、牙關打戰，只想盡快找個遮風的地方避險。當下顧不上多想，循著亮光向前摸索，穿過森林眼前豁然開朗，只見屋舍儼然，確實是個隱在群山環抱之中的村子。

那村中的房屋齊齊整整，形狀結構都是一模一樣。家家關門閉戶，屋裡黑壓壓的沒有燈光，也不像有人居住的樣子。地面上還挖了許多圓形深坑，不過三公尺多深，內壁砌以青磚，很是平整，大的直徑有十幾公尺，小的就如同普通的井口。

我走南闖北，自認為有些見識，卻也不知道村子裡挖這麼多圓坑用來做什麼，就問阿豪見沒見過。

阿豪搖頭表示從未見過，甚至都沒聽過有這種事。看來這「殛神村」荒廢破敗，很多年前就沒人居住了。

我又說：「這個村子還有個很古怪的地方，怎麼家家戶戶的房屋都一個樣子，連房門上貼的神祇都沒半點兒區別？」

臭魚大大咧咧地說：「我看房屋結構相同，可也不算什麼怪事，咱用不著少見多怪。」

我們邊說邊行，走到村子裡面，只見屋舍連綿中聳立著一座大殿。殿門前沒有匾額，殿頂長滿了蒿草，裡面同樣是死氣沉沉的鴉雀無聲，使人望而卻步。這似乎是「殛神村」裡的一座神廟，從遠處看到發出光亮的位置，還在更深的地方。

我到此已是筋疲力盡，提議先到這古殿中歇息片刻，找些枯柴籠堆火烘乾了衣服。

藤明月覺得這座大殿陰森恐怖，天曉得裡面供著什麼牛鬼蛇神，還是別進去招惹為妙。附近空置的房舍眾多，不如隨便找間屋子，照樣可以烤火取暖。

阿豪說藤明月所言在理：「這深山裡的村子毫無生氣，咱們在裡面走了很久，別說雞犬相聞了，就連蟾蜍蟋蟀的鳴叫聲都聽不到，更沒看見半個活物，大夥凡事小心才對。」

我和臭魚也沒有任何異議，當即走到旁邊一間房舍前，推開門，屋裡漆黑無光，地面積了一層灰塵，我用手電筒四處照看，但見空蕩蕩四壁徒然，照到牆角的時候卻發現那裡站著個人，嚇得我險些癱坐在地。

其餘三人跟進來將我扶起，再看屋內那人動也不動，我硬著頭皮往那人臉上照了照，原來是個圓面大耳的婦人。眉目細長，闊口直鼻，臉上厚施脂粉，兩頰還塗著鮮豔的腮紅。這屋裡並沒有屍臭，看不出是死人還是活人。

我們看得觸目驚心，都怔在原地不知該進該退。我發現房內還有裡屋，隨手往裡面一照：只見屋子裡還站著另外兩個人，穿著打扮身量高矮，甚至面容五官，都和先前那個婦人毫無分別，簡直像是從一個模子裡摳出來的。

阿豪疑道：「全是死人？」

我說：「看起來確實不是活人，可怎麼都長得這麼像？它們的爹媽莫非是台影印機？」

藤明月說道：「虧你想得出，應該是同時所生的三胞胎。這屋裡有死人，咱們還是別進去了。」

臭魚說：「死人就比活人少口氣，有什麼可怕的？我看這屋裡的人要真是死屍，早該腐爛發臭了，可屋裡什麼味道也沒有，沒準兒都是擺著嚇唬鬼的假人……」

我覺得事情古怪，「殛神村」好像已經數百年前就沒人居住了，這個古老的村子一定發生過很多不為人知的事情。也不知屋裡這三個人死去多少年了，為何沒有腐爛成枯骨？或許真被臭魚說中了。想到這兒，我湊近去看那女屍，卻見皮膚上帶有毛孔，倒不是假人。

我正待再仔細看看，忽聽那死人嘴裡「咕咕噥噥」一陣怪響，聽得人腦瓜皮都是麻的。而那死屍竟然緩緩抬起頭來，睜開了兩眼，伸手向我抓來。我急忙向後退開，但稍慢了半步，被那女屍的爪子抓住肩頭。頓時撕開了幾道口子，我被其餘三人拖住，跌跌撞撞的一同逃到外邊。

霧氣越來越濃，外面影影綽綽，似乎村中每間房屋裡的死人都出來了。那些人都和行屍似的沒有半分活氣，最可怕的是不論男女大小，皆是圓頭圓腦的一張大臉，長得沒有任何分別。整個村子的房屋一模一樣，裡面的死人臉面也別無二致，這情形在噩夢裡也不曾得見。我們幾個人嚇得膽都寒了，怎麼可能所有人都長了一張臉？

眾人眼見無路可逃，只得躲進了那座黑咕隆咚的大殿，阿豪和臭魚關上厚重的殿門，頂上了一人多粗的門閂。

我心中「撲通、撲通」狂跳不止，用手電照向殿內，發現大殿裡塑著幾尊泥胎神像，擺有供桌和童臂粗細的牛油巨燭。皆是積灰數寸，後門落著大閂。又讓藤明月查看我肩頭的傷勢，見沒有傷及筋骨，這才稍稍放心。

臭魚頂住殿門，喘著粗氣罵道：「我日他親大爺的，咱這是進了殭屍村了，虧得閃得快，慢上半步就被它們撕成點心吃了。」

阿豪皺眉道：「即便都是殭屍，也不可能相貌完全一樣。你們剛才瞧見沒有？這村子裡每個人的臉都很相似，已經不能用相似來形容了，幾乎就是一個模樣。」

藤明月怕上心來：「世人相貌千差萬別，縱有容貌相似得緊，也不該整個村子裡的人都長得一樣，怎麼可能有這種事情存在？」

阿豪說：「大夥得做好心理準備了，今天恐怕真遇上過不去的坎兒了。此前在藥舖裡聽說這門嶺中有座唐代古墓，解放前還有人在這深山裡吃了『肉身菩薩』，變成一具行屍走肉。咱們開車在高速公路上怎麼也出不去，又誤入了全是死人的『殛神村』。還有停滯不前的時間，我想這些事情一定有著某種內在的聯繫。」

阿豪說到這兒問我：「你當初遇見過屍蠱，你覺得這村子裡的人是不是都變成屍蠱了？」

我說：「肯定不是，當年墜機事件的倖存者變成了屍蠱，但隔了幾十年還保持著她原本的面容，與『殛神村』裡的死人完全不同。」

藤明月感到處境絕望，估計失蹤的陸雅楠也已遭遇不測，忍不住輕聲抽泣起來。

我勸了她幾句，忽然有個念頭湧上腦海，立刻對阿豪說：「我看到村子裡那些死人的臉，就突然想到一件事。」

殛神村（三）

阿豪等人都有幾分詫異：「村中那些死人的臉怎麼了？」

我說：「據聞有種『恐怖谷』理論，那是一個對非人物體感覺的假設，在七〇年代由日本專家森昌弘提出。他認為製造出來的東西，無論多麼與人類相似，但因其自身沒有生命，總會與活人不太一樣，哪怕這些區別只是百分之一，也會時刻凸顯出來，讓人覺得非常僵硬恐怖，有種面對行屍走肉的恐懼。

「我個人是這麼理解——死物和活物之間存在的距離，即是『恐怖谷』，當然它是否符合原意我就管不著了。剛才看到村子裡那些死人的臉，我就突然想到了『恐怖谷』。『殛神村』裡的房舍相同也就罷了，可所有人的臉完全一樣，這件事如何解釋？我覺得不管那些人是生是死，它們都絕對不屬於人類，而是某些無法穿越『恐怖谷』的東西。」

阿豪最先理解了我的意思，整個村子裡的死人臉面相似，已是在任何情況下都不可能發生的事情了，況且那些死者的臉實在古怪，雖然眼目口鼻具備，卻極為譎詭怪誕，就如同沒有生命的泥胎造像，很難想像活人長成那副尊容會是什麼效果。

臭魚撓頭道：「我可越聽越糊塗了，你們到底在說什麼？村子裡那些活死人，難道不是殭屍嗎？」

我說：「我也沒有未卜先知的能耐，出門沒帶前後眼，否則咱們也不會困在此地了。我只能告訴你，如今在村子裡發生屍變的東西，根本就不是人，卻像殉葬埋祭的土俑，所以這村子裡的房屋男女，都跟從一個模子裡摳出來似的。」

阿豪說：「這種可能性還真不小，可那些死人都有皮肉毛髮，也不太像是土俑作祟，再說又是誰，出於什麼目的造了這座村子？這些事兒咱們就猜想不透了。我看殿中甚是陰冷，不如把那供桌拆了點堆火，一來能夠取暖，二來還可以用火把防身，然後再合計個脫身之策。」

眾人齊聲稱是，阿豪和臭魚當即去拆那供桌。供桌上有現成的牛油蠟燭和帷幔，亦都是可燃之物。他們倆見我肩膀疼得厲害，就讓我和藤明月守著殿門別動。

我坐在地上告訴藤明月：「不用過於擔心，只要有我們三個人在，遇上再大的危難也能履險如夷。阿豪雖然跟我認識的年頭不多，但這個老廣很講義氣，為人多謀善斷，跟我也是過命的交情。那臭魚以前在體校武術隊練過把式，十八般兵器樣樣拿得起來，誰他都敢打，尤其善使刀槍棍棒。刀是百般兵刃之祖，槍是百般兵刃之鬼，常言說得好：『救命的槍，捨命的刀』，為什麼這麼說呢？因為花槍容易學，又好護身，練刀卻很危險，得豁出命去才能練成，不過這座大殿裡也沒有刀槍，只能拆個桌子腿當棍子使了。兵刃中棍棒為王，你別瞧我不會練，但我懂得這些門道，等會兒我讓臭魚給你耍兩趟看看……」

臭魚拆著桌子罵道：「你大爺的，我看你小子傷得還是不重，死到臨頭了還能侃呢？」

我說：「臭魚我日你舅舅，你再罵我大爺信不信我把你武功廢了？」

藤明月對我說：「好了，你先別逞能了，我問問你，你說解放前一架飛機墜毀在門嶺，有倖存者吃了肉身菩薩，從而變得不死不老的事兒，這件事兒到底是不是真的？」

我說：「此事應該不假，以前也確實有過吃唐僧肉能夠長生不老的傳說。你知不知道為什麼那些妖怪抓住了唐僧，都不肯立刻生吞活剝，偏要等著唐僧的徒弟來救，平白錯過了千載難逢的大好時機？因為那唐僧長老不能隨便吃。獅駝嶺金翅大鵬曾說過：『唐僧不禁嚇，一嚇肉就酸了，必須沐浴薰香放在籠屜裡慢火蒸熟，這樣的人肉吃下去才有效果。』」

藤明月道：「你怎麼就知道東拉西扯？我是想問你肉身菩薩是長了什麼樣的臉，你說這村中古廟裡供的神像，會不會就是那具肉身菩薩？」

我說：「你要是不提我還真沒想到，這『殛神村』的名字十分奇怪，或許正是村民把菩薩神靈吃了，受到詛咒才都變成這副模樣。可那次飛機墜毀事件的倖存者，是在一處懸崖峭壁上找到了『肉身菩薩』，而咱們此刻發現的村子，則位於群山環抱的盆地當中，所以兩者並不是同一地點。但這殿內供奉的神像，也有可能就是『肉身菩薩』生前的樣子。」

我所知的那起墜機事件，畢竟發生在很多年前，除了一名倖存者得以生還，其餘的當事人全都死了。所謂的「肉身菩薩」，也只是從這唯一的倖存者口中吐露，無法證實是否屬實。其實我也不相信有什麼「肉身菩薩」存在，佛門廣大，向來以度人為本，菩薩肉怎麼會讓人變成死而復生的「活屍」？

殿中陰森黑暗，供桌後的幾尊泥胎甚是高大，又積滿了塵土，僅憑手電筒照明，根本看不清它們的面容。可越是看不到的東西，越容易讓人產生恐懼，加上我想得多了，心中不免忐忑難安。

那供桌質地堅厚，阿豪和臭魚兩人赤手空拳，又哪裡拆卸得開，好在銅缸裡貯有凝固的燈油，此時扯開帷布引燃，火焰立刻熊熊燃燒起來，將四壁照得通明。我們身上早都濕透了，趕緊湊到近前烘乾衣服，同時藉著火光亮起，看到了那幾尊泥塑神像的真容。

當中的泥胎竟有四個人頭八條手臂，有的眼目圓睜，有的則獠牙外露。這尊神像身上金彩斑駁，居中的頭向前探出，面容詭異沉靜。其餘三側的頭，則兼有慾望、憤怒等種種表情，做出一些摧伏、啖食眾生之恐怖形態。身下八條腿四屈四直，足下踩著各種鬼怪，脖子肘腕之間盤有長蛇，它兩邊各有一尊木雕的仕女像。殿堂四壁上更有許多內容怪誕離奇的彩繪，所畫之人個個毛髮直立，骨瘦如柴，悲天號地，而周圍的黃羊、野兔卻無動於衷，並不驚怕。

殿中一片漆黑的時候，我竭力想看清供桌後的神像，此時仰視這尊恐怖詭譎的「四面神像」，才覺得還不如摸黑看不到呢，實在是讓人毛骨悚然。我們以前從未見過這種「四面神像」，甚至連聽都沒有聽過，這個古怪至極的村子名為「殛神村」，為什麼卻又供著不知來歷的邪神？

眾人百思不得其解，眼睛直勾勾地望著滿牆的壁畫和神像，半晌沒人說話。

我想不出什麼頭緒，索性不去理會了。正要坐下烤火，卻瞥見那尊神像旁有個鼓鼓囊囊的物事，看形狀不是香爐。我好奇心起，上前拂去塵土，發現是個帆布背包，其中沉甸甸的不知裝了些什麼。於是拽到外邊，又招呼其餘三人觀看。

阿豪奇道：「這村子和神殿好像荒廢幾百年了，可看這個背包卻是近代之物，會是誰留下的？」

臭魚是個急脾氣：「打開瞧瞧不就知道了，沒準兒裡面還有吃的東西……」說話間已動手解開背包的插帶，將裡面的物品通通抖在地上。

我看那些物事，大多是野外勘測工具，也有照相機和指南針，就尋思大概是哪個地質隊員的背包。

這時藤明月拾起其中一個記事簿翻看，她翻到後面，看了其中的內容顯得十分駭異：「這是一個考古隊員寫在一九八〇年的手記，你們看……本子裡還有手繪地圖！」

我和阿豪、臭魚三人，聽到這本手冊中繪有地圖，連忙把腦袋伸過去看。手冊中的一頁果然畫著山區地圖，線條雖然簡潔，但繪製水平非常專業，標註得也很清楚，讓人看起來一目了然。

地圖描繪了一條山脈，兩邊各有一個村莊，左邊的名為「埋門村」，右邊的名為「殛神村」，山中有隧道相連，兩個村莊形狀規模酷似，周圍都是普通民宅。「埋門村」的中心是座大墳丘，旁邊有藏書樓與一所巨宅，看旁邊記錄始建於大唐貞觀年間。「殛神村」的輪廓形勢幾乎就是「埋門村」的翻版，所不同的是村中民宅極為齊整，裡面陰森沉寂，絕無人間煙火之氣。另外這個村子裡沒有墳丘，當中是座大殿，後邊用鋼筆塗黑了一片，看不出是何所指。

阿豪在考古手冊中掃了兩眼，對我說：「界龍賓館和幽靈服務員，還有藥鋪裡的陳老，都提到過一件很蹊蹺的事情，就是大約在一九八〇年，有個跟你相貌酷似的人，到門嶺來尋找唐代古墓。這本考古手冊……可能正是那個人留下的。」

電光火石的一瞬間，我莫名感到一陣難以抑制的恐懼和哀傷。其餘三人似乎也有同感，都好像記起了什麼極為重要的事情，可腦子裡卻又一片空白，只好凝神翻看這本手冊中記載的內容。

考古手冊中記載的第五個故事　夢見神像

這本冊子不是日誌，而是以手記方式寫成，詳細記載了整個事件的來龍去脈。關於尋找唐代古墓的起因，還要追溯到許多年前。

民國初年，出現了百年不遇的大旱，無河不枯，一向富庶的蘇南地區也是赤地千里，又值軍閥割據，戰亂頻仍，使得民不聊生，餓死了很多窮人。

當時有個姓華的商家，眼見時局動盪，世道衰退，無心經營，便停了買賣，帶著家僕由城裡遷回祖籍居住。

鄉下的祖屋雖是前後三進，兩邊帶著跨院的大宅子，但常年沒人居住，許多地方年久失修，有的牆體都開裂了，一時無法入住。於是華家主人就在村中賃了幾套房暫時住下，準備等時局穩定下來，再將祖宅重新修葺。

有天夜裡主人正在睡覺，看守祖宅的家僕趕來稟報，說是宅中有怪事發生。主人立刻起身趕去察看，就見後宅閣樓裡燈火通明，裡面亂哄哄的十分吵鬧。

主人很是驚奇，閣樓空置多年，裡面怎麼會有人呢？當即從牆縫向裡窺探，只見閣樓中有無數小人，身高盈尺，都在那忙活著搬東西，一隊隊川流往來，好像正在收拾房子。

主人看罷多時，心中駭異無比，知道閣樓裡的東西非鬼即怪，他也不敢驚動。白天打開閣樓進去察看，那樓中卻空空如也，什麼東西都沒找到。

可是到了轉天夜裡，閣樓裡又有怪聲傳來，主人再次隔牆觀瞧。就看其中張燈結彩，紅燭耀眼，那些小人吹吹打打，簇擁著一頂花轎。新娘子在轎子裡嗚嗚哭泣，顯然是捨不得離開娘家。後面還跟著另一頂轎子，轎中坐著個年過半百的老婦，那是送女兒過門的母親。周圍跟著許多丫鬟、侍女，喧囂的隊伍走入牆壁，漸漸消失不見了。

過了些天，到晚上忽聽閣樓裡傳來嬰兒啼哭之聲，主人偷眼看去，發現那剛過門的小媳婦兒已經抱上了一個大胖小子。又過幾日，那小孩兒又拜一個尖嘴先生為師，開始讀書寫字。

那時的人們迷信思想嚴重，主人看在眼內，急在心裡，眼瞅著自家祖宅被妖怪佔據，卻不敢貿然驚動，唯恐打蛇不成，反被蛇咬。

那天主人正坐在門前發愁，恰巧有個老道經過。那道人身材低矮，肥黑多鬚，蒼髯龐眉，以至於看不清面目長相。身後背著把桃木寶劍，形容舉止都十分奇特，他來到主人門前打個稽首：「無量天尊，貧道這廂有禮了。」

主人趕忙還禮：「敢問道長從何而來，到此窮鄉僻壤有何貴幹？」

老道說：「貧道向來只在龍虎山修煉五行道術，卻廣有神機，只需慧目一觀，即可洞察千里之外。因見貴宅中有妖物出沒，故此趕來除魔衛道，整頓乾坤。」

主人大喜，立刻請老道回家吃飯，好酒好菜地招待著。夜裡那老道提了桃木劍，赤足

【牆中小人】

囍

披髮，同主人徑直來在後宅閣樓門前，大聲喝道：「何方妖孽膽敢在此作祟，本真人到此，還不快快束手就擒！」喝罵聲中，一腳踢門而入。

那閣樓中的一眾小人兒見老道來了，都是大吃一驚，頓時作鳥獸散，四散向牆縫洞穴裡逃竄。

老道至此不容分說，嘴裡念念有詞，凶神惡煞般用桃木劍就地亂戳。他劍下絕不走空，每劍戳出，便會刺中一個尺許高的小人兒。小人兒們中劍後，便直挺挺橫屍在地，被老道隨手從地上撿起來扔進一個大麻袋裡，不到半盞茶的工夫，那條麻袋就裝滿了，看份量約有百十斤重，這回閣樓裡算是徹底清靜了。

主人和旁觀的鄰居，都看得心服口服，不住口地稱讚：「好個仙長，恁般了得！」

老道捋鬚大笑，顯得十分得意。他將口袋拴上扔在地上，把兩眼珠子一轉說道：「貧道從千里之外的龍虎山遠路到此，能夠降伏妖怪，全仗諸路仙家相助。哪幾路仙家？乃玉清元始天尊、上清靈寶天尊、太清道德天尊、七曜星君、南斗星君、上洞八仙、四靈二十八宿……」如此說了一長串各洞神仙的名諱。聲稱主家和各鄉鄰應該大擺宴席，多準備肥雞熟鴨以及上等佳釀、果子糕餅，由他帶回去祭祀神明，否則那些仙家怪罪下來，可是誰也擔待不起。

眾人一聽這話不免有些疑惑，如今天下大旱，老百姓們有口飽飯吃都不容易，哪有肥雞美酒可以敬神？何況道家講究清心寡欲，無為而為，藉這機會獅子大開口索取酒肉，真不像修道之士所為。

誰知那老道翻臉比翻書還快，認為眾鄉民怠慢仙家，立時拉下臉來，解開綁住麻袋口的繩子，就地一抖落，有無數大老鼠「稀哩呼嚕」從裡面鑽出來。其中還有隻尖嘴老鴰，都躥到鄉民家中到處啃咬，把很多衣服木器都啃壞了。

眾人這才明白過來，這些全是老道使的障眼法。閣樓裡的小人兒是老鼠所變，教書先生則是個尖嘴老鴰，這老道可能也是什麼妖怪，只因到處都鬧飢荒，這些東西竟跑到村子裡詐食來了。

村裡的愚民愚眾，大多是老實巴交的農民，一個大字也不認識，遇上這種事誰也不敢出頭，只好讓主人帶頭作揖求饒，承諾轉日在村中擺酒賠罪，另備肥雞糕餅，請各路仙家息怒，如此方才作罷。

第二天傍晚，村子裡打開了準備用來度荒的糧窖，各家各戶湊了些酒肉，等那老道帶著一群小人兒如期而至，狼吞虎咽地將酒席一掃而空，老道喝得大醉，臨走把鄉民拿來的肥雞和糕點負在背上，搖搖晃晃地去了。

華姓主人的兒子年輕氣盛，素有膽識，他眼見四鄰受自家連累，把度荒的糧食都搭進去了，還不知要餓死多少無辜，不禁暗中憤恨，尋思：「那老道來歷不明，雖然知道村中有糧窖，卻不會搬運挪移之術，否則也不必如此大費周章了，看來至多會些障眼幻化的邪法，我當設法為民除害。」於是趁那老道喝得迷迷糊糊，在裝糕餅的袋子底下墊了個石灰包，又扎了個小孔，等老道回去的時候，石灰就一點點從孔中漏出，斷斷續續地撒了一路。

少主人約了幾個膽大的伴當，點起燈球火把，跟著地面的石灰線尋去，最終找到一座

【障眼法】那老道立時拉下臉來，解開綁住麻袋口的繩子，就地一抖落，有無數大老鼠「稀哩呼嚕」從裡面鑽出來。

荒山野嶺間的墳墓。看石灰的痕跡直通到墳窟窿裡，料定那老道藏身在這座古墓當中，當即找了幾捆乾茅草，燃起濃煙往洞子裡灌，然後堵住了洞口，天亮後招呼村中青壯年，帶著鋤鎬鐵鍬趕來相助。

眾人掘開古墓，就見封土下有墓道墓室，墓室裡的漢白玉石槨依然保存完好，槨上雕刻著精美的狩獵獅子圖，其中人物高鼻深目，服飾罕見，帶有濃厚的異域色彩，與中土之人迥然不同。

玉槨旁伏著一隻黑狐，體肥肢短，估計就是那妖道的原形。它喝醉後已經被濃煙活活燻死了。村民們將死狐拖出去燒成了焦炭，又挫骨揚灰，永絕後患。

發現這座奇怪古墓的消息不脛而走，十里八鄉的人們爭相來看，那時軍閥混戰，地方上基本屬於無政府狀態，也沒人維持。不出幾天，那古墓就被掏了一空，裡面的許多珍寶從此散落民間。

單說少主人除掉了古墓中的妖狐，祖宅裡平靜如常，再也沒有什麼變故發生。但他夜裡忽得一夢，情形十分怪異，夢到身穿胡服的男子，容貌裝束同玉槨上雕刻的圖案非常相似，自稱是「善友太子」。

「善友太子」告訴少主人，他的王國遠在西海盡頭，國人篤信佛教，但是那裡土地貧瘠，獅虎橫行，眾生相殘，苦不堪言。

曾有高僧告訴善友太子，在遙遠不可抵達的東方有座高山，山中有古城深宮，城門永遠緊閉。這金碧輝煌的宮殿中寶物堆積如山，黃金做瓦、白銀為牆、瑪瑙鋪地、珊瑚為屏。

如果誰能找到這座古城，就用城下的金剛杵去撞擊城門，那城門就會從內打開，裡面有個絕色女仙手捧珍寶出來求你離開。但你一定不能答應，那女仙只好再取更貴重的寶物給你，如此反覆數次，她就會被迫從古宮裡取出「摩尼寶珠」，這時你才能伸手接受。

此珠是佛骨所化，色呈暗紅，拿到世間，可令瑞樂縹緲，豐收的稻穀菽麥似大雨傾盆自天而降，奇花異草如一夜梨花開遍大地，金銀珠寶、瑪瑙美玉好比瑞雪紛飛落滿田野。但去尋找古城的路途被大海阻隔，海上風波險惡，除了怪蛇惡鬼，還有狂風巨浪、摩羯大魚，以及數不清的艱難險阻，往者千千萬，達者不過一二，所以至今也沒人找到那座古城。

善友太子為了拯救黎民眾生，也為了使父王母后鶴顏常在，就帶領著五百名勇士乘船出海，終於到達中土。但隨行的舟夫水手已經死亡殆盡，他僥倖被人救起，前往大都面見了元世祖忽必烈。元世祖見善友太子氣宇不凡，就勸說他「摩尼寶珠」之事終究虛無縹緲，讓其留在御駕前聽用。

善友太子孤身在遠鄉異域，無時無刻不思念故土，某次他隨統兵親王阿魯布達南下征戰，半道突遇伏兵，混亂中與大軍失散。逃到山中迷失了路徑，黑夜中看到山裡發出一道深紅色的微光，彷彿寶氣噬天，他以為是自己德行感動天地，有機緣遇到了「摩尼寶珠」，於是撥林尋道找了過去，誤打誤撞走進某處村莊。那村子死氣沉沉不見一個活人，房舍牛馬皆為土俑，村中有座大殿，裡面供著一尊不知名的「四面邪神」，極盡詭異猙獰之態。

善友太子很是奇怪，正想穿過大殿看個究竟，卻被一群搬運千年古楠的村民擒獲，經山洞帶到另一個村子。這村中有座唐代古墓，建於大唐貞觀年間，環村所居皆為守陵人，歷代隱居在此，過著與世隔絕的生活。

善友太子從村民口中得知，有古墓的村子名為「埋門村」。由於這裡存在許多秘密，所以不能容外人隨便進出。村中族長見善友太子並無大過，便網開一面，破例給他留了條活路，逼他發了惡咒，發誓離開之後絕不提及所見所聞，一個字的記錄也不會留下，隨即遣人將其送出山外。

善友太子的確守口如瓶，但仍以為那深山裡的村子埋有重寶，所以眾村民才諱莫如深，就偷偷將村子的方位繪在了羊皮卷上。他想時移而事易，事易則備變，打算留待後人去發掘其中的秘密。但他記起當時發過的毒誓，心中也常自忐忑，每晚做夢都會夢到那尊詭秘古怪的四面神像，終於驚嚇成疾，沒過幾年就一命嗚呼了。世祖皇帝深感惋惜，特別賜以厚葬。

善友太子哭訴與少主人，承認自己吞咒食言，因此死後墓室開裂，被妖狐侵占，成了孤魂野鬼，又慘遭掘塚暴屍之禍，所以懇求少主人心存慈悲，收殮墓穴中的枯骨加以埋葬。

少主人醒來發現是南柯一夢，將信將疑地到墓穴裡察看。果然找到了幾塊遺骸，那善友太子所繪的羊皮古卷，也被發塚的土賊拋棄在地。少主人順手撿了揣在懷中，隨即將遺骸收殮在屍骨罐中，回城後送往菩提寺埋在樹下，並請僧人念經超渡。

此後華家為了躲避戰亂，遷往舊金山投親。安頓下來整理物品時發現這羊皮古卷竟沒同遺骸一起埋掉。但時局風雲變幻，再想回國卻不容易了，所以留下家訓，如果後人有機會返回故土，應當盡力把這羊皮古卷帶到菩提寺，或是焚燒了或是埋在善友太子遺骨旁邊，以便了卻這樁舊債。畢竟善友太子墓被掘，是由華家祖宅捉妖而起，另外羊皮古卷中記載的村子十分不祥，千萬不要試圖去找這個地方。

此後傳了兩代，羊皮古卷落到了記載這件事的人手裡，他對歷史考古之事極為沉迷，尤其是祖上留下那個唐代古墓的神秘傳說，歸國後立即設法尋找線索，多次進山考察，終於有了結果。他發現跨山連谷的門嶺中有兩個村子。

其中一個是存在唐代古墓的「埋門村」。「埋門村」裡全是守陵者後裔，至今保持著古老的傳統和習慣，暗中進行著殘酷的殉祭儀式，另一個村子名為「殛神村」，那裡即是當年善友太子看到四面神像的所在，也是村民運送千年古楠的區域，然後不知出於什麼原因，通往「殛神村」山洞已經被阻斷了。

他在調查過程中，認識了一個叫青窈的女子，青窈說唐代古墓裡埋著一個被稱為「門」的怪物，所以這個村子叫作「埋門村」，每隔二十幾年就會發生一次地震，要通過殉祭的方式使其平復，否則天下億萬生靈難脫劫難。山洞另一頭的「殛神村」是由當地人建於元代，至今也有好幾百年了，但通往「殛神村」的山洞很早就被堵死了，相關的一切皆屬禁忌，談也不准談，說也不准說，只有歷代村長知道那裡的秘密。

手記的主人對青窈一見傾心，他乾脆直接去找村長，想說服村長放棄這種古老愚昧的活人殉祭。村長顯得十分為難，當面說出了「殛神村」裡驚人的秘密。

那個死氣沉沉的村子，本身就是準備送入「門」中的一件祭品，房舍俱為瓦器，大殿裡供奉的四面神像，也並非真正的神像，真正的神像在村子地底。只要把這些祭器送到

「門」中，就能使「門」形銷魂滅，所以這個村子才叫「殛神村」。可是當年發生了意外，導致功虧一簣，死了許多人，時間大致是「善友太子」誤入深山之後的某一天，最後村民只得把山洞徹底堵塞，永遠不再提及那裡的事情，千年來始終以活人殉祭也是不得已而為之，要是將青窈帶走，又置天下蒼生於何地？除非能到「殛神村」，把地底的「四面神像」找出來，那樣事態或許還有轉機。

村長把「殛神村」的位置畫成地圖，指示了另一條進村的路徑，手記的主人信以為真，將這些事件詳細記錄下來，連夜前往「殛神村」，手記到此而止。

饅頭窯（一）

藤明月輕嘆道：「想不到還有這許多波折，這本手記連同背包，都被放在殛神村大殿裡，看來主人確實到過此地，也不知最後有沒有找到神像。」

阿豪和臭魚都說：「那個人進山後就此失踪，估計是兇多吉少了。」

我覺得這個本子裡記載的事情似曾相識，恍恍惚惚想起前事，內心惆悵茫然。我告訴其餘三人，手記的主人千真萬確是死於一九八〇年，因為先前在藥舖裡我做了一場噩夢，與這考古手記裡的事件驚人相似。具體經過是咱們在藥舖裡遇鬼迷路，逃進了深山中的一個村子，村中古墓裡埋葬著「門」，它引發的地震會使整個村子的時間、空間都被移位。一九八〇年那個考古隊員想將青窈從村子裡帶走，卻被村長騙到「殛神村」殺害，這直接導致青窈死後前來復仇。隔了二十幾年，今天又到了地震的時刻，所以時間停在了深夜兩點，阿豪在隧道裡被火車撞死，藤明月則被村裡的亡魂抓進殉祭銅棺，臭魚在陰間魂飛魄散了，我死裡逃生從夢中驚醒，才發現眾人都好端端地在屋裡坐著。

這場噩夢真是可怕，簡直像是上輩子的親身經歷，我甚至有種虛實難分的感覺。倘若僅是南柯一夢，為什麼我能事先在夢中預見那座唐代古墓的秘密？可如果都是事實，為什麼本該重複發生的事情，卻又與噩夢中的經過完全不同？陸雅楠失蹤之後，咱們在高速公路上出了事故，誤入這座從無活人居住的「殛神村」，而不是在「埋門村」裡逐一死亡。

我以為說出這番話的後果，多半會被視作腦子短路，但那三人聽罷皆是若有所思，默然不語。

過了許久，阿豪說道：「我相信你說的全是實情，因為在隧道裡遇上火車的經過，我感同身受。」

臭魚連連點頭：「是夠邪門兒的，這些事我好像真的經歷過，可不知為什麼全給忘記了，要不是有人提及，恐怕永遠也想不起來了。」

藤明月問道：「既然在埋門村裡的死亡經歷，真實發生過，那眼下經歷的事情該如何解釋？」

我說：「以我個人的理解，是由於『門』的震動，使這裡的時間扭曲了，咱們並非死而復生，而是再次經歷了深夜兩點這個時間，其餘的事我就無法解釋了。」

阿豪了解一些宿命論的觀點，如果一個人已經死在某一時間，即使他能夠再次經歷死亡的過程，也絕不可能改變死亡的結果。

不過阿豪也感覺我做出的猜測自相矛盾，以前有部電影叫《土撥鼠之日》，內容是一個男子每天起床醒來，都發現時間倒退回了前一天，他一遍又一遍反覆經歷著相同的二十四小時，除了他自己之外，其餘事物的軌跡毫無變化，別人也都沒有察覺到異常。然而為什麼這個人能在重複的時間中保持記憶？電影最後也給不出合理解釋，因此這片子的理論邏輯站不住腳。試問咱們四個人當中，有誰可以解釋出——為什麼仍然記得在「埋門村」裡經歷過的事情？

我想破了腦袋也回答不出，只好暫時將這個疑問放下。如今得先想個法子從「殛神村」裡逃出去。按考古手記中的記載，整個村子裡的土俑，都是拿人皮紙糊的，想不到年久為怪，遇著陽氣便會撲人，大夥被它們堵在大殿裡出不去了，要坐以待斃不成？

阿豪皺眉想了想說：「手記後面還有張地圖，大概是那尊神像在地底的位置，而暗道就在這大殿裡，是眼下能找到的唯一出路。但它很可能是條死亡之路，因為考古手記的主人進去之後再也沒能出來。」

藤明月不主張進入暗道，她認為「殛神村」裡處處古怪，想像不出幾百年以前究竟發生過何等恐怖的事情，才使它變成生人勿入的禁地。當年那些村民為什麼要將古樹運進來？那暗紅色的微光到底是什麼？還有這尊不知來歷的神像，以及村中遍地皆有的大坑，都還是懸而未決的謎團，如今諸事不明，這麼做未免太冒險了。

阿豪說：「出不了大殿終究是個死局，從地圖上看，『殛神村』下面是個大洞，一直通到山裡，雖然十分凶險，但眼下別無選擇，也只能走一步看一步了。」

我和臭魚點頭同意：「一分膽量一分福，十分膽量做總督。萬一是條死路，那就認命罷了。」

臭魚隨即拔下供桌上的青銅燭台，那燭台又尖又長，而且頗為沉重，掄起來就跟一柄「鋼鐧」似的，將它拿在手裡防身，也能添了幾分膽氣。

我們按照手記地圖上標註的方位尋找，發現泥胎塑像背後即是洞口，寬窄只容一人通過，豎井般蜿蜒向下，進去二十幾公尺深就到底了，裡面十分寬闊，地勢上圓下方，內部鋪著整齊溜光的長磚。

從地圖上來看，這「殛神村」下面有個地洞，位於古殿後方，那尊「神像」就在其中，周圍則是幾個長方形坑體，都有甬道相連，規模相當可觀，估計整個村子的地底都被掏空了。

甬道裡又悶又熱，手電筒的電池已經耗盡，眼前漆黑無光，幸好從大殿裡拿了根牛油蠟燭，皆有兒臂粗細，也不易被風吹滅，我便掏出打火機點起蠟燭。據阿豪說，平常的蠟燭再長也燒不了一夜，而供神的蠟燭一寸就可以點一個通宵，因為其中加入了蜜蠟、松脂、槐花，他老家祖先堂裡便有這種牛油長燭。

我剛用燈燭照亮了甬道，忽聽身後「啪嗒」一聲，好像有東西掉在了地上。我捧著蠟燭轉身查看，見是藤明月爬下甬道的時候，把身上的錢夾掉落了，我蹲下去幫忙撿起來撫去塵土交還給她。我無意中看到錢夾裡，有張藤明月和另外幾個年輕女孩兒的合影，就隨口問了一句：「這都是你的學生？一共是幾朵金花？」

藤明月點了點頭，接過自己的照片來看了一眼，這本是一個下意識的舉動，但她臉上的表情突然僵住了。

饅頭窯（二）

我看藤明月像是看到了非常恐怖的東西，立刻問道：「照片有什麼不對？」

藤明月失魂般沒有反應，我又問了一遍，她才把照片放回錢夾，低著頭說：「沒什麼，我只是想起雅楠了……」

前邊的臭魚催促我快走：「你平時常說自己只喜歡胸大無腦的女人，管人家學校幾朵金花幹什麼？咱們現在都快走投無路了，你還惦記著採花呢？」

我不免有些尷尬，只好澄清道：「你們怎麼盡往歪處想？千萬別誤解我的意思，此胸大非彼胸大，常言說得好——男人心寬走天下，女人胸大……女人胸大吃四方。」

藤明月說：「你用不著解釋了，越描越黑。」

這麼一打岔，我就把藤明月看到照片時古怪的神情忘在腦後了。隨即在甬道裡摸索向前，藉著燭火照明，可以看到甬道前邊分為三條路，兩邊各是一個百公尺見方的洞穴，被挖成了洞室模樣，裡面填滿了深紫色的古樹軀幹，壁上畫著彩繪。

我聞到有陣微香，便用短刀去削樹根，木質隨刃而捲，削下來放在嘴裡試著咬了一下，質地柔韌。當年善友太子迷路誤入「殛神村」，曾看到大批村民往山裡運送金絲楠木，這種異常罕見的楠木，僅在楚夏之地才有，而且生長於深山窮谷，每株楠木的歲月無人可知，難測百年千年之齡，只能全部用千年古楠相稱，現在早就滅絕了。

如果當年有這種古樹被大風拔起，橫臥在沙土河床中，經過千年不朽，人們發現它後往往截木為棺。楠木棺材埋到墳裡，水土不侵、蟲蟻不穴，所以價值千金，儘管價格極高，也仍是可遇而不可求。

我們舉燭照看，見地底下不知埋了多少整株的千年楠木，皆是心生駭異。我心想：這村子莫非是囤積楠木做棺材，得做多少棺材？但地洞裡十分乾燥，楠木在裡面越放越枯，也不像是要做棺槨。

我們只想盡快找條路離開「殛神村」，估計洞室深處空氣不得流通，腐晦之氣進去就能把人憋死，不敢貿然進去察看，於是由甬道徑直向前。但越走越是枯熱，使人焦躁，似乎在接近一座巨大灼熱的火爐。

臭魚說：「咱在高處看到村子裡有片暗紅色的微光，那地方該不會是一座火山口吧？」

我說：「此處倒像是座燒磚的窯洞，這些古磚都是中空隔熱的耐火磚。」

臭魚不信，他用銅燭台敲打牆壁，發現方磚裡果然都是空心。

阿豪奇道：「沒準兒這座村子下方是個大火窯，那些千年楠木都是用來燒火的。」

我感到莫名其妙：「楠木自古罕見，誰會捨得用它們來當木柴？」

藤明月祖輩曾開設過窯廠，她對此多少有些了解：「我聽人講楠木年代愈久，燃燒起來越是熾熱。」

我和臭魚等人皆是外行，聽了藤明月的解釋，才知道同樣是火，也大有不同。自從燧人氏上觀乾象，下察五木以為火，世人就開始識得火性了，但古代無法測量火焰熱度，只有通過肉眼觀察，當窯內達到上千攝氏度高溫的時候，火焰會呈現出白色。鑄銅器或燒造彩瓷土俑，都對火候的要求極為嚴格，除了要有懂眼的人看窯，還得適當選取五木。那五木分別是「棗、榆、桑、柞、槐」，窯匠會根據季節天時變化，依次選取這五種樹木作為燃料，否則燒出來的器品就會開裂生變。而楠木生性陰沉，放在地底變枯之後，可以燒成遇水不滅的熾白烈焰，如同煉獄裡焚燒厲鬼的業火。

我們聽罷都是滿腹疑惑，這「殛神村」下的大火窯裡，是不是煉著什麼怪物？那尊神像究竟是個什麼東西？我又想起墜機事件倖存者在深山裡吃了「肉身菩薩」，不過這村子裡的神像是在地底，應該不是所謂的「肉身菩薩」。不到窯洞深處看個明白，終究猜不出兩者有沒有關聯，但那窯洞內若真有陰火，只怕眾人到不了近前就得變成烤鴨了。

這時一座拱形石門出現在甬道盡頭，石門上雕刻著兩位身披甲胄的武士。古代門神眾多，從神荼和鬱壘，到秦瓊和尉遲恭，以及鍾馗、魏徵、銚期與馬武，還有關羽與周倉、焦贊與孟良，乃至十三太保李存孝，我實在辨認不出這裡刻的到底是哪路神明。唯見石門半掩半開，有道縫隙可以容人鑽入，拿手一摸都是熱的，腳下隔著鞋子也覺得滾燙，但還沒到承受不了的地步。

我們知道往回走是死路一條，抱著僥倖心理，覺得「殛神村」荒棄了數百年，窯窟雖有餘溫，總不至於把人烤成焦炭，古時還不是從這條甬道向窯窟裡搬運楠木。當下穿過石門，走到裡面看清地勢，心裡都是一顫。就見門後是個天然生成的岩洞，上方有天窗般的洞口，高約二十幾公尺，底部鋪設著幾公尺厚的耐火玄石，形狀像是個隆起的蓋碗，直徑在百公尺開外，下邊就是窯膛，有些地方的窯壁已經開裂，到處是裂痕和窟窿，能看到整株整株的千年楠木被截斷填進膛內，裡面暗紅色的灰燼忽明忽暗，似乎有絢麗的鐵水流動，灼熱異常。

阿豪駭然失色：「從高處看到的微光，果然是個窯窟，那本考古手記的主人大概就葬身於此。這村子除了他之外，至少幾百年沒人來過了，為何火膛裡的灰燼仍然如此熾熱？」

我舔了舔乾裂的嘴唇，說道：「這是窯膛嗎？天底下哪有這麼大的火窯？」

藤明月說：「民間俗稱這種火膛為『饅頭窯』，『殛神村』地底果然是個規模龐大無比的窯窟，周圍那些掏空的洞室，都是為了使楠樹軀幹變枯，甬道則是添火的，可什麼東西才需要用如此之大的『饅頭窯』燒煉？」

地圖上畫得非常清楚，「饅頭窯」的對面還有另外一條甬道，那也是從地底逃離「殛神村」的唯一途徑，但要抵達那座石門，就必須從窯壁上走過去。

臭魚說：「我看繞過裂痕跑到對面還成，若是在窯壁上停留的時間過長，腳底板兒就得變成焦炭了。」

我們是一刻也不想多耽擱，當即橫下心來，貼著洞壁迂迴向前。這地洞周圍有許多向內凹陷的巖穴，站在甬道盡頭看不到裡面的情形，走近才發現其中有人皮紙俑站立。那人皮紙積年被高溫烘烤，身體已是枯萎收縮，臉上的油彩也都化掉了，只剩下兩眼和嘴巴的窟窿，近處觀看更顯得怪異可怖。

走在前邊的阿豪從那人皮紙面前經過，心底不禁有些發怵。他可能是打算伸手將紙俑向後推開，不料那人皮嘴中突然冒出一道黑煙，阿豪躲避不及，被那團黑煙嗆了一口，身子一歪栽倒在地，臉頰和手接觸到灼熱的窯壁裂痕，只聽「呲」的一聲，頓時冒出一股皮肉焦糊的氣息。「饅頭窯」裡隨即傳來一片震動，似乎有個龐然大物正要從裡面爬出來。

饅頭窯（三）

我估計是人皮紙俑裡面積滿了煙灰，受外力作用噴出黑煙，但由於事發突然，我們當時根本來不及做出反應，等發現情形不對，阿豪已經被煙塵嗆得不省人事。

我們三人合力將他從地上拖起，剛想從原路退回甬道，誰知洞窟深處傳來的震動，使身後的幾塊窯磚塌落，哪裡還過得去人。

我不知阿豪生死如何，心裡不免慌亂，只好撥開那具人皮紙俑，同其餘兩人將阿豪拽進巖穴。一看阿豪臉頰和雙手焦糊，雖然他神志尚在，但嘴裡不能說話了，呼出來的氣息都夾雜著黑灰。

我暗中叫苦，曾聞人的肺是三斤三兩重，肺管有節，左通氣嗓，右通食道，總計六葉兩耳，三八二十四個窟窿，六葉在前，兩耳在後，呼吸全仗肺部起合。看阿豪這狀況應該是煙灰入胸，催得肺部撐開，再也攏不住肺葉了。

這時窯壁不住顫動，其下煙騰火熾，身上的汗水不等流到地上，就變成了氣態。我只覺嗓子眼兒裡冒火，幾欲虛脫倒地，眼見甬道回不去了，而「殛神村」地下的饅頭窯也將要崩塌，不由得額上青筋直跳，大聲向另外兩人叫道：「不想變烤鴨的就豁出命去往前跑，腳底下千萬別停！」

我們當即架起阿豪，踩著沒有裂開的窯壁，從岩洞邊緣迂迴向前移動，走不到半途，「饅頭窯」頂端的洞口轟然開裂，下面伸上來一隻漆黑如墨的大手。

我看得汗毛直豎：「老天爺，殛神村地底的東西究竟是個什麼？」

藤明月失聲叫道：「是那尊四面神像的真身……」

話音未落，窯壁又塌了一片，這「饅頭窯」處在岩洞深處，窯頂從中隆起，此時崩塌了多半邊，下面猶如無底深淵。那裡面是尊妖邪的神像，它齜牙咧嘴，四首八臂，遍體漆黑，在業火中呈現出深紅。

我見阿豪死得如此之慘，心似被尖刀戳中，但那如同來自阿鼻地獄裡的無間業火，正在迅速蔓延開來，只好和臭魚兩人強忍悲痛，踉蹌著腳步追上藤明月，拚命跑到甬道石門前。

甬道入口已被塌方掩埋，黑暗中不知逃出來多遠，四周終於變得寂然無聲。等氣喘吁吁地停下腳步，我這才發現自己的鞋底都燒穿了，幾乎是光著腳跑到此處，足底已是血肉模糊，但也感覺不出疼了，又想起阿豪慘死在「饅頭窯」，更是傷心欲絕。

我心中沮喪至極，呆坐在甬道裡一言不發，臭魚則不住地搖頭嘆息，他兩眼發直，口中只是反覆在罵：「我日他大爺的……我日他大爺的……」

藤明月擔心我們精神崩潰，在旁好言相勸，然後從我身邊找出那截熔掉多半的蠟燭，用打火機點燃照明，又將手帕扯開，替我包在腳上。

我藉著光亮看到臭魚和藤明月的臉色，都如死灰一般，嘴唇上全是裂開的血口子，想必自己也好不到哪兒去。這時我有種切實的感受——記憶中在「埋門村」的遭遇，並非是我們幾個人同做的噩夢，眾人是陷入了一個死亡的循環，每當全部死亡之後，一切就會重新開始，這可能與「門」所引發的地震有關。

不過我完全想不明白，為什麼「饅頭窯」裡燒造的神像突然活過來了？為什麼說這座村子是個「祭品」？許多謎團在考古手記中也找不到答案，畢竟這本手記的主人，也同我們一樣是外來者，鬼知道「殛神村」裡究竟有多少秘密？如果揭開這些謎團，我們是否就有機會從死亡的命運中逃出生天？

我的思緒越陷越深，除非擁有「上帝視角」，否則誰能洞悉這千年的迷局？但命運是片漆黑的荒原，只有走過的地方才會出現道路，與其在此怨天尤人胡思亂想，還不如從這條甬道繼續向前，看它最終會通往何處。

藤明月和臭魚都同意我的想法，這條甬道位於村後，兩旁好像沒有岔路，雖然前途未卜，但一直往深處走下去，至少能離「殛神村」越來越遠。主意既定，當即抖擻精神起身而行。

甬道漫長曲折，地勢起伏蜿蜒，整體呈抬升趨勢，我走著走著，不覺想起一件怪事，藤明月看到她自己錢夾裡那張照片的時候，臉上帶有明顯的恐懼之意，我當時雖然沒看仔細，可我還是可以確定那張照片裡沒有什麼可怕的東西。

此事頗為蹊蹺，我尋思要找藤明月問個清楚，卻已行至甬道盡頭。原來這條甬道通著高山懸崖，洞口鑿在古樹倒懸的峭壁當中，下臨虛空，黑茫茫難窺其底。我們也不敢探頭太深，唯恐失去重心一頭栽下去。

洞裡有座神龕，猶如田間地頭的土地廟一般低矮簡陋，至多能容一人蜷身在內，其後有石獸馱著巨碑，讓塵土埋住了多半截。那神龕裡赫然是具男屍，衣冠早已風化，但體態肥白，黑髮黑鬚，面容膚色皆與生人無異，要不是沒有呼吸、心跳，誰也不會把他當成死屍。

我們三人見狀面面相覷，解放前有架飛機墜毀在「門嶺」，倖存下來的乘客發現了「肉身菩薩」，餓紅眼的倖存者求生心切，迫不得已將他當成了食物，回去之後變成了非人之物，不飢不渴、不老不死，雖然還活著，但卻變成了沒有魂靈的軀殼。

此時看這具「肉身菩薩」毫無缺損，另外他出現在這條甬道盡頭，看來果真與「殛神村」有很深的聯繫。

我們隨即發現，「殛神村、肉身菩薩、饅頭窯」裡的所有秘密，其實全都刻在那塊古老的石碑上。

刻在古碑上的第六個故事　美人祭

大唐貞觀年間，驢頭山人誅「門」成功，他的徒子徒孫都成了守陵人，僻居在與世隔絕的深山中。每隔一些年頭，村子裡就要用活人殉祭，鎮壓「門」的陰魂，但這無異於飲鴆止渴，怨念越積越深，遲早會釀成更大的災禍，村人無不以此為慮。

直到元世祖在位時，村中出了個異士，姓韓名胄，素有奇謀巧智，擅長爐火形煉之術，他在「眠經閣」中翻閱古籍文獻，想出一條永絕後患的「填門」之策。

原來當年衛國公李靖遠征吐谷渾，在積石山遇「門」，那是個天地未分之時就已經存在的蟲卵所化，刀劍水火俱不能傷。它終日沉睡不醒，一旦有所異動，頃刻間就能將整座城池吞下，使無數軍民葬身其腹。李衛公束手無策，只好求助驢頭山人。驢頭山人的元神進入「門」中，才使此蟲斃命，然其陰魂作祟至今。

而這當中還有個細節很容易被人忽略，只在村中最古老的文獻中有零星記載，無非隻言片語，那是李衛公曾從「門」的身上，剜下一塊肉來。但是怪蟲被剜掉肉的部分，沒多久便恢復如初，這塊肉後來也被埋到村子裡了。

韓胄大奇：「那巨蟲從天地開闢以前既有，一向不受物害，李衛公為何能從它身上剜肉？」

這件事只有村子裡年紀最老的人才知道原因，當年李衛公拜訪驪頭山人的時候，也曾言及此事。

相傳李衛公姓李名靖，字藥師，生來氣識恢宏，風度衝邈，文武才略兼備，未遇時常在山中射獵。某天他撞到一頭九色麋鹿，此鹿頭頂枝杈如冠，目射神光。李靖舒展猿臂，彎弓搭箭正待射殺，那麋鹿卻極為機警，竟然有所察覺，撒開四蹄遁入了山谷。他在後緊追不捨，不想墜入山中一個地洞，等醒來的時候發現自己處在洞底，多虧被枯樹擋住才得大難不死，頭頂僅懸青天一線，他本事再大也爬不出去，只好點了火媒棒照燭尋路。李衛公摸索著走進一條裂縫，在漆黑的地底走出很遠，忽然見到一片氣勢雄偉、規模龐大的城池，城中金碧輝煌宮宇連綿，用魚油燃燈，長明不滅，更陳列著無數奇器異怪，但其中冷森森的鴉雀無聲。他心中又是驚奇又是駭異：「這裡是什麼地方？沒聽過哪個皇帝在地底下蓋宮殿，莫非是走進了哪座皇陵地宮？」

李衛公仗著藝高膽大，持劍穿過城門走進地宮，那城門兩側有龍虎玉獸，獸背馱有古罐，上塑人面五官，輪廓起伏傳神，色澤殷紅猶如鮮血，放在那兒好像是用來鎮壓妖邪。他拿到手中剛想觀看，卻從那宮門裡並肩走出兩個人，生得臉如滿月，一個身著紅衣，一個身著白衣，面貌則是一惡一善，看樣子都像殿前聽命的侍官。

紅衣人見了李靖立刻瞪目叫道：「生人何敢到此？」白衣人則勸道：「此人姿貌魁偉，當是佐王之材，吾等不可慢待。」

李衛公暗自異之，立即上前施禮，自稱因追趕麞鹿，誤墜此地，「請問兩位御官，這座宮殿到底是什麼所在？」

那二人說道：「此處深不可及，誰進來也別想活著離開，念你限數未到，可以破例指點一條出路。」

李衛公連忙道謝，他看這座地宮詭秘古怪，恐怕多留無益，就請教那二人出路在何處。

誰知那白衣人卻閉口不答，抬手指了指紅衣人的耳朵，似乎是讓李衛公湊近觀瞧。

李衛公不知何意，就走到紅衣人跟前，往其耳內窺探，卻見沃野千里，崇山峻嶺隱約可見，忍不住驚訝得叫了起來，他正想回身詢問，背後卻被人用力推了一把，不由自主地向前撲去，竟然跌進了那個紅衣人的耳中。

李衛公如墮霧中，只聽耳畔呼呼生風，渾渾噩噩不知自身所在，等他明白過來，發現自己躺在追趕麞鹿的山谷前，從地宮裡拿的古罐還捧在手中。

離開山谷後請人辨識古罐，得知此罐稱為「亭壺」。古之陶瓷罕有血色，那是用了春秋戰國時的人殉古法，喚作「美人祭」，成形後陰氣凝重，鬼神皆懼，世間僅此一件，據說當年為秦始皇陪葬於驪山。

這個古罐畢竟是用「美人祭」燒製而成，又得自陵寢地宮，李衛公遂以為不祥，沉於一處枯井。幾年後他於長安被李世民召入幕府，充作三衛，自此南征北戰，為大唐王朝開疆拓土，立下許多不世奇功。

卻說李衛公在積石山遇「門」的時候，眼見刀斬火焚都無濟於事，立刻派心腹人去那口枯井裡尋找「亭壺」，結果只找到一塊殘片，才從「門」的身上剜下一塊肉來，那古罐殘片上的紅痕卻就此消失，變得與尋常陶罐沒有任何區別了，李衛公無奈，只得前往青石洞請驢頭山人相助。

韓冑得知這些情況，認為埋在古墓裡的「門」雖然死了，但陰魂不去，它既與天地同出，也當與天地同盡，絕沒有辦法將其徹底誅滅，如果每隔十幾二十幾年，就用一個女子填入「門」中，不知哪年哪月才算盡頭。何不使用春秋戰國時傳下的美人祭古法，造出一尊陰氣更重的飲血金剛之像，將「門」封在裡面，使它永不出世。並立下重誓，擔保不會出半點兒差錯，否則他甘願把當年李衛公割下來的肉吃了。

村長聽罷，深以為然，就於山中挖個大窯窟，取千年古楠樹引火，但要想把「門」封住，可不比燒造陶器、瓷器簡單，燒出那尊飲血金剛，首八臂，器形龐大。更需有許多女子殉窯，使亡魂被業火燒鑄在神像上。四村子裡的人世代看守古墓，就像被一個詛咒束縛住了，誰都想讓「門」永遠關閉，所以行事不惜代價，但即使是這樣，殉窯的活人也遠遠不夠，只好又從山外綁來許多人。

由於燒祭儀式過於殘酷，為防有變，韓冑特地安置了祭中祭，也就是造了座瓦村紙人，安撫那些死於「美人祭」的亡魂，稱為「殛神村」，所以才說這整個村子都是祭品。終於到了封窯燒祭的時刻。窯溫最難掌握，火候、氣氛、時辰稍有差錯都難以成功，況且人算不如天算，也說不清哪裡有失誤，反正最後是功虧一簣。窯底封滅之後，那些被獻祭的無辜者深重的怨念竟使鬼火湧出，把在場所有的活人，包括村長在內，全部燒成了灰燼。

這時「門」也發生了震動，平息後整座「殛神村」就憑空消失了，它似乎是受地震影響，掉進了生死兩界的裂縫之中，只有「門」再次震動的時候，才會在深山裡看到那團鬼火。

村子裡有很多人因此而死，從此人口銳減，逐漸開始衰落。倖存者們被迫封堵了通往「殛神村」的隧道入口，又因犧牲太多無辜，沒面目同師祖交代，是以後人對此事絕口不提，隨著時間的推移，知道詳情的人越來越少。

當年那位韓青倒是命大，僥倖從「殛神村」裡逃脫，他也是悔恨交加，依誓將埋在村子裡的那塊肉吃下，隨即坐在地上咬舌而亡，一縷魂魄直入「門」中，只留下軀殼如生，被人收殮在此處山洞，並立下石碑戒示後來者。

我和臭魚、藤明月三人，拭去古碑塵土，詳細觀看了一遍，心底的許多疑惑，至此終於盡數解開了。

臭魚說：「我看這韓青敢作敢當，也不枉是個爺們了，值得受我老于一拜。」

藤明月嘆息道：「敢當有什麼用，搭進去這麼多條人命，當初還不如不做。」

我說：「此人畢竟是為了把『門』徹底封住，並不是為了滿足一己之欲，只不過失敗了死的不只是他一個，使深山裡又出現了一個比『門』更恐怖的東西，得失對錯就任由後人評說了。」

臭魚點頭道：「咱們當下的麻煩也不小，還是別替古人擔憂了，你們說咱這就算逃出殛神村了嗎？」

我對其餘二人說，按照古碑上的記載來看，整座「殛神村」都掉進了生死兩界間的裂縫，只有在「門」震動的時候才會出現。手記主人在一九八〇年到村子地底尋找神像而死，與咱們在高速公路迷失方向，誤入「殛神村」，同屬這一時刻。但生死兩界之間的裂縫，又是一個什麼概念？

臭魚說：「如果阿豪還活著就好了，咱倆這腦袋加一塊兒也不如他轉得快。」

我聽了這話，心中也自黯然，如今卻只能摸著石頭過河了，想想前邊發生的事情，大概是眾人在經歷了唐代古墓附近的死亡事件之後，由「門」所引發的地震，使周圍的時間形成了漩渦，所以又重新回到了深夜兩點，而空間也被扭曲了，所以我們找到了來時的高速公路，這也是造成陸雅楠失蹤的原因。

隨後我們四個人駕車駛入高速公路，從此進入了「裂縫」，當我停下來做記號的時候，發現後視鏡裡有光斑接近，其實那只是高速公路上正常行駛的車輛。

我根據這些情況，推測那段高速公路，以及這處裝殮「肉身菩薩」的山洞，都是裂縫的邊際。

臭魚說：「這事沒憑沒據的，無非是主觀臆斷罷了。」

藤明月醒悟過來：「解放前發生的墜機事件就是證據？」

我說：「沒錯，那次墜機事件的倖存者，也是在這個山洞裡發現了『肉身菩薩』，但石獸所馱古碑上關於『美人祭』的記載，可不是誰都能看懂的，要不是有你，我們到此也只能看著它乾瞪眼了。墜機倖存者為了求生，吃了這古屍身上的肉，從而走出了深山，這就表明他沒有掉進裂縫，否則不可能逃出去。」

臭魚似懂非懂地聽明白了一些，問道：「這是不是就意味著咱們也能逃出去？」

我和藤明月都覺得沒這麼簡單，墜機倖存者進入這個山洞的時候，「門」應該沒有發生震動，所以完全不知道「殛神村」的存在，而我們走錯一步，可能就要墜入黃泉萬劫不復了。

藤明月說：「韓冑屍體旁的古碑上記載甚詳，也許這上面指出了逃離殛神村的方法。」她說完捧起蠟燭，再次去端詳碑文，果然在石碑後面發現了一些陰刻，那是一人一鬼的圖案，臉部各指一方，她輕呼道：「應該是這個方向……」

我心中一動，按照人形所對的方向找去，就見洞壁從中裂開，裡面深不可測，這山洞裡處處漆黑，若非刻意接近，倒是不易發現。

臭魚喜道：「從這裡一直走出去，就能離開裂縫？」

我點了點頭：「看來八九不離十了……」話是這麼說，心裡卻沒任何把握，咬牙忍著身上燒灼的傷痛，一步一挪地走了進去。

藤明月和臭魚也從後面跟來，我邊走邊問藤明月：「你看到自己照片的時候臉色不太好，到底是怎麼回事兒？」

藤明月說：「我先前想起拍那張照片的時候，是剛和同學們在放映室看完一部美國電影，陸雅楠也在，片名是*Memento*……」

我和臭魚都對這部片子十分陌生，應該從來沒看過，聽名字好像有「紀念品」的意思，卻不知是什麼內容。

藤明月說：「這部電影的主角，由於意外事故導致頭部受傷，只能記住短期之內發生的事情，他必須不斷把自己找到的線索記下來，因為很可能十幾分鐘後，他就根本無法記得自己在什麼地方、來做什麼。」

我十分奇怪：「*Memento* 又不是恐怖片，至多算是驚悚懸疑吧？你當時的臉色卻為什麼這麼難看？」

藤明月說：「我只是有種很不好的感覺，就像咱們此前把發生在唐代古墓裡的事兒都忘了，直至看到考古手記才重新想起，會不會還有更多的記憶被遺忘了？」

我聽到這裡，也有些感同身受。據聞金魚的記憶力只能維持三秒鐘，比如它在一個環形管子中循環游動，每當重複一圈，對它而言都是初次經歷，因為它對上一圈已經沒有任何記憶了。「門」的震動，使村子周圍的時間變成了漩渦，我們在這裡至少經歷過了一次死亡，如果我們是在一個重複的時間內，一遍又一遍重複經歷著死亡事件，而受自身記憶所限，每次都抱著能夠逃生的希望前去送死，簡直沒有比這更恐怖的事兒了。但願這不是事實。

那山洞深處逐漸寬闊，似乎已經通到了山下，又漸漸起伏上行，周圍不再有逼仄壓抑之感，腳底軟軟的都是塵土。

臭魚遠遠地看到斜上方有一絲光亮透下，急忙指著那裡讓我們看。

我和藤明月揉了揉眼定睛看去，確實有道天光，求生的慾望變得分外強烈，三人立即振作精神，手腳並用順著斜坡往上爬。

這時身後突然傳來震動之聲，山洞從底部裂開，黑霧四處瀰漫，裂痕迅速向上延伸，濃霧中浮現出一個巨大的陰影，形質變幻難測。

我心驚肉跳：「真他娘的該死，地底那尊神像也從裂縫裡爬出來了……」

臭魚駭然道：「村子塌進了窯內，不是將它埋住了嗎？」

藤明月說：「石碑上記載的非常明確，這是千百個殉祭亡魂聚集的幽體，一旦饅頭窯裂開，那座殛神村根本壓不住它。」

我看濃霧中的陰影已離我們越來越近，哪裡還敢再看它一眼，對藤明月和臭魚叫道：「快逃！」

三人不顧一切地向斜坡上攀登，此刻震動變得更加劇烈，臭魚心慌，撲倒在地摔了個狗啃泥，竟順勢向下滑落。我伸手去拽他的胳膊，也被下滑之勢拖倒，我見藤明月也想過來幫忙，趕緊叫道：「你先走，別過來……」

這話還沒說完，地裂就已經延伸到藤明月身邊，她猝不及防直摔下去，被那尊從霧中探身而出的神像，伸出巨掌按在了石壁上。

我見藤明月死於非命，不由得急火攻心，眼前一陣陣發黑，只想盡快把臭魚拽起來。可地層不斷崩落，臭魚身在半空無從著力，我手臂已經麻得沒有知覺了，又哪裡拽得動他，傾斜的地面垂直裂開，底下猶如萬丈深淵，我們所在的位置隨時都會坍塌。

臭魚仗著身手矯健，跟條黑泥鰍似的渾身是勁兒，他用盡腰腹之力擺動雙腿，用腳尖夠到岩縫，剛要從裂開的地面上去，卻見那霧化的神像已近在咫尺了。他忽然抓緊我的手臂大叫道：「咱不能全死在這兒，出去一個是一個！」隨即將兩腳在岩壁上一蹬，合身跳向地底，那神像的幽體緊隨不放，轉瞬間消失在了黑霧中，再也沒有任何動靜。

周圍一片死寂，我絕望至極，伏在地裂縫前張大了嘴，想喊卻喊不出來，此刻我猛然醒悟過來，在第二個循環中沒有遇到青窈，因此沒有發生鎮門儀式。那裂開的深淵猶如黑洞一般，應該就是「門」在吞噬一切，而處在裂縫中的神像掉入了「門」中，我現在完全可以轉身逃出去，但阿豪、臭魚、藤明月就將永遠陷進黑洞，連魂靈都不復存在了。

我看了看手錶，時間還在兩點整一動不動，這說明「門」的震動還沒徹底停止，如果我也死在此地，眾人是否還要重新經歷這場噩夢？我放棄了獨自逃生的念頭，正尋思我應該趕緊把這些事兒，該用短刀刺在手背上，以防在死循環中忘記了前事。

不料傾斜的地面忽然動了起來，坡度越來越陡，由傾斜變得垂直，我身無所依，「呼」的一聲向下墜落，腦子裡變得空空如也。恍惚中被人拽了一把，我猛地睜眼一看，見是坐在自己車子後座，外邊的雨下得正大，阿豪在前面開車，臭魚則伸手拽我：「你怎麼睡不醒了？雨下得太大了，路上不安全，不如在路邊找個地方過一夜，等天亮雨停了再走。」

阿豪也說天黑路滑，為了避免事故，得就近找個地方過夜。

這時臭魚發現前邊不遠處，隱隱約約有些燈光，把車開到近處，能看到那幾間房屋的門面是個藥鋪。

我腦中昏昏沉沉，使勁兒搖了搖頭讓自己清醒一些，看著車窗外說道：「這場暴雨來得好急，看來今天晚上肯定是回不去了。」

附錄

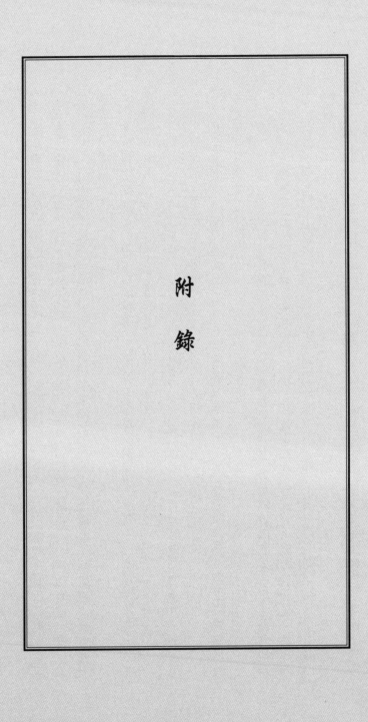

謎咒

據說早年間有個進京趕考的書生，因其家境貧寒，所以一心想要考取個功名來改變現狀，光宗耀祖。他在鄉下奮發苦讀，但連著考了幾年，都是名落孫山，無功而返。書生不但不氣餒，反而暗下決心，發誓不考出個功名來決不罷休。這次科舉，他繼續來到京城，準備再次搏試一番。

書生每次進京，所帶的盤纏很少，所以歷來他都會租住在京郊的一處荒園之中。一來食宿費用不高，二來荒園地處偏僻，可以安心備考，不怕被人打攪。

一天晚上，皓月當空，星雲密布，書生一人在園中徘徊。想起在家刻苦讀書，歷年上京都失望而歸，不覺心中惆悵萬分。於是對著晴朗的夜空，吟起愁詩來。

就在書生吟罷詩的最後一句時，忽然牆頭處發出一陣女子的笑聲。書生順著聲音看去，發現原來是一妙齡少女正扒在牆頭上看著自己。

書生見那女子容貌清秀脫俗，不禁心中竊喜，暗想可能是附近的哪家小姐，聽到他吟詩的聲音，理解其中悲愁滋味，被其吸引而來。於是急忙整理衣冠，開門去迎接。誰知他走出門外，舉起雙手剛要行禮，竟發現在牆頭外面，是一條一人多高的大蛇，蛇身足有碗口粗細。

往上看去，蛇頭竟然是他看見的那個女子。看到書生出門，那美人蛇退下牆頭，慢慢靠近書生，一邊行進，一邊對其眉眼挑逗，嫵媚至極。

書生見狀，立刻嚇得汗毛倒豎，轉頭就跑回屋中把房門反鎖，蜷縮在角落裡瑟瑟發抖。不一會兒，就聽門外那女子聲音呼喚其名字，並且敲門聲連連。

書生緊閉雙眼，摀住耳朵，大氣都不敢喘一口，就這樣漸漸熬到天明。聽門外聲音逐漸消失，書生立即收拾衣物，匆匆逃回了老家。

其實書生在住處遇到的，並不是什麼妖魔鬼怪，而是先前被人下了一種類似催眠術的巫咒。與他同次科舉的一個書生，乃一個官宦子弟，在了解到窮書生這次是有備而來，而且是眾多學子中最有希望拔得頭籌的時候，他便私下找了個巫師，對窮書生施了個咒術，讓他夜晚看見人頭蛇身的妖怪，好把他在考試前嚇跑，自己有機會登第。

果不其然，那屆科舉，這個官宦子弟使用此種卑劣的手段，加上其父親在朝中疏通關係，順利名列三甲。

【美人蛇】誰知他走出門外，舉起雙手剛要行禮，竟發現在牆頭外面，是一條一人多高的大蛇，蛇身足有碗口粗細。往上看去，蛇頭竟然是他看見的那個女子。

荒山驚夢

前段時間，全國各地的影院都在放映一部電影，引起了觀影熱潮，我是冒著暴雪在深夜零點看的首映，轉天想看第二遍就買不到票了，天津僅有中影的一個IMAX廳，所以真是一票難求。

這部電影就是詹姆斯．卡梅隆執導的鉅作《阿凡達》，又名《化身》，看過這部電影IMAX版的觀眾，都會被通透如水晶般的視覺效果和綺麗的冒險場面所震撼。而且在茶餘飯後，大夥也經常會對電影裡面的人物、情節和橋段津津樂道。不過《阿凡達》的拍攝技術超前，但這個故事的模式卻不能說有多新穎，至少咱們中國很早以前就有了。

話說古代的時候，有一個牧童。因父母早早地就離開了人世，所以他自小就沒有受過什麼教育，甚至連字都不認識。牧童所在村子的村民見他孤苦伶仃、無依無靠，便經常會給他一些衣物、食品之類的東西，以幫他度日。牧童就在這樣的生存環境下長到了成年。

一天，牧童去到河邊放牛，他坐在樹下看著老牛吃草，不免感嘆起自己的身世，又想到當下面對的處境，不禁難過不已。

牧童暗自愁道：「我如今已經成年，也應該是成家立業的時候。但別說上京考個功名，現在就連大字都不識幾個。而且至今都還是孤身一人，形單影隻。既沒有銀兩存於家中，也沒有一技之長學在身上。就這樣一直下去，難道一輩子只能給人放牛，到最後孤獨終老嗎？」

他越想越覺得悲傷至極，於是低頭掩面大哭了起來。這時，突然從不遠處走來了一個穿白衣之人，他走到牧童身邊停下了腳步，俯下身子詢問牧童為何在此哭泣。

牧童抬頭望去，見此人是一個白衣道人，年齡已是不惑之年。牧童把自己憂愁之事一股腦兒地全都說給了這個道人聽。道人聽罷，對牧童言道：「我觀你面容，與我道家甚是有緣。若真心求學，日後必有所成，只是現在時機未到。」道人邊說，邊從懷中拿出一個玉枕遞到牧童手上，說：「這樣吧，今日我送你一個玉枕，從今天開始，你每晚睡覺，頭放此枕而眠。過段時間，我再來找你。」

說完，道人便轉身離去了。牧童拿著這個玉枕，心中甚是疑惑：「這道人真是古怪得很，說我與道家有緣，還給了我這個破枕頭，到底是什麼用意？」他隨後也沒有多想，抱著枕頭便返回了家中。

這天晚上，牧童依照道人所說，用玉枕墊在頭下休息，不一會兒便不知不覺地睡著了。朦朦朧朧之間，牧童做了一個夢。

在夢中，牧童化身成了另外一個自己。夢中的他面目清秀、胸藏乾坤，而且還擁有一身的絕世武功。他夢到自己來到一個無名之國當中，老百姓都過著安居樂業的日子，行為語言也與自己相通。而且國內也有貴族王室、朝廷皇宮。和自己現實中的情景簡直一模一樣。

這時，牧童忽然見城內廣場之上人頭攢動，沸沸揚揚，便走過去觀看。來到跟前，發現有一座巨型的擂台擺在廣場中央，城樓上左右兩排依次坐著朝中重臣及高官宰相。中間位置有一把黃金龍椅，上面坐著一位龍袍披身、頭戴旒冕之人。問詢打聽了一番，牧童才知道，原來今天是這國內的國王正在全城為公主選拔夫婿，坐在城樓中間的那個人，正是國王本人。

選拔考試共分兩步，今天是武試。如有勝出之人，過後還要參加文試。只有兩試通過，文武雙全的人，國王才會把其招入宮中，成為駙馬。

擂台之上，報名應試的人絡繹不絕，牧童也抱著試試看的心理參與了其中。沒想到，他那一身的武功竟然無人能敵，接連上來十幾個比武之人，都被他用區區幾招，便輕鬆打下擂台，最終，牧童技壓群雄，脫穎而出。順利地進入文試。

文考在城中一座大殿之內進行，文官宰相，包括國王本人，每位出一道考題。或是對批詩文，或是論寫文章。出題完畢，傳到殿內叫牧童來做。牧童依靠其滿腹經綸、史書歷傳，閱題便答，筆走龍蛇。沒過多長時間，就把題目一一做完。國王批閱其答卷，邊看邊稱讚他是前無古人，後無來者的絕世才子，而且文武兼備，出類拔萃。隨即便下令，把公主許配給他，擇日舉行大婚。

牧童通過兩試，來到宮中見過公主，發現公主真乃一絕色佳人。不僅相貌秀美、舉止端莊，而且琴棋書畫樣樣通曉，便不假思索，滿口答應了這樁婚事。公主見牧童此人一表人才，意氣風發，也暗自高興，欣然默許了下來。

大婚之際，國王沒有讓牧童及公主住在宮中，而是在城內給他倆建造了一座碩大的豪華府邸居住，還賞賜了無數的金銀財寶供其使用。這時，牧童在夢中財富美色已經兼得，過上了無比快活的日子。就在享受這榮華富貴之時，突然雞鳴報曉，牧童大夢方醒。

第二天晚上，牧童迫不及待地早早躺在了床上，打算繼續做他的黃粱美夢。

這天晚上，牧童夢到國內要開鑿一條河道。工程之浩大，難度之艱險簡直是前所未有。國王委派幾任重臣前去監造，竟然無一人成功。

牧童自告奮勇，前去監理。不消一年工夫，他便化解了所有難題，使工程圓滿完成。國王聞報佳績，親自駕臨巡查河道盛況，看後對牧童讚不絕口，更對其恩寵有加，封官賞爵。

不想沒過多久，恰逢敵國犯境。大軍來勢兇猛，志在必得，接連攻陷了幾處城池。國內兵士死傷慘烈，將帥之人不是戰死沙場，就是被擒入敵營，國陷之日已迫在眉睫。就在滿朝文武均束手無策的時候，牧童再一次自薦掛帥，親征沙場。他帶領著國內所剩兵士，義無反顧地出城迎敵。

大戰前夕，牧童巧用了一招反間計大破敵軍，隨即率領大軍一鼓作氣沖入敵營，身先士卒地在最前面奮力拚殺，不僅將敵軍驅逐出境，還親自擒獲了敵方首將，隨即凱旋。

回到國內的他，受到了百姓的崇高愛戴，被以最高禮儀歡迎進城中。國王也把其封為了國家的英雄。全城的美女，沒有一人不青睞於他；全國的民眾，沒有一人不尊敬於他。此時，他在人們心中，已然成了一個神話般的人物，官爵已經位極人臣。

就這樣過了數日，牧童一直白天放牛，晚上做著一人之下，萬人之上的繁華美夢。時間一久，就連他自己也分不清哪個是真實的他，哪個是夢中的他了。真真假假，亦幻亦實，讓他十分迷茫。

一天正午時分，正當牧童在同一河邊放牛的時候，那個道人突然出現在了他的身邊，問道：「過了這些時日，你還分得清哪個是真正的你，哪個是夢中的你嗎？」

牧童連連搖頭，並懇求道人指點迷津。道人說道：「所謂人世百年，擁有的金錢美色、權力地位，都好比這夢境一般，過眼雲煙，轉瞬即逝。唯有勘破紅塵，修身養性，才能昇華自我。要經常從無形中領悟和觀察，又要從有形中區別萬物的不同。有和無相互存在，只有真正領悟到其中的玄妙之處，便可大道通天了。」

牧童聽完道人這席話，頓時恍然大悟，茅塞頓開，理解到了人生真諦。他拋下了所有的顧慮，立刻拜道人為師，追隨其雲遊四海，潛心修道去了。

雞井

現今武漢的漢口，古時候被稱作「江夏」，此地名是因三國時期，吳國孫權曾在此地築城而得來。到了宋代的時候，這江夏城已經變成了當時人口最為密集的大都市之一。而就在那時，江夏城中發生了一件奇事，這件事情發生後，使得江夏城中的百姓在以後的一段時間內都人心惶惶，並且不敢進食雞肉了。

事情的起因要從當時居住在城中的一戶人家說起，這戶人家姓林，因主人在當地府上任主簿一職，所以人人都稱呼他為「林主簿」。這林主簿雖然在官府任職，但是他生性殘暴，而且好賭。常常出入城中賭坊，一賭就是一夜，夜不歸宿乃家常便飯。家中奴僕也都紛紛懼怕於他，若是做錯了差事或趕上他心情不好的時候，經常是破口大罵或拳腳相加。城中百姓知道他的為人，所以都盡量避而遠之。

這林主簿家中有一女兒，別看這姓林的對外人怎樣施虐，但對他這女兒卻是百般喜愛，從小就關心備至，恩寵不斷。這女兒喜好吃雞，林主簿便吩咐僕人每日宰殺兩隻雞，以供女兒食用。

有一天，府中正在準備晚飯。剛要宰殺一隻雞的時候，突然那隻雞張開翅膀，渾身扭動地掙脫開了僕人的手，飛出廚房，朝府中後院跑去。林主簿的女兒這時正在院中獨自玩耍，見那隻雞奔跑著從眼前經過，頓時覺得好玩兒得很，隨後也跟著跑到了後院。

林府後院之中，有一口枯井。平日很少有人到此。那隻雞跑到後院，縱身一躍，便跳進了那口枯井之中。林主簿女兒見雞跳入井中，自己也跟著爬進井裡，但轉眼間便不見了踪影。

僕人追到井邊，見小姐下井後好似人間蒸發一樣不見了，立刻跑到林主簿面前，把此事告訴了他。

林主簿聽後，鞋都沒穿就趕到後院井邊，想自行下去救回女兒。但等他下去後，突然井中冒出一股黑煙，就好像鍋灶開火一樣。

家丁等人見此狀況，紛紛駐足於井邊，拚命哭喊，但無人敢往前一步。期間府中廚師壯著膽子，走到井邊往裡看去。見枯井中，湯汁滿溢，而且好像被煮開了一樣沸騰翻滾。廚子看後，立刻嚇得跪在地上連連磕頭，嘴中不斷念叨：「此事與我無關。」

過了一會兒，熱氣漸漸散去，眾人小心翼翼地走到井邊，只見那口枯井之中，湯水已經消失不見，唯獨留下了一具雞骨和兩具人骨。

齋豬

古時候在一個叫永寧的地方，住著一家屠戶。這家屠戶自己圈養家豬，每日從中挑選體大肥胖的進行宰殺，然後變賣，所以周圍百姓都因其肉質鮮嫩而常常光顧。

有一天清晨，屠戶的一個弟子來問屠戶今天要殺哪隻豬，兩人走到豬圈前，屠戶圍著豬圈邊走邊看。豬群就好像知道自己將要被宰殺，命不久矣一樣地驚慌失措，拚命奔逃。但其中唯獨有一隻豬站立在圈中，安然不動。屠戶用手指著那隻豬說道：「這隻豬已經飼養了很久，而且每天吃得極少，今天就把牠殺了吧！」弟子聽罷，走進豬圈把那隻豬拽了出來，捆綁的時候，那隻豬一聲不叫，特別安靜地坐以待斃。

弟子將牠拉進屠房，拿起尖刀，一刀就劃開了豬的喉嚨。但是劃開後，不見豬血噴湧，流出的是白色且好似油膏的東西，而且那隻豬也躺在那裡沒有死掉。弟子見狀，立刻跑到屠戶身邊，把這怪事告訴了他。聞訊此事，屠戶感覺很是離奇，於是拿著刀刃，親自前去試探。

屠戶來到屠房，蹲下身來把刀刃刺進豬的肚子，刀刃向下劃開了一個刀口，把手伸進去摸索。但是亂摸一通，他發現這隻豬竟然沒心沒肺，五臟全無。

屠夫不禁大吃了一驚，以為此豬乃神像幻化而成，急忙把手中刀刃丟在一邊，跪在地上拜首天地四方，並且發誓要改行擇業，永不做屠戶。隨即他吩咐弟子將此豬解開繩索，放回圈中。

事後，屠戶每天都用上好的糟糠餵食此豬，不但如此，還把這件事情在鄰里之間大為宣傳。一傳十，十傳百，過了一段時間，連離此地很遠的地方都知道了這件奇事，前來一觀此豬的人絡繹不絕，而且看完沒有一個人不對其嘆為觀止。

有一次，屠戶的鄰居叫此豬來自己家中進食，這隻豬好像應允一樣點頭哼聲。轉天，鄰居還沒來接牠，這隻豬就已經坐在了鄰居家的門前。每次周圍鄰居請牠去自家做客，這隻豬都會自行前往，不用來人引路，鄰居們也喜歡用青素的齋食來餵牠，所以都把牠叫作「齋豬」。

就這樣過了三十三天，有一次，這齋豬清早自己走出豬圈，圍著曾經餵過牠的鄰居家走了一圈，等走到一片墓地中時，牠便蹲坐下來，一動不動了。

眾人見牠呆坐在那裡，紛紛上前觀看，發現這齋豬已經一聲不響地死了。後來屠戶就把此豬葬在了那裡，並且立碑題字，按照神仙一樣供奉了起來。

白老

宋朝時候，在當時的建州，有一個姓盧的刺史。因公務繁忙，所以到了而立之年的他，都還沒有成家，一直是獨自居住。

有年盛夏時節，一天晚上這盧刺史正準備回寢室睡覺，但回頭看見天上皓月當空、星雲密佈，便一時來了雅興，突然想去庭院中望月題詩。

他穿戴一番，走出房間來到庭院。正在詩興大發的時候，忽然聽見自己房間的西牆後面，好像有人談笑的聲音。盧刺史不知是何人在此，便想去看個究竟。

他小心翼翼、躡手躡腳地走到西牆，沒看見半個人影。正在百思不得其解的時候，忽然又有一陣談笑聲音傳來。

盧刺史仔細聆聽聲音來向，原來是從牆下的一個台階後面發出來的。盧刺史走近台階，蹲下身子朝後偷偷看去，見七八個身穿白衣的小人圍坐在一起正飲酒作樂，他們各個身長不足半尺，有男有女。不僅如此，他們所用的器皿、酒具等物品，也都小巧玲瓏。乍看上去，這群人就好像木偶做戲一樣，十分可愛。

盧刺史正在偷看的時候，忽然小人群裡有一人說道：「今夜月朗星稀，景色宜人，我們飲酒作樂，真乃人間一大快事。但我聽說白老不久便會到來，我們該怎麼辦？」此言一出，圍坐在一起的小人都戛然無聲，紛紛你我對視了一番，然後便低下頭，一臉的愁苦模樣。

沉默了一會兒，他們便開始收拾東西，一邊收拾一邊把酒具等物品丟進了旁邊的一個坑洞之中，收拾乾淨，小人們也一個個地跳了進去，轉眼間就不見了蹤影。

盧刺史見他們都鑽進了洞中，就站起身來走回寢室。躺在床上的他久久不能入睡，一直在心中暗自琢磨：「他們提到的那個白老，到底是何許人也？」

過了幾天，盧刺史家旁邊搬來了一戶鄰居。他了解到鄰居家姓氏後，起身準備去打個招呼。來到鄰居家，盧刺史正與主家寒暄的時候，突然看見一隻白貓從屋中走出。這隻白貓個頭兒碩大，渾身上下皆為純白毛髮，沒有一絲雜色，雙目為翠綠色，且炯炯有神。盧刺史邊看邊讚不絕口。

鄰居說道：「這貓名叫白老。別看他體型頗大，說起抓鼠來，他可是一把好手。」鄰居話聲剛落，只見那白貓突然翻牆而上，跳進了盧刺史家的庭院之中，盧刺史和鄰居隨後也跑了過來。見白貓走到西牆下面，突然用爪子挖刨那個坑洞，一會兒的工夫，便把洞給刨開了。

這時盧刺史看見洞裡竟然有七八隻老鼠，正蜷縮在一起瑟瑟發抖。白貓見狀，一個弓腰就撲了上去，三下五除二就把那些老鼠盡皆殺死了。

猿偷人

話說古時候，在晉州地域，有一座山名叫「含山」。當地人都說這含山裡面住著妖怪，平日裡會下山偷走良家婦女綁回山上，所以知道此事的人都會繞山而行。那時常常有路人行至山腳下歇息時，隨行的妻子莫名其妙的就會失踪。

有一天，不知從哪兒來了個跑江湖賣藝的，與妻子來到了晉州。此人身材魁梧，而且會些拳腳功夫。夫妻二人走到含山山腳下，見天色已晚，便隨便找了一個石洞過夜，好轉天再啟程趕路。轉天清晨，賣藝的一覺醒來，發現睡在旁邊的妻子不見了踪影，驚慌失措的他立刻起身到處尋找，不知不覺地就走進了含山深處。

賣藝的一邊尋找，一邊大聲呼喊妻子名字，走著走著，忽然聽見遠處有人大喊救命，而且是女人的聲音。賣藝的急忙三步並作兩步朝呼救聲方向跑去。

他隨著聲音一路跑來，跑到一塊大石頭跟前時，見有五六個女人圍著石頭而坐，而且全被繩索緊緊捆在石頭上，他的妻子也在其中。賣藝的見狀，立刻想上前解開繩索。但剛剛拿出匕首，便被其中一女子阻攔了下來。

賣藝的說：「某某乃我妻子，昨夜我們路經此地，沒想到半夜我妻子竟然失踪。我一路尋找至此，為何你要阻止我救人？」

那女子回應道：「我們都是山下村民和路過的行人，夜間被賊人抓到此地。你既然尋找到此處，可不可以先幫我們殺掉賊人，然後再救我們出去？若是不將其殺死，日後必然還會再次作惡。」

賣藝的猶豫了一會兒，便點頭答應了下來。那女子繼續說道：「那賊人抓我們前來，是為他練功之用。他每十天來此一回，每次都是半夜時分。來後，他會先把繩索解開，再給我們一些粗大的鐵索，讓其纏繞在手腳及身上。只要他運氣發功，鐵索就會自行斷裂。每試一次，他就會讓我們多纏一道鐵索在他身上，明日，正好要纏五道鐵索。你明天可以先偷偷地藏在暗處，等我們給他身上纏至六七道的時候，衝出來將其殺死。」賣藝的聽完，約定好時間便離去了。

轉天夜深，賣藝的來到地方先藏在了樹叢後面，不一會兒，就有一人走到大石頭跟前解開了女子們的繩索，賣藝的打量了一下此人，見他足有一人多高。渾身毛髮有寸長，而且特別濃密，相貌極其可畏。

正當女子們在其身上纏繞鐵鍊，纏到第六圈的時候，賣藝的突然從樹叢中躥出，拔出佩刀一個箭步騰空躍起，手起刀落，把那賊人的首級砍了下來。賣藝的走近其身旁仔細一看，原來這賊人竟是一隻通臂大白猿。自此，含山再也沒有出現過女子失蹤的事情。

黃精

早年間，在某城裡住著一戶姓唐的富商人家。因其自祖上就是行商的生意人，所以積累了大量的財富，在當地，堪稱是首屈一指的大戶。

這唐家主人買了許多僕人、丫鬟來服侍自己，可他卻偏偏性情殘暴，常常虐待他們來供自己取樂，弄得這些下人們都苦不堪言、怨聲載道。其中有一名侍女因經受不住他的連日施虐，於是趁著一晚夜深人靜的時候，就獨自跑出了唐府，逃進了深山之中。

逃進山裡的她，沒過幾天就把身上帶的乾糧吃完了。這天，侍女搖搖晃晃地來到一處泉水邊上，因忍耐不住飢餓，便坐在一旁休息。她轉頭看著水邊，見泉邊的水草中長著許多像櫻桃一樣淡黃色的果子，數量繁多而且樣子可愛。飢餓難忍的她立刻跑上前去，將其從水邊連根拔起，連同上面的果子一同吃了下去。侍女一邊咀嚼，一邊感到果子入口後，味道甜美，香味滿溢，味道極佳。從此以後，她便經常來到泉邊，吃這種淡黃色的果子。時間一長，不但飢餓感逐漸消退，而且發現自己的身體也越來越輕便敏捷。

一天傍晚，侍女正在一棵大樹下面休息，忽然聽見不遠處有猛獸嘶吼的聲音，她立刻被嚇得驚醒起來，以為是山裡的老虎將要到此。

驚慌失措的她心想：若是能爬到這棵樹上，屏住呼吸默不作聲，或許可以躲過猛獸的襲擊。正在暗自琢磨的時候，侍女的身體已經不知不覺地來到了大樹上面。她大為驚訝，不知道是怎麼回事兒。過了一會兒，聽聲音逐漸消失，她又考慮要如何返回地面，然而身體卻已經落回到地上。

侍女滿心疑惑，心想：是不是自己意念所指的地方，身體便會飄然而去呢！猶豫片刻，她便想試驗一下，來證明自己的想法。侍女來到一座山頭，她嘗試著從這座山頭跳到另一個山頭上面，只見侍女突然騰空躍起，身體好像飛鳥一般劃過天空，在另一個山頭緩緩落下。腳跟著地後，她看著對面跳過來的山頭，心裡高興得真是不知如何是好。

過了幾天，唐府中有人進山砍柴，模模糊糊好像看見了那個侍女在山中的行跡，便回到府內告訴了唐家主人。主人聽聞侍女藏在山中，頓時火冒三丈，隨即派出眾多家丁，誓要把她抓回府內，嚴刑拷打。但一群人在山裡尋找了幾天，都不見侍女的踪跡。

一天，唐家主人與家丁們正在山中尋找侍女時，正巧在一處懸崖邊上與其撞見，主人見侍女身後是萬丈懸崖，已無退路，便下令讓家丁們從三面包圍，抓住侍女。千鈞一髮的時候，侍女突然縱身一跳，騰空躍上了懸崖的山頂。主人見狀，頓時驚愕不已，隨即命令家丁勢必要將其抓住。

隨行的僕人中有一人見此情景，悄悄走到主人身邊，小聲說道：「她乃一個下等侍女，不可能有仙骨奇術。一定是在這深山之中，吃了某些靈草神藥，才會有如此矯健的身手。主人可以多派人手，在這山中多放果子食糧。食物之內撒上迷魂藥粉，然後讓人在放有食物的附近隱藏埋伏，只要那侍女前來進食，吃下便會渾身癱軟，不能行走。到時人群一擁而上，定能將其擒拿。」主人聽罷，連連稱讚這計謀了得，於是立即加派人手，準備果子食糧等物，塗抹藥粉，放在山中。眾人則潛伏在草叢之中，靜靜等待侍女中計。

果不其然，過了一天，侍女從林中經過，見山路兩旁有很多瓜果梨桃，而且個個飽滿肥大，便高興地把它們撿了起來，一邊走一邊大口大口地把它們吃進嘴裡。

不一會兒的工夫，就見那侍女步伐越來越緩慢，而且像喝醉一樣蹣跚不定。她自己也覺得睏乏不已，四肢無力，沒走幾步，便一屁股癱坐在了地上。見侍女已經中計，藏在一旁的主人和家丁立刻從草叢中現身出現，上前七手八腳地就把她捆了個結結實實，並且用一張大網將其網了起來。

唐家主人用皮鞭將侍女一頓毒打，並且逼問她能夠翻越山崖，身手敏捷的原因。侍女經不起皮肉之苦，便把在泉水邊上吃果子之事一一供述了出來。說到果子的顏色，和其形狀的時候，隨行之人都大為驚嘆。原來侍女所吃的果子，竟是當地人所說一種叫「黃精」的仙草。這種草要是被人吃下，不僅可以幾天不累不餓，而且意有所指，身體便會隨意而動，變得輕便靈敏。翻山越嶺，猶如平地行走一般。

唐家主人聽完這黃精之事，立刻讓侍女在前帶路，想自己去採些來吃。但眾人來到泉水邊上時，那些黃精卻已經消失不見，沒了蹤影，只留下水邊的水草和一潭清泉。不久，這侍女便在唐府之中莫名其妙地死去了。

乞丐抓蛇

老年間的乞丐，有一部份是真正生計沒有著落、被迫沿街乞討的普通百姓；但是還有一部分，則是一些身懷絕技，並且精通江湖異術的奇士。今天，我們就來說一個乞丐抓蛇的離奇故事。

據說很久以前，在一座深山裡有片村落，這個村子坐落的地點，正是山裡毒蛇出沒最頻繁的地方，村民們出行，經常會被蛇咬，所以村民一直都在為怎樣驅蛇這件事而感到苦惱。

有一天，村中忽然來了一個老乞丐。村長見他兩鬢斑白，而且身上衣服單薄，便萌發了惻隱之心，將這老乞丐帶回了自己家中。不僅拿出飯菜讓他吃飽，還取出自己的舊衣服贈送給他。老乞丐見村長如此善心，連連道謝，並聲稱有朝一日，一定報答村長的大恩大德。

這天傍晚，老乞丐正在門外吃飯，忽然聽到屋內傳來一陣嘆氣的聲音。他推開大門向裡望去，見村長及其家裡人圍坐在一起，每個人的臉上都一副憂心忡忡的樣子，便走進屋來，詢問村長因何事愁眉苦臉。村長無奈，只好把村民為驅蛇而苦惱的事情一五一十地說給了老乞丐聽。老乞丐聽後，立刻大笑道：「我以為什麼大事兒，原來是為這些事情犯愁。我這老叫花子別的本事沒有，要是說起這抓蛇來，倒是可以幫上點兒忙。」屋中眾人聽他說出這樣一番話，立刻兩眼放光，精神了起來。老乞丐繼續說道：「此事包在我身上，明天清早，我就來幫你們驅蛇。」說完便轉身離開了村子。

轉天清晨，村長早早地便來到村口，等著老乞丐前來兌現承諾。不一會兒，就見老乞丐帶著另外兩個人從遠處走來。那兩人也都是乞丐模樣，披頭散髮，破衣赤足。其中一人的背上，還背著一個布口袋。老乞丐走到村長面前，沒說兩句話，便讓村長立即帶他們去蛇經常出沒的地方巡視。

四人一同走進山裡，剛走了幾步，就看見不遠處立著一塊巨石，巨石下面有一道不小的石縫。老乞丐指著那個石縫說道：「這個洞肯定是蛇洞，村長你先退後，讓我等前去把它抓出來。」村長聽罷，後退了幾步，蹲下身來靜靜地觀看。只見其中一人把背上的布口袋解了下來，從裡面拿出一本破舊不堪的古書，書皮上面豎行排列著三個大字《驅蛇咒》。老乞丐接過古書，翻開了幾頁，雙腿盤坐在地上，口中好似誦經一樣念念有詞起來。邊唸邊用手從布口袋裡拿出若干粒黑色的藥丸，放進嘴裡吞了下去。那兩個乞丐也同樣拿起藥丸吃進嘴裡，不一會兒，這三個人從頭到腳都變成了赤紅色，模樣好似關二爺在世一般。

老乞丐見準備工作已經就緒，便走到石縫跟前，把手伸進了石縫當中。頓時，老乞丐神色凝重，渾身肌肉緊繃了起來。那兩個乞丐見狀，立刻從懷裡掏出一根足有寸長的銀針，抓住老乞丐另外一隻手，一針就扎進了他的無名指裡。只見銀針拔出，頓時從老乞丐手指的針眼中往外流出了黑色的毒汁。

過了一會兒，老乞丐身體漸漸虛弱，他便叫另一個人上前，把手伸進石縫中，然後用針扎破其手指，繼續重複剛才的流程。就這樣三人周而復始地輪流交替，也不知過了多長時間，等到其中一人手指流出的毒汁變為鮮紅色的時候，老乞丐一把拉出那人的手臂，赫然看見一條一人多長的巨蟒咬在其手臂上。那條巨蟒通體青綠色，鱗片在陽光的照耀下閃閃發光。

這時，村長才明白，原來他們三人輪流把手伸進石縫中是為了讓裡面的巨蟒咬住，扎破手指是為了將其毒汁通過自己的身體導出，等到蛇毒已盡，便可以一舉將其抓出。看到這裡，村長連連心中驚嘆：也只有此等人物，才可以用出這些方法，若是常人，則必死無疑。

四人把巨蟒帶回村子，村民見這三個乞丐果然有驅蛇秘術，便紛紛從自己家中拿出酒菜，招待這三個有功之人。老乞丐和其隨行兩人見村民熱情之至，便不客氣地吃喝起來，席間還誇下海口，說是一定為村民把蛇清除乾淨。村民與老乞丐等人一直飲酒作樂到深夜，每個人都喝得迷迷糊糊，於是全東倒西歪地睡在了地上。這時村長想起白天他們抓蛇時，老乞丐手中的那本古書很是稀奇，便偷偷地把它從布口袋中拿了出來。

他隨便翻開了幾頁，見書裡寫的都是一些古文奇字，很難辨認。而其中有一段，上面的字體還比較熟識，就坐在那裡小聲地讀了出來。不一會兒，就從村外樹林中爬出了數以百計的毒蛇，而且模樣千奇百怪。有的長著兩個蛇頭，有的長著一條魚尾，甚至還有的蛇頭上長著一對牛角。村長立刻被眼前的一幕嚇得魂飛魄散。

就在群蛇將要爬進村裡的時候，老乞丐突然驚醒了過來，他立即奪過村長手裡的古書，轉身丟進了旁邊的火堆之中，那本古書瞬間就被燒成了灰燼。

古書被焚時，那些各式各樣的毒蛇也紛紛退離了村子，潛進了樹林深處。老乞丐大鬆了一口氣，坐在地上對村長說道：「幸虧我醒來得及時，把書燒掉了。若是再晚片刻，你就把這山中的蛇王招來了！」

人魚三話

眾所周知，在丹麥的哥本哈根，有一座美人魚雕像。這座雕像是丹麥的雕塑家以《安徒生童話》為藍本塑造而成。關於美人魚的故事，其大多數都是出現在歐美的童話當中。其實早在中國的很多年以前，就已經有過關於人魚的傳說了。

話說清代初年，在沿海的某個漁村之中，住著一戶漁民，這個漁民獨身一人，過著日出而作，日落而息的生活。有一天，漁民和幾個朋友相約到鄰村喝酒耍錢，幾人玩到深夜，各個都喝得醉眼迷離，不省人事。漁民半夜酒醒，想起清晨還要出海打魚，便和幾個好友告辭，獨自打著燈籠返回家中。走在路上，漁民覺得酒後口渴難忍，就特意繞了遠路回家，因為附近山裡有一條小河，漁民想經過時，順道去河邊解解渴。

他剛走到河邊，忽然見不遠處躺著一個人。那人披頭散髮，而且地上還有一攤鮮紅的血跡。漁民立刻跑上前去，定睛一看，原來是個二十幾歲的妙齡少女，頗有幾分姿色。漁民見女子渾身是血，便大聲呼救，隨即背起她就往家跑。回到家中把女子放到床上，沒多長時間，女子就甦醒了過來。

漁民點燈仔細觀看，見女子身上並沒有傷口，便覺得很奇怪，於是詢問她從何處而來，為什麼倒在血泊之中。女子回答說自己是外鄉人，父母早亡。因戰亂逃難到此地，不巧在山中遇見強盜，打劫完財物還要凌辱於她。自己誓死不從，拔出隨身的匕首刺傷搶匪才倖免於難。隨後便體力不支昏倒在河邊。

漁民見她可憐，於是就把她留在了家中。平日裡給自己收拾家務，準備飯食。鄰里鄉親見到這女子持家勤儉，都極為羨慕，全都說這漁民撿了個好媳婦兒。

然而就這樣過了兩年，漁民發現每隔一個月左右，女子就會深夜跑出家門，過了兩三天再回來。問她也支支吾吾，說不出個所以然來，漁民便懷疑她在外面有不軌之事。於是一天夜裡，趁女子跑出家後，便偷偷地跟在了後面，想看看她到底做什麼去。

只見女子跑到當初他們相遇的河邊，拿出一把匕首，猛地刺進自己的胸膛，把肚子剖開，拿出臟腸在河中清洗。不一會兒清洗完畢，就把它們又放回腹中，然後用針線把傷口縫好。漁民看到這幅情景，立刻嚇得目瞪口呆，隨即癱坐在了地上。

女子聽到背後有聲響，轉頭跑了過來，發現原來是漁民呆坐在草叢裡，滿頭大汗，驚恐地看著她。女子自知事情敗露，便把實情告訴了漁民。

女子說自己逃難不假，只不過她也不記得那是多少年前的事情了。後來自己逃到海邊，見礁石上有一具半人半魚的屍體，因當時飢餓難忍，便把它當作魚肉吃了充飢。隨後的時間裡，自己不但疾病不生，而且容貌不老，青春永駐。現在自己多少年齡，她自己都不清楚了。只不過每隔月餘，就要把自己臟腸清洗一番，不然就會腐爛。

女子說完，見漁民吃驚的模樣，覺得已經不能繼續留在他的身邊，所以轉頭便離去了。從此以後再也沒有人遇見過這個吃了人魚肉長生不老的女子。

很久以前，在海邊住著一個漁夫。這個人性格內向，不善言談。因當初住在漁村中時，別人和他說話，他總是默不作聲，並且還板著一副鐵面孔，所以一直不受村裡人的好評，以至於到最後還遭遇排擠。一氣之下，漁夫便搬出了村子，找了一個僻靜的海邊，搭上房屋，白天打魚，晚上聽海，過起了自給自足的悠閒日子。

一天清早，漁夫正準備推船下海，見天氣不好，出海恐有不測，便坐在岸邊補起魚網來。補著補著，他無意間看見水中不遠處的一塊礁石上，橫著一塊白白的東西。漁夫放下魚網慢慢走到岸邊，發現在礁石上躺著的，原來是一個女子。那女子留著長長的黑髮，頭低垂在礁石上，頭髮遮蓋住了面容。漁夫一怔，繼續看去，見女子腰部以下，是閃著銀藍色光亮的魚身。漁夫大吃一驚，心想：難道這就是傳說中的人魚不成？他再仔細一看，發現在那女子的胸前，還趴著一個小孩兒，那小孩兒在女子胸前蠢蠢欲動，身體也跟女子一樣半人半魚。

看到這裡，漁夫暗自琢磨：「那人魚女子，想必是被大浪沖到了礁石上，不慎被撞死了。那小孩兒應該是那女子留下的，既然母親已死，那小孩兒也必定活不長，雖說是水中的妖物，但看上去還是挺可憐的。」眼看天空漸漸變暗，暴風雨頃刻便來，漁夫無奈地回到了屋中。

經過了一夜的大雨傾盆，電閃雷鳴。第二天，漁夫出門望去，見礁石上的小孩兒還在，而且渾身還在抽動，便大為吃驚。沒想到經過了一夜暴風驟雨，那小孩兒竟然還能活著。見天空已經變晴，而且風浪也小了很多，於是漁夫決定出海，搭救那條小人魚。

漁夫駕著小船，划到礁石邊上，正要起身走過去時，突然間，小人魚轉過頭來，雙眼看著他，臉上露出一副凶相。只見小人魚滿嘴鮮血，嘴裡一口尖牙各個鋒利無比。它凝視了漁夫一會兒，然後轉頭翻身，跳進了海裡，瞬間就消失在了波浪中。而那人魚女子的屍體，卻只剩下了一副骨架堆在礁石上。

這時，漁夫才恍然大悟。原來人魚和鯊魚等兇殘魚類一樣，開始看那小人魚還以為是趴在身體上，沒想到竟然是在啃噬屍體，謀求自生。

他駕著小船往岸邊駛去，一邊划船，一邊想起以前曾聽人說起，吃了人魚肉可以長生不老的傳說，於是大為後悔道：「那時若是活捉了小人魚，現在自己就是不老不死之身了。哪怕是起初把那人魚女子剩下的肉塊拿回來一些，也能當不老仙藥，賣個好價錢，真是可惜了！」

這是一個朋友給我講的故事。他的曾祖父在早年間是個學者，喜歡在家閉門讀書。有一年初春的黃昏時分，曾祖父在屋中看窗外樹木漸新，嫩芽初長，便忽然來了興致，想出去散散步。在路經一片賣舊貨的攤點時，曾祖父突然注意到，在一個很不起眼兒的角落裡，有一個留著白鬍子、戴著斗笠的老人坐在那裡，身旁擺著幾件待售的古物。

他走到賣貨老人跟前，掃了一眼他所賣的東西，都是一些不太名貴的小物件。看著看著，曾祖父發現在老人身後，放著一個透明的圓形玉壺。觀其顏色品質，曾祖父立刻確定，這是一件唐朝的上好玉器，便問賣貨老人這個玉壺多少錢。

賣貨老人聽曾祖父詢問價錢，便把玉壺從身後拿出，雙手遞到他的手上，說道：「想

【人魚】曾祖父持燈仔細一看，發現那個魚形花紋，竟然變成了一個半人半魚的妙齡少女。女子一頭烏黑的長髮，雙目翠綠，腰身以下是銀藍色的魚身，在燈光的照耀下顯得格外漂亮。

要就拿走吧，不要錢。」曾祖父聽到這話甚是納悶，就問老人為何不收錢。老人說道：「你在我面前停下腳步，說明與我有緣。我如今身患絕症，已經時日無多，你既然喜歡這個壺，我便把它贈送給你，也算是你我相交一場。」

曾祖父高興地把玉壺抱回家時，全家人都以為他發了瘋，大驚失色地看著他。原來曾祖父抱著玉壺，身上只穿著簡單的內衣。

家裡人都問發生了什麼事情，等曾祖父換好衣服，就把事情由來從頭到尾講了一遍，並且解釋說：「本來想出去散散步而已，身上沒帶錢，所以就用衣服把玉壺換了回來。我雖然喜歡這個壺，但是不喜歡白拿，你們也無須多費口舌了。」說完，便抱著玉壺走進屋中。家裡人見事已至此，無可奈何地作罷了。

曾祖父把玉壺放在桌上，越看越是喜愛。同時他發現在壺口處，有一個魚形的花紋，極為別緻。而且在平常晴好的天氣時，透著日光，隨著玉壺轉動，花紋也好像真的小魚一樣在裡面游來游去，極為奇妙。

這天晚上，曾祖父正在房中看書，忽然好像聽到身旁的櫃子上有響聲，便起身去觀看。他走到櫃子旁邊，發現聲音是從玉壺中發出的。

曾祖父把玉壺拿到桌上，只見那個魚形的花紋，伴隨著壺裡發出的水聲慢慢游動，而且越遊體型越大，漸漸地佔據了整個壺身。曾祖父持燈仔細一看，發現那個魚形花紋，竟然變成了一個半人半魚的妙齡少女。

女子一頭烏黑的長髮，雙目翠綠，腰身以下是銀藍色的魚身，在燈光的照耀下顯得格外漂亮。

只見那個人魚女子在壺中游動了幾圈，突然從壺口一躍而出，凌空飛出窗外，不見了蹤影。曾祖父舉著燈火呆站在那裡，始終不敢相信眼前剛剛所發生的一切。從此以後，那個玉壺便由原來的渾身透明，變成了通體的雪白色，而且壺身上也找不到任何的花紋了。

後來朋友說，曾祖父常常提到此事，每逢談到最終，曾祖父都會為那夜看到人魚之舞的美景而感嘆。

這三個故事中所提到的人魚女子，似乎存在相同的地方。但究竟是不是同為一人，那就只有上天才知道了。

絕技

據說當年屠戶宰牛，很是費力。因牛的體型龐大，而且蠻力十足，即便是幾個人一同上前，也難以把它制伏。所以那時候的屠戶，都會用毒藥先將牛毒死，然後再進行剖殺。但被毒死的牛肉裡面多半還殘留著毒性，人如果食用了也會造成中毒現象，所以屠戶之中就有人發明了另外一種安全無害的宰牛技術。

這個人姓江，因在家排行老六，所以鄰里鄉親都習慣稱呼他為江六。江六宰牛，會先用一根三寸多長的鐵釘，浸泡在一種藥汁中。殺牛時，把鐵釘取出，釘入牛肋的皮肉之中。不用一天的工夫，牛就會自然死去，然後他再動手屠宰。這樣的牛肉，既不帶病疫，也沒有毒性，人吃了對身體無害，江六也把這種技術取名為「良殺」。因為當時屠戶之中，就這個叫江六的有發明，並且運用這個技術，所以他收取的屠宰報酬也是最高的。

有一年大旱，村裡幾家農耕用的牛毫無病狀地突然死去，引來了村裡人的極大恐慌，紛紛說是不知從哪來的疫情傳染到此。大家都怕自家的耕牛被傳染，於是全讓江六把自家耕牛宰殺賣掉。雖然住在同一個村子裡，但是大家都不知道，這是江六在暗中搗鬼。他先將幾隻耕牛毒死，然後散播謠言，說是有疫情傳染，鄉親們懼怕連累自家，便會請他把牛宰殺掉，從而他就能收取高額的費用。

這件事情剛過沒多久，一天江六有事外出，清早出門，到了黃昏還沒有返回家中。妻子覺得事有蹊蹺，便到他平時串門的親友家尋找。但找了一圈，都說沒有見過。到了第二天的午後，妻子突然看見在離自己家不遠處的一條小溪邊上，一群烏鴉正在鳴叫，而且時而飛起，時而落下。妻子感到怪異，便走過去觀看。誰知走上前去，竟發現自己的丈夫已經死在了溪邊。官府來人，說江六是被溺身亡。但妻子怎麼都不肯相信，因為那條小溪的水深只有一尺左右，怎麼可能把人溺死？

入棺之前，妻子為江六更換衣服，這時她發現，在江六的腰間，插著兩枚鐵釘，其手法和丈夫宰牛時所用的技術一模一樣，隨即便嚇得暈厥了過去。

後來有人說，江六的死是有人故意謀殺。那人窺欲江六發明的宰牛技術，想偷偷地據為己有，於是便殺死了江六，偷得了技術。但當時還有另外一種不同的說法，說是江六用詭計騙取同村人高額的殺牛費用，黑了良心，於是激怒上蒼，讓他得到了應有的懲罰。

鮫人

鮫人，顧名思義就是長得像魚一樣的人。自古這鮫人的故事數不勝數，與其有過接觸的人也比比皆是，有的還與這鮫人結下了很深的感情。今天我們就來說一個這樣的故事。

那是在很久以前，在某地有一戶姓呂的人家。一天，主人呂公乘船出海遊玩，玩興正濃時，他突然發現在海面上漂著一個東西，模樣好似一個人伏在水面上。呂公立刻叫船夫掉轉船頭，朝那裡駛去。

船到跟前，呂公仔細一看，果然是個人面部朝下，趴在水面上。他上身赤裸，下身只穿了一條短褲，呂公認為這一定是哪個村的漁夫，出海打魚，不慎遇難，隨即叫人把他救上船來。家丁把這人拉上船後，眾人連同呂公一看其模樣，頓時就被驚呆了。

只見那人全身淡青色，眼睛微小，沒有眉毛，而且臉頰兩側還有魚鰓。就在眾人被其模樣嚇呆的時候，這人卻慢慢睜開了眼睛。他環視一周，見一幫人圍他而站，臉上都露出詫異的表情，便立刻爬起身來，退後幾步，蜷縮在角落裡。

呂公見狀，慢慢走到他跟前，俯下身子詢問其姓名、住址。但他好像不會說話一樣，張嘴「吱吱呀呀」不知說的什麼。無奈之下，呂公只好將其帶回了府中，供他吃穿，調理身體。

時間一久，他慢慢習慣了府中的生活，也學會了一些簡單的對話，府中上下也都把他叫作鮫人。呂公見他日漸康復，便讓他留在自己身邊，做一些端茶倒水的簡單事情。鮫人也願意留在府中伺候呂公，以報其救命大恩。

就這樣過了數年，呂公已年近花甲，鮫人也已經與常人無異。這天晚上，呂公把鮫人叫到身邊，問其家住在哪裡，鮫人答道：「我家住在海底深處。」呂公繼續問那日為何見他躺在水面之上時，鮫人回答：「那天我從水下游出，剛剛浮出水面，就被一條大船攔住了去路，船上撒下一張大網把我緊緊網住。拖上船後，船上的人各個面目猙獰，樣子絕不是中土人士。我便察覺肯定是被外族人抓了，不知道準備被賣到哪裡去。於是趁著一晚無人看守之際，我掙脫了束縛，跳進海裡逃生。但由於大船行進了幾日，已經找不到返回的路線，所以就在海中游盪徘徊，不覺體力不支，暈倒在海中。」

呂公聽罷，隨即說道：「如今我年歲已高，自知命不久矣。你在我身邊服侍我這麼多年，我若故去，你當何去何從？」鮫人回答：「您若身故，我必定返回家鄉，從此銷聲匿跡。」

過了不久，呂公便身患重症，一病不起。沒多長時間就離開了人世。葬禮之上，全家人雖然悲傷不已，但數這鮫人最為悲痛。想起這麼多年與呂公朝夕相處，已經結下了深厚的感情，鮫人不禁放聲大哭。

這時，人們聽見在鮫人身下，有滴滴答答的聲響。眾人望去，見鮫人眼中流下的眼淚，落在地上竟然變成了一顆顆光亮的珍珠。此事傳到府外，被兩個賊人聽到。他們謀劃準備潛進呂府，把這個活搖錢樹綁了出來，以後便可衣食無憂了。殊不知，鮫人此時已經在呂府之中消失不見，任憑家人怎樣尋找，都遍尋不到了。

屠豬記

自古以來，國有國法，行有行規。行規是指各個行業裡約定俗成的準則，有些很早以前留下的規矩，現在看來非常奇特，甚至很難理解。這回就講個殺豬的屠戶，他就是因為壞了規矩，惹來一場大禍。

凡是屠戶，每隔三代就有一代絕不能做屠戶，雖然也要傳承學會祖輩的手藝，但不能自立門戶屠宰牲口。據說這是出於對殺牲太多的顧慮，怕絕後，然而原因是否真是如此，時至今日已無人能夠說清。總之每三代人中，必有一代不能操持祖業，而要學別的手藝為生，等他有了後代，卻可以再做屠戶。

米大傻的老子「米屠戶」就犯了忌，殺豬的手藝傳到米屠戶這代，按慣例本應不能再動屠刀，他卻沒把這事兒放在心上，仍然宰豬開肉鋪。有一天米屠戶趁天還沒亮就起來了，為的是要宰一頭老母豬，他獨自一人在屠房裡點了燈燭，把那老母豬放翻在地，隨手摸到脖頸上的血脈，抄刀就想給那老母豬放血，可那豬突然作人言，開口說道：「我本該五月十五再死，今日才五月十四，時辰不對，你怎敢殺我。」

屠夫的膽子不是一般人能比的，而且米屠戶起得太早，正是睡眼惺忪，還以為自己迷迷糊糊聽錯了，竟然聽見那豬說人話，當下也未多想，插進刀去放血，任那老豬掙扎哀嚎，也是無動於衷。

可轉過天來，正是五月十五，米屠戶還是那麼早起床宰豬，想不到今天更加睏乏，連燈都懶得點了，反正手熟，摸著黑動刀子。不過今天倒沒聽見挨宰的那頭豬說話，宰殺起來很是順利，似乎也不如以往費力，等到去豬毛的時候，米屠戶還納悶兒：「嘿，怪了，今天這豬挨了刀子卻沒怎麼叫就沒動靜了？而且……而且這豬腿上怎麼沒什麼毛，恁地溜光水滑，摸起來軟綿綿的像白條雞……」

想到這兒米屠戶陡然間醒轉，發現自己根本沒進屠房，而是坐在自己家裡，屋裡床上地下全是血淋淋的，自己手裡捧著條雪白肥胖的女人大腿，米屠戶嚇得三魂離竅，七魄升天，如何敢相信眼前這場慘劇是真真切切的，竟然在夢遊中把自己的老婆給大卸八塊當豬宰了，滿屋的鮮血還都是熱的。結果當天米屠戶就上吊尋了短見，臨死前他還用鮮血在牆上寫了「時辰不對」這幾個大字。

夢露顯身

在美國加利福尼亞州洛杉磯市市區的西北部，有一座世界著名的電影之城——好萊塢。好萊塢不僅是全球音樂、電影的中心地帶，也是世界著名的旅遊勝地之一。而且，這個城市還是全球時尚的發源地。世界上一些頂級的娛樂產業和奢侈品牌，都是從這座城市中悄然興起的。但是，人們卻不知道，在這些浮華的背後，好萊塢這座城市，也是一座擁有靈異事件最多的城市。

好萊塢城內的羅斯福飯店，就是一個眾多明星鬼魂雲集的地方。許多世界著名的電影明星，都在這裡居住過，其中包括我們所熟知的瑪麗蓮．夢露、卓別林等。

有人說這些明星在死後，依然留戀人世，不願離去，故而遊蕩在這座飯店當中。其中，當屬見到瑪麗蓮．夢露鬼魂的人最多。

據說瑪麗蓮．夢露剛剛來到好萊塢的時候，就是住在這裡。當時的夢露還只是一個懷揣夢想的小女孩兒，住在飯店中最為便宜的房間內，隨著她在電影中的形象慢慢被人接受和喜愛，聲名也逐漸遠播開來，直到其變成世界著名影星時，每次來到好萊塢，也都會入住這家飯店。由於她經常入住這裡，所以她對這家飯店充滿了好感，以至於經常是依依不捨地離去。

一九六二年，瑪麗蓮．夢露在睡夢中神秘去世，享年三十六歲。自此，她所住的房間內，便會經常見到夢露的鬼魂。

一位曾經看到過她鬼魂的住客說，一天，他在房間內的穿衣鏡前整理裝束，忽然看見瑪麗蓮．夢露的鬼魂出現在他的身後，其音容笑貌就好像活著時候一樣。住客當時就被嚇得離開鏡子，退後了數步。這時，他見瑪麗蓮．夢露的鬼魂站在鏡子前梳妝打扮，然後還手舞足蹈地翩翩起舞，那景象真是令人唏噓不已。

不僅如此，好萊塢城內的很多地方，都流傳著見到明星鬼魂的傳聞。有的在公園一角，有的在名牌商店，而有的卻出現在咖啡廳和餐廳。

其實我覺得，人們之所以會見到這麼多的明星鬼魂，並不是因為這些靈異事件真的存在，而是人們對這些已故明星的崇拜喜歡，以至於到了著迷的程度，以及人們對靈異事件非常感興趣，才使得他們有了「既然活著見不到這些世界影星，死後或許可以見到他們的鬼魂」這類的想法，從而，才有了以上這些淒美的靈異傳聞吧！

靜安古井

在上海的靜安區，座落著一個寺院，名叫靜安寺。如今，這座寺廟是上海當地一個著名的旅遊景點，全國各地的遊客都喜歡去到那兒觀光遊覽、拍照留念。殊不知，在這座靜安寺中，卻流傳著這麼一個故事。

這靜安寺中有一口古井，對於這口井，史料中沒有任何記載，相傳自打清朝的時候，這口井就已經存在。井中之水源源湧出，一年四季不曾間斷，當地居民都說這口井是一處海眼，但對於這口井下面的水通向何處，卻都說不清楚。

當年抗日戰爭時期，日軍佔領上海的時候，想要在此地修建一條軍事公路。這條公路正巧要通過這口井的位置。日軍把周圍的民房建築全部拆除，唯獨留下這口井沒有處理。他們運來泥土往井中填埋，想把這口井鋪平，但無論填進去多少泥土，都無法把這口古井填平。

等到抗日戰爭勝利，國民黨駐紮上海的時候，又在此處修路。照樣對這口井無計可施。後來索性就用極厚的鋼板鋪在了古井上面，將其壓在了公路之下。

就這樣過了數十年，已經到了改革開放時期，上海修建地鐵。地下施工從此處經過，挖掘時一下子就打出了噴湧的井水。施工方無可奈何，只好用水泥往水源處澆灌。但同樣是無論怎樣澆灌，到了第二天，噴湧的井水就把水泥沖刷殆盡。

地鐵工程的設計師們曾經設計了無數種方案堵住出水口，但最後全都行不通。一時間，怎樣堵住出水口，成了困擾地鐵施工的一大難題。當時有人說，這口井自古就邪得很，井下乃黃泉之地，所以無論怎麼填堵，都無濟於事。還說離此處不遠，住著一個老和尚，傳聞只有他才能鎮住此井，就讓設計師前去請教。但礙於當時「反封建、反腐敗」風潮剛剛開始，設計師不敢明目張膽地去，所以就私下裡偷偷來到了老和尚的住處，將此事原原本本地說了出來，請老和尚破解。

老和尚聽完事情經過，說：「那口古井確實是一處海眼，任憑怎樣封堵，都不可能讓其水脈停流，只有重新規劃，繞開水源而行。而且那地下陰氣極重，明天我親自去做場法事，以保你們平安。」

轉天，老和尚就來到了地下施工的地方，念了一場經。但念完經後三天，這老和尚就在自己的住處無故圓寂了。直到今天，至於這口古井為什麼這麼邪門兒，始終沒有人能說得清楚，或許是他洩露天機了。

高寶書版集團
gobooks.com.tw

DN 239
死亡循環

作　　者　天下霸唱
特約編輯　梁曼嫻
助理編輯　陳柔含
封面設計　張閔涵
內頁排版　賴姵均
企　　劃　何嘉雯

發 行 人　朱凱蕾
出　　版　英屬維京群島商高寶國際有限公司台灣分公司
　　　　　Global Group Holdings, Ltd.
地　　址　台北市內湖區洲子街88號3樓
網　　址　gobooks.com.tw
電　　話　(02) 27992788
電　　郵　readers@gobooks.com.tw（讀者服務部）
　　　　　pr@gobooks.com.tw（公關諮詢部）
傳　　真　出版部　(02) 27990909　行銷部 (02) 27993088
郵政劃撥　19394552
戶　　名　英屬維京群島商高寶國際有限公司台灣分公司
發　　行　英屬維京群島商高寶國際有限公司台灣分公司
初版日期　2020年 9 月

原書名：絕對循環
本著作繁體中文版由北京新華先鋒出版科技有限公司獨家授權出版。

國家圖書館出版品預行編目(CIP)資料

死亡循環／天下霸唱著. -- 初版. -- 臺北市：
高寶國際出版：高寶國際發行, 2020.09
　面；　公分. --（戲非戲；DN239）

ISBN 978-986-361-897-3（平裝）

857.7　　109011287